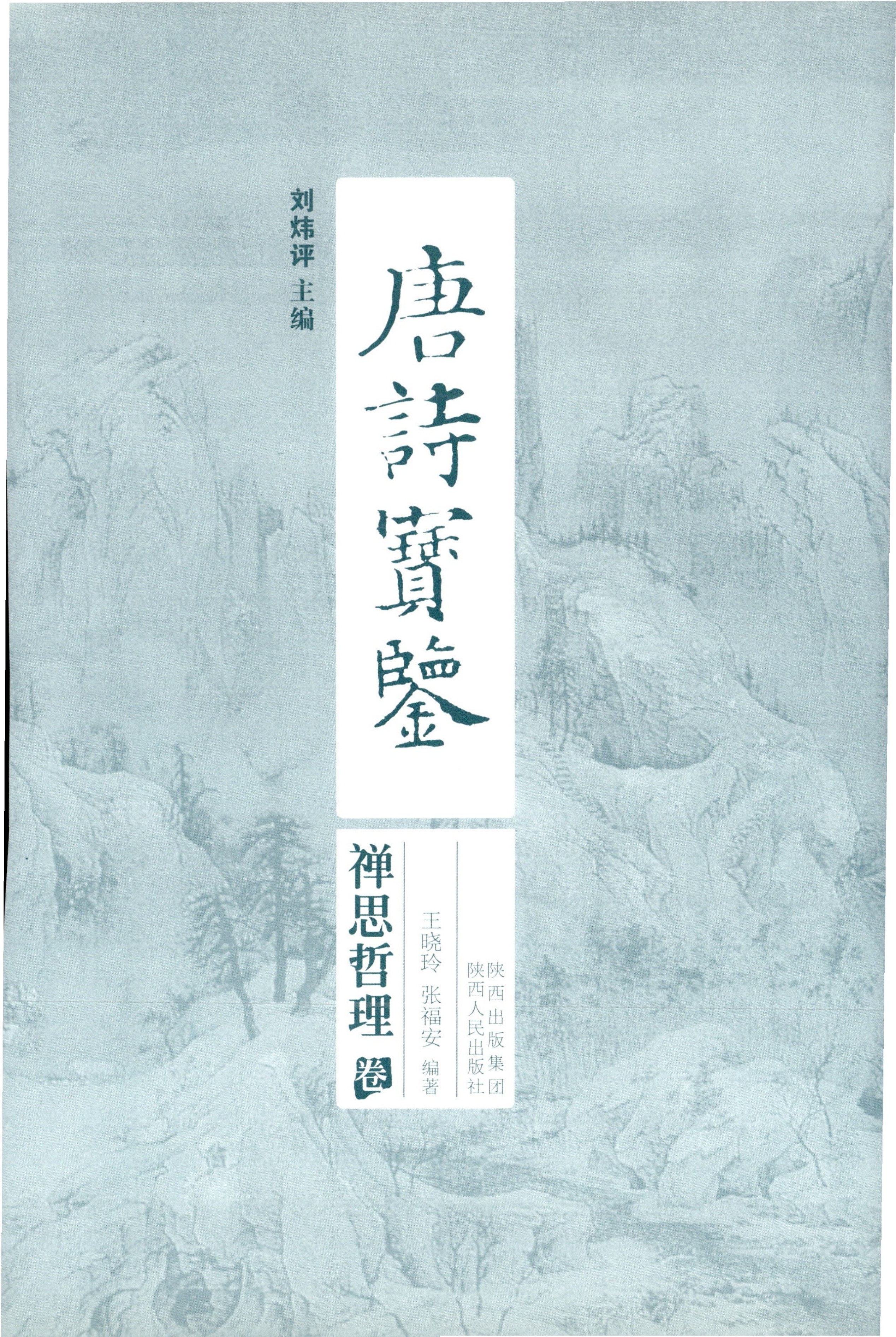

刘炜评 主编

唐詩寶鑒

禅思哲理卷

王晓玲 张福安 编著

陕西出版集团
陕西人民出版社

图书在版编目（CIP）数据

唐诗宝鉴. 禅思哲理卷 / 刘炜评等主编. — 西安：
陕西人民出版社，2010
ISBN 978-7-224-09295-0

Ⅰ. ①唐… Ⅱ. ①刘… Ⅲ. ①唐诗-鉴赏 Ⅳ.
①I207.22

中国版本图书馆 CIP 数据核字(2010)第023905号

唐诗宝鉴 ⊙ 禅思哲理卷

主　　编　刘炜评
编 著 者　王晓玲　张福安
出版发行　陕西出版集团　陕西人民出版社
（西安北大街 147 号　邮编：710003）

印　　刷　陕西安康天宝实业有限公司
开　　本　787mm×1092mm　16 开　19.25 印张　1 插页
字　　数　260 千字
版　　次　2010 年 3 月第 1 版　2010 年 3 月第 1 次印刷
印　　数　1–5000
书　　号　ISBN 978-7-224-09295-0
定　　价　33.00 元

霍松林教授序

刘炜评同志主编了一套《唐诗宝鉴》，即将由陕西人民出版社出版。“宝鉴”的策划者和编写者们，希望我为这套书写几句话。

“宝鉴”，本是镜子的美称，后常用为书名，取足可借鉴之意。这套书总名“唐诗宝鉴”，既生动、准确地象征了唐诗的文化品貌，又寓托了编写者们飨读者们以文学精神食粮、为民族文化复兴添薪助火的美好愿望。

唐诗是中华文化的瑰宝之一，其保存、传播与接受，有赖于多种方式和途径，而以诗家别集、合集、总集的产生和流传最为重要。大量总集，又可分为“总汇”和“精选”两类，分别以清编《全唐诗》与《唐诗三百首》为代表，前者收诗近五万首，可称唐诗的“海洋”；后者收诗三百一十篇，相当于唐诗的“海洋馆”。习惯上，人们称精选类唐诗总集为“唐诗选本”。历代社会传播面、传播量最大的唐诗，正是这一类读物。

历代唐诗选本的影响之大，是人所共知的。其所以影响大，概而言之，原因有三：一、它最为人民群众所欢迎，因而成为唐诗文化基层普及的最重要的形式；二、它是唐诗鉴赏、批评的重要手段，在历代选本的校注、批点、评析中，产生了许多十分精辟的见解；三、唐诗中那些流传万口的名篇，主要通过选本的“选”和“传”而产生、确定。

事实上，唐诗选本，在唐时即已出现，且数量匪小。元结的《箧中集》、殷璠的《河岳英灵集》、芮挺章的《国秀集》、高仲武的《中兴间气集》、姚合的《极玄集》等即其代表。

唐代而后，选本的数量和类型更多，从五代韦縠的《才调集》、宋代刘克庄的《分门纂类唐宋时贤千家诗选》、元代方回的《瀛奎律髓》，到明代高棅的

《唐诗品汇》、清代沈德潜的《唐诗别裁》、近代高步瀛的《唐宋诗举要》、当代马茂元的《唐诗选》等，形成了一个前后呼应、蔚为大观的诗学传承体系。同时，由社会文化背景、文学思潮的变迁以及编选者的动机、趣味的差异所决定，诸多唐诗选本也呈现出不同的个性特点。

唐诗的价值和魅力，可谓探之弥多，取之不竭，用之不尽。祖先的遗产，应该充分挖掘和利用，使之发扬光大，在提高民族文化素质、推动社会精神文明建设方面发挥积极作用。

但就唐诗的接受而言，专业研究群体和普通读者群体的兴趣点、需要面是有所不同的。对后者来说，遍阅卷帙浩繁的《全唐诗》，既不大可能，也不太必要。古代如此，当代亦如此。

这套《唐诗宝鉴》是为21世纪的普通读者群体编选的。总的来说，这套书的特点是在保证所选诗的内容丰富性、艺术代表性、阅读趣味性的前提下，最大程度地考虑了当代普通读者的古典文化修养水平、旧体诗的接受能力和实际的需求。比如第一辑的接受对象，主要定位为一般读者，以满足他们的好奇心并培养他们的读诗兴趣。第二辑突出实用价值以满足家长望子成龙、学生提高文学修养、书画家信手拈来用为“笔助”、旅行者随身携带用为“景助”并驱除寂寞的需要。第三辑的读者对象，则主要确定为唐诗爱好者。至于赏评文字的要言不烦、诗评选辑的取舍得当等等，也都值得肯定。

真诚希望这套唐诗选本面世后，能够得到广大读者的认可、喜爱。

是为序。

霍松林

2009年8月于唐音阁

卷首语

世界上每个民族，都有自己的历史记忆。唐诗，便是中华民族历史记忆中最美好的部分之一。

中国享有“诗的国度”的美誉。但征诸事实，可以肯定地说，“诗国”真正名实相符，是在唐代完成的。因为，中国诗歌，尽管已有至少三千多年的发生、演变史，然而在唐以前，总体上说，还没有形成洋洋大观的格局。唐人的诗歌艺术创造力及其实绩，在量和质两个方面，都有充分的、生动的彰显。以前者言，据清康熙年间所编的《全唐诗》的不完全统计，有唐一代二百八十九年中，至少产生了诗人二千二百多位，创作诗篇近五万首。这个规模，比自周至隋一千六七百年间所遗留的诗歌总数还要超出两到三倍。以后者论，其时诗坛之生机盎然，才士辈出，流派纷呈，诗作之内容广博，意象鲜妍，风格多样，以及各种诗体的臻于完备和成熟等等，都可称绝对的“空前”。

马克思曾经盛赞希腊文学：“就某方面说，还是一种规范和高不可企及的范本。”① 在中国韵文学史上，唐诗的地位，亦大约如此。的确，唐诗文化内涵之丰厚、美学气象之宏大、艺术质地之精良，常常让后人感到不可思议。鲁迅先生致友人信中尝言：“我以为一切好诗，到唐已被做完，此后倘非能翻出如来掌心之齐天大圣，大可不必动手。”② 钱锺书先生也说：“有唐人做榜样是宋人的大

① 马克思：《〈政治经济学批判〉导言》，《马克思恩格斯选集》第 2 卷，人民出版社 1972 年版，第 1114 页。

② 鲁迅：《致杨霁云》，《鲁迅著作全编》第 4 卷，中国社会科学出版社 1999 年版，第 656 页。

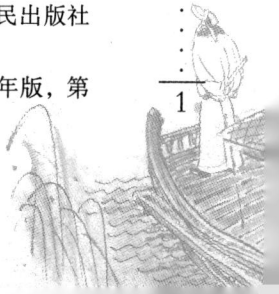

幸，也是宋人的大不幸。”① 二位大师并如是说，都在于感慨唐诗成就之大，委实令后人不易超越。

但历史总是要前进的。固本拓新，继往开来，与时俱进，乃是一切事业发展、提升的“人间正道”。唐以后迄今的历代诗歌，之所以各有其成就，亦各有其面目，都与唐诗的“导夫先路”有多方面的关系。换句话说，皆是后人积极地、不断地习诵、研读、承变唐诗的结果。

因此，大量唐诗选本的产生和流传，就自是情理中事。据今人孙琴安先生研究，自唐至清，唐诗的各种选本，竟有六百种以上之多。“许多脍炙人口的唐诗名篇，实际上就赖各种唐诗选本的多次收选而被广为流传，如果没有唐诗选本，许多唐诗就难以流传至今……至于唐诗选本中的选目、序跋，或对作家作品的评点批语，更是研究唐诗的一份极其珍贵的思想材料。”② 举世所知的《唐诗三百首》，即其中代表之一。20 世纪以来的唐诗选本，数量亦颇为可观。这些选本，既展示了唐诗品貌，凸显了唐诗魅力，又于满足历代读者的精神需求的过程中，弘扬了中华传统诗歌文化，并由兹以启发、激励后人开拓民族诗歌创作更为宏阔、盛旺、美好的前景。

《唐诗宝鉴》是我们为当代读者奉献的一套唐诗选本。我们期望这套书的质量，能够做到两个“对得起”——对得起唐代诗人，对得起当代读者。因此，在编写之前，我们既认真地讨论了古今各种唐诗选本的优劣得失，又深入地调研了当下读者的迫切需求。

我们以为，在国力日盛、国学复兴的今天，社会上广为流传的唐诗选本已不尽适应时代的要求。我们完全有理由编选、出版一套与当代国力更吻合、与当代国情更适合、与当代读者需要更契合的新选本唐诗。

为此，《唐诗宝鉴》将遵循以下原则编选诗作：其一，能折射唐代诗家杰出的艺术创造力；其二，能展现唐代社会生活诸方面的典型、生动情景；其三，能体现唐代文化的开放、包容气度；其四，能满足 21 世纪不同读者群体

① 钱锺书：《宋诗选注》，人民文学出版社 1979 年版，第 1 页。
② 孙琴安：《唐诗选本六百种提要》，陕西人民教育出版社 1987 年版。

的阅读需求。其五，荟萃精华，具有长久珍藏价值。其六，每部选诗二百首左右，篇幅适中。

《唐诗宝鉴》拟编选、出版十八部，分为三个单元：

第一辑——经典欣赏六部，读者对象为一般读者，选诗侧重经典型、多样性与可读性的统一。其中包括：

1. 鉴古察今卷，选诗主要为咏史、怀古、时事、时评、风俗类等。

2. 壮志凌云卷，选诗主要为边塞、述志、壮行、颂功类等。

3. 山水田园卷，选诗主要为山水、田园、旅行、乡思类等。

4. 至爱真情卷，选诗主要为婚恋、悼亡、友情、闺情、宫怨类等。

5. 闲情逸致卷，选诗主要为咏物、绘景、隐逸、题画类等。

6. 禅思哲理卷，选诗主要为禅理、事理、物理、游仙类等。

第二辑——案头必备六部，读者对象为家长、学生、书画家和旅行者。既为学写古体诗和近体诗的莘莘学子提供范本，又方便社会特殊读者群体的应用、实用之需。其中包括：

1. 小家庭读本。

2. 小学生读本。

3. 中学生读本。

4. 大学生读本。

5. 书画家读本。

6. 旅行者读本。

第三辑——名流荟萃六部，读者对象为对唐诗既有广泛欣赏兴致，又有“焦点访谈”偏好的读者。选收代表性诗人或创作群体、阶层的佳作单本成册，以呈示唐诗成就的最华灿部分。其中包括：

1. 诗仙李白诗精选。

2. 诗圣杜甫诗精选。

3. 初唐四杰诗精选。

4. 帝王将相诗精选。

5. 边塞诗人诗精选。

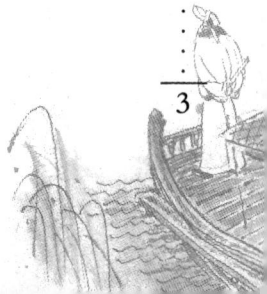

6. 才子佳人诗精选。

凡“宝鉴”所选诗，俱以清编《全唐诗》为蓝本，参以国内外正式出版的各种唐诗别集。文字有出入者，大多在注释中予以简要说明。各册内容依次为：原作、注释、诗本事、赏评、诗评选辑。需要特别说明者如下：

一、作者简介均置于注释①。一书中作者两次及以上复见者，自第二首起，以“见某某诗”予以标示，以免重复。

二、关于字、词、语的注释力求简明，一般不引旁证。必要引证时，取其至要者。冷僻字需注音时，一律用汉语拼音。释词、释句两需者，释词在前，释句置后。

三、凡诗本事，主要联系诗题简要介绍其诗创作缘由。有异说者，适当并陈。部分诗因发生背景不可考，诗本事阙如。

四、凡诗作赏评，主要是对作品意蕴、结构、意境、表现手法等的点评，力求吸收唐诗研究的新成果，并注重文字表述要言不烦，避免面面俱到。

五、诗评选辑一般不超过六则。所列诸条，出于历代诗选、诗话、笔记或其他著作，依时代顺序排列。所述义理，多与诗本事、赏评有所呼应。部分诗因相关资料不足或评说不佳，诗评选辑阙如。

六、各册所选诗作，尽量避重。但个别作品的交叉出现，是不可避免的。对于此类诗的赏评，角度均有所不同。

霍松林教授是我国当代著名的文艺理论家、唐诗研究专家、诗人。先生和一批当代博学鸿儒撰写的《唐诗鉴赏辞典》① 以及先生独撰的《唐宋名篇品鉴》②等著作，对我们学习、读解唐诗的引领、示范、启发甚多。《唐诗宝鉴》即将付梓之际，先生又惠赐美序。我们向先生表示诚挚的敬意和由衷的感谢。

陕西人民出版社资深编辑孔明先生是《唐诗宝鉴》的策划人。本丛书的体例，由孔明和我共同确定。各卷诗的编选、注释和赏评，主要由一批年轻的古

---

① 《唐诗鉴赏辞典》，上海辞书出版社 1983 年版。

② 霍松林：《唐宋名篇品鉴》，中国社会科学出版社 1999 年版。

代文学研究者承担。统稿、定稿工作，由我负责。由于我们学养所限，本丛书不免存在编选、注释、读解等方面的不足、不当甚至错误，敬祈专家和读者们批评、指教。

刘炜评

2009年7月

目录

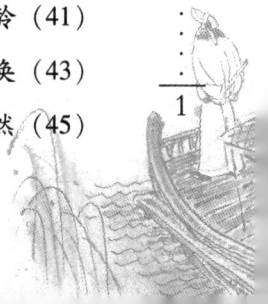

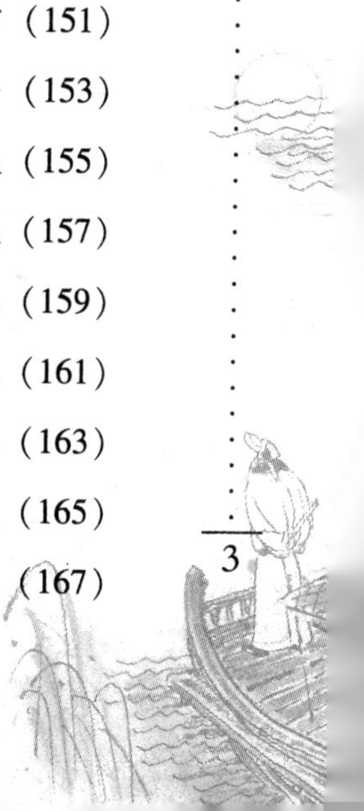

蝉

虞世南①

垂绥饮清露②，流响出疏桐③。
居高声自远，非是藉秋风④。

⊙【注释】

①虞世南（558—638），唐初诗人。字伯施，越州余姚（今属浙江）人。隋炀帝时官起居舍人，唐时历任秘书监、弘文馆学士等。贞观十二年（638）卒，太宗“哭之甚恸”，赠礼部尚书，谥曰文懿。《全唐诗》存诗一卷。

②绥：古人结在颔下的帽带下垂部分。此指蝉的触须。

③流响：形容蝉声的长鸣不已，悦耳动听。

④藉：凭借。

⊙【诗本事】

虞世南为唐初名臣，凌烟阁二十四功臣之一。以“德行、忠直、博学、文辞、书翰”闻名天下，唐太宗称之为“五绝”，誉为“当代名臣，人伦准的”。诗人笔下的人格化的“蝉”，可能带有自况的意味。

⊙【赏评】

古人认为蝉生性高洁，栖高饮露，故常以蝉比赋人性之美，比赋人生哲理，后随着佛教禅宗的广盛，“蝉”、“禅”相近，蝉又被赋予了更深广的含义。虞世南的这首托物寓意的哲理诗是唐人咏蝉诗最为后人称道的一

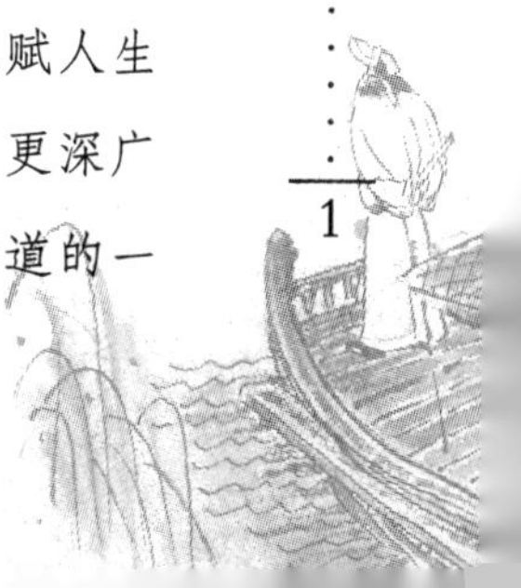

首。首两句实写，生动形象地描摹蝉的性状与鸣声。蝉的头部有伸出的触须，形状如古代贵宦下垂的冠缨。它们居于高树之巅吸饮纯洁的清露，长鸣不已，悦耳响亮的蝉声从高挺清拔的梧桐树上飘向四面八方。“居高声自远，非是藉秋风”两句是全篇比兴寄托的点睛之笔。在前两句的基础上引出了作者哲理化的人生感悟：蝉声的四散飘扬、声名远播并非常人认为的那样是借助于秋风的传送，强调由于“居高”而自能致远。诗人强调的是人格的美、人格的力量。也就是说，这首诗蕴含着这样的一个人生哲理：一个品格高洁的人，一个孤蹈高标的人，并不需要凭借权势、地位等某些外在的力量，而自能声名远播。

⊙【诗评选辑】

①清·施补华《岘佣说诗》：三百篇比兴为多，唐人犹得此意。同一咏蝉，虞世南“居高声自远，端不藉秋风”，是清华人语；骆宾王“露重飞难进，风多响易沉”，是患难人语；李商隐“本以高难饱，徒劳恨费声”，是牢骚人语。比兴不同如此。

②清·沈德潜《唐诗别裁》：咏蝉者每咏其声，此独尊其品格。

吾富有钱时

王梵志①

吾富有钱时，妇儿看我好。
吾若脱衣裳，与吾叠袍袄。
吾出经求去，送吾即上道。
将钱入舍来，见吾满面笑。
绕吾白鸽旋，恰似鹦鹉鸟。
邂逅暂时贫②，看吾即貌哨③。
人有七贫时，七富还相报④。
图财不顾人，且看来时道。

【注释】

①王梵志（生卒年不详），隋末唐初诗人。卫州黎阳（今河南浚县）人，生平事迹不详。

②邂逅：不期而至。

③貌哨：唐代口语，指脸色难看。

④七贫、七富：常连用作“七贫七富”，亦作“七贫八富”。形容贫富变化无常。元代马致远《荐福碑》第一折：“常言道七贫七富，我便似阮籍般依旧哭穷途。”

【诗本事】

王梵志的诗歌以说理为主，重视惩恶劝善的社会功能。风格浅显平易而时带谐趣，往往寓生活哲理于嘲讽谐谑之中，寄嬉笑怒骂于琐事常谈之

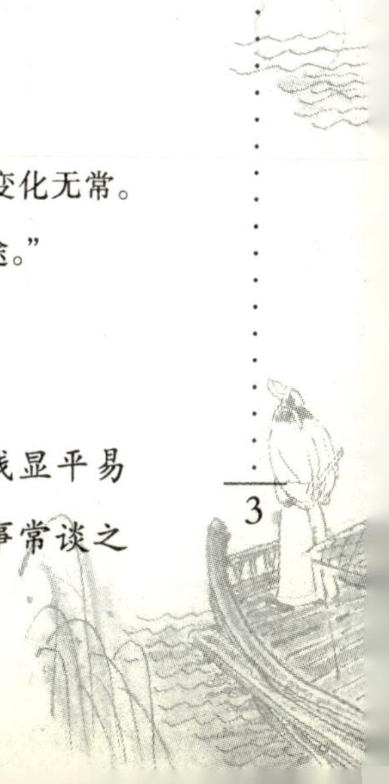

内，开创了以俗语俚词入诗的通俗诗派。

⊙【赏评】

王梵志的诗在唐初颇有影响，他常以俗语俚词入诗来“教戒诸学道者”（范摅《云溪友议》）或“开悟愚士昧学之流”（敦煌写本《历代法宝记》）。但也因浅白、多道德箴言，不能入诗歌堂奥，《全唐诗》不载其诗。其诗作对唐代诗歌有一定的影响，唐代诗人中，寒山、拾得、丰干一路的诗作直接秉承王梵志衣钵，而王维、顾况、白居易、皎然或多或少都受到他的影响。

这首《吾富有钱时》虽似家常话，平淡无奇，却将生活中事理解说得理清词浅，体现了浅切形象、言近旨远、发人深省的特点。全诗十六句，可分三层。首六句，为概括叙述。围绕一个“钱”字概述妻室儿女态度变化。拥有钱财时，一切都好，妻室儿女也显得十分殷勤。假如要脱衣服，很快就会有人把脱下的衣服折叠得整整齐齐；假如离家出外经商，则要一直送到大路旁边。中间四句，则为细节性形象刻画，写因为金钱而引起的种种媚态，进一步刻画金钱对人性的残蚀：“将钱入舍来，见吾满面笑。绕吾白鸽旋，恰似鹦鹉鸟。”当携带金钱回到家中时，一个个笑脸相迎，像白鸽那样盘旋在周围，又好似学舌的鹦鹉在耳边喋喋不休。后六句写无钱时的遭遇，以其构成的巨大反差对比概括出了全篇主旨：当我偶然陷入贫穷之时，你们的脸色为何变得这样的难看，要知道人在最穷的时候，也可能会有极富的机会。诗人直率地警告那些庸俗的贪财者：如果只为贪图钱财，而毫不顾及人的情义，那就看看来时的报应吧！愤激之情溢于言表。

这首诗运用素语，以巧妙的对比描写使贪钱者的丑态跃然纸上，诗人的不平之气也豁然而出。不仅如此，作者以生活化的常见现象揭示出了金钱对人情、人性的巨大残蚀这一具有现代意义的命题。从这一点来说，王梵志的诗歌意义无疑更为深远。

⊙【诗评选辑】

①宋·李昉等编著《太平广记》卷八十二《王梵志》：作诗讽人，甚有义旨。

②敦煌写本《王梵志诗原序》：不守经典，皆陈俗语，非但智士回意，实易愚夫改容，远近传闻，劝惩令善。

杳杳寒山道

寒　山①

杳杳寒山道②，落落冷涧滨。
啾啾常有鸟，寂寂更无人。
淅淅风吹面③，纷纷雪积身④。
朝朝不见日，岁岁不知春。

【注释】

①寒山（生卒年不详），旧说为贞观著名高僧。自号寒山子，长安（今陕西西安）人，出身于官宦人家，多次投考不第，被迫出家，三十岁后隐居于浙东天台山，相传享年一百多岁。时贤以晚唐杜光庭《仙传拾遗》中的所载“寒山子者，不知其名氏。大历中隐居天台翠屏山，其山深邃，当暑有雪，亦名寒岩，因自号寒山子”，并结合寒山的诗作，以史证诗，认为他大概生活在唐代开元至大和（726—830）年间。说法不一。《全唐诗》编诗一卷，录三百零三首。

②杳杳：言山路深暗幽远。

③淅淅：写风的动态感。

④纷纷：写雪的飞舞状。

【诗本事】

寒山长住天台山寒岩幽窟中，与拾得、丰干皆隐栖天台山国清寺，故称“国清三隐”。寒山本为僧人，除以佛禅思想为主要内容外，其他诗多描述世态人情、山水景物。诗风幽冷，别具境界。

【赏评】

寒山的诗常写远离红尘的幽谷寒山、空灵苔迹，而禅意盎然。《杳杳寒山道》是寒山诗歌中最具代表性的一首。这首诗主要写他幽居天台山寒岩时周围的静谧、空灵、悠远的景致，反映出他超然物外、绝世独立的高妙情怀。首二句“杳杳寒山道，落落冷涧滨”，描述山道的形势和位置。山路幽远盘旋，在山岚雾霭中时隐时现，盘绕在寂寥空幽的山涧边。“啾啾常有鸟，寂寂更无人”，远处空谷悠响，啾啾的鸟鸣声时时传来，轻细的鸟语反衬出山路的清幽，营造出“鸟鸣山更幽”的空灵。“淅淅风吹面，纷纷雪积身”，一番山水便是一种境界，诗人的超然世外的高妙境界则使他灵魂凝为永恒，淅淅的风拂面而不知，纷纷大雪积于身而不晓。不仅如此，“朝朝不见日，岁岁不知春”，“朝朝”、“岁岁”属长短不同的时间概念，而叠字连用，同样可言时间之悠长。也就是说，诗人参悟玄机，朝朝见日而不见日，年年度春而不知春，不知时序的变化，不辨春去秋往，完全沉浸在禅意之中。

全诗八句，每句皆以叠字领起，虽然句式略显单调，却也未流于呆滞。随着叠字所模拟的物态、音响、状貌、时间的不同变化，诗中的山水、人鸟、风雪、情景也一一呈现，并都带有浸透全诗的静谧寂寥的感情色彩，从而烘托出诗人僻居寒岩、不问世事的心情。

【诗评选辑】

①明·王宗沐《寒山子诗集·序》（见明台州计谦亨刊刻本）：如空谷传声，乾坤间一段真韵天籁也。

②清·沈德潜《古诗源·例言》：俚语俱趣，拙语俱巧。

③清·《四库全书总目提要·寒山诗集提要》：其诗有工语，有率语，有庄语，有谐语。

④近代·程德全《寒山子诗集跋》［见清宣统二年（1910）刻本］：以诙谐谩骂之辞，寓其牢愁悲愤之概，发为诗歌，不名一格，莫可端倪。

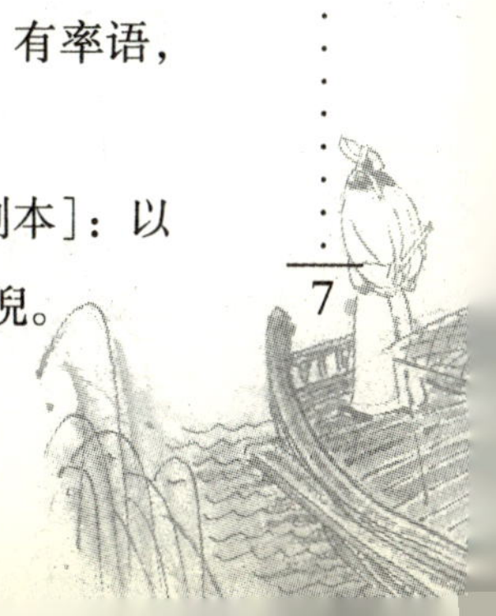

在狱咏蝉

骆宾王①

西陆蝉声唱②，南冠客思深③。
不堪玄鬓影④，来对白头吟⑤。
露重飞难进，风多响易沉。
无人信高洁⑥，谁为表予心？

⊙【注释】

①骆宾王（约638—?），初唐诗人。字观光，婺州义乌（今浙江义乌）人。与王勃、杨炯、卢照邻合称“初唐四杰”。又与富嘉谟并称“富骆”。

②西陆：指秋天。《隋书·天文志》：“日循黄道东行……行东陆谓之春，行南陆谓之夏，行西陆谓之秋，行北陆谓之冬。”

③南冠：又称獬豸冠，本指楚冠，此处作囚犯解，用楚国钟仪被囚的典故。

④玄鬓影：用女人的鬓发比蝉。崔豹《古今注》：“魏文帝宫女莫琼树始制蝉鬓，望之缥缈如蝉。”

⑤白头：诗人自指。

⑥高洁：蝉居高食洁，故云高洁。

⊙【诗本事】

这首诗作于高宗仪凤三年（678）。当时骆宾王任侍御史，因上疏论事触忤武后，遭诬，以贪赃罪名下狱。诗序里说：“余禁所，禁垣西，是法曹厅事也。有古槐数株焉。……每至夕照低阴，秋蝉疏引，发声幽息，有切尝闻。岂人心异于曩时，虫响悲乎前听？”

⊙【赏评】

清人施补华认为唐人多能继承《诗经》的比兴有三个代表人物，一为虞世南，一为李商隐，另一个则是骆宾王。这首《咏蝉》诗是骆宾王狱中之作，托物寄兴，感慨深微，是脍炙人口的名篇。

诗一开始即描述牢房外秋蝉高唱，触耳惊心，逗引得诗人陷入了对家园的深深思念之中。痛楚弥漫开来，少年时代何尝不知秋蝉的高唱，而今一事无成，甚至入狱。政治风云变幻，经历了种种打击折磨，大好的青春已经消逝，头上增添了星星白发。然而这高唱的秋蝉还是两鬓乌玄，两两对照，这又如何一个“愁”字了得？“露重飞难进，风多响易沉”，秋露凝重，打湿了蝉的翅膀，使它难以飞行；秋风飒飒，也使蝉的声音传不到远方。诗句委婉，意在言外。尾联为一句深沉的慨叹：“无人信高洁，谁为表予心？”蝉被视为高洁的象征，因为它高居枝上，餐风饮露，与世无争。现在世上无人看重“高洁”，又能指望谁来替我平反昭雪呢！满腔愤懑倾泻而出。此处以蝉的困厄处境比喻自己仕途曲折，蹉跎难进。这首诗由物到人，由人及物，达到了物我一体的境界，作者对物理的探索，实已超出诗人对自我身世的感叹。“无人信高洁，谁为表予心”成为千古失意文人共同的咏唱。

⊙【诗评选辑】

清·陈熙晋《骆临海集笺注》说：临海少年落魄，薄宦沉沦，始以贡疏被愆，继因草檄亡命。

咏风

王　勃①

肃肃凉风生②，加我林壑清。
驱烟寻涧户，卷雾出山楹。
去来固无迹③，动息如有情④。
日落山水静，为君起松声。

⊙【注释】

①王勃（650—676）唐代诗人。字子安，绛州龙门（今山西河津）人。王勃与杨炯、卢照邻、骆宾王以诗文齐名，并称“王杨卢骆”，亦称“初唐四杰”。高宗上元二年（675）秋，他从洛阳赴交趾看望父亲，过洪州（今江西南昌）时恰逢阎公滕王阁盛会，作《滕王阁序》。次岁在赴交趾渡海时，不幸溺水而卒。明人辑有《王子安集》。

②肃肃：象声词，指风声。

③固：都。

④息：止。

⊙【诗本事】

王勃少有才华，而壮志难酬，他曾在著名的《滕王阁序》中说：“无路请缨，等终军之弱冠；有怀投笔，慕宗悫之长风。”

⊙【赏评】

阵阵清风徐徐而来，吹散浊热，给人以凉爽和无限的惬意。山岚雾霭随风而逝，整个林壑也渐渐地清爽起来。风驱散了涧上的烟云，现出山间的房屋。虽来时无影，去时无踪，但动息之间却如此温情。当日落西山、万籁俱寂的时候，风又不辞辛劳地吹响松涛，奏起大自然的雄浑乐曲，给人无限的欢娱。

本篇吟咏“凉风”。显然，此风已经不再是风，而是一种精神、一种境界。它是佛教的“普度”，是儒家“淑世”，它颂扬的是这种平等普济的美德。

⊙【诗评选辑】

①宋·计有功《唐诗纪事》：最有余味，真天才也。

②明·顾璘《批点唐音》：飘逸有情。

滕王阁

王　勃①

滕王高阁临江渚②，佩玉鸣鸾罢歌舞③。
画栋朝飞南浦云④，珠帘暮卷西山雨⑤。
闲云潭影日悠悠，物换星移几度秋⑥。
阁中帝子今何在⑦？槛外长江空自流⑧。

⊙【注释】

①王勃：见《咏风》。

②渚：江中小洲。这里指江边。

③佩玉鸣鸾：此指滕王当年的行踪。《礼记·玉藻》："君子在车则闻鸾和之声，行则鸣佩玉。"佩玉，古代贵族衣带上系以为饰的玉器。鸣鸾，古代皇帝或贵族所乘车的马勒上挂有状如鸾鸟的铃铛，马动则鸣。鸾，传说中凤凰一类的鸟。罢歌舞，是说滕王已去，歌舞之声久已消歇。

④画栋：指阁中彩绘的栋梁。南浦：指送别之地。《九歌·东君》："子交手兮东行，送美人兮南浦。"浦，渡口。

⑤西山：古名厌原山，又名南昌山，在章江门外三十里。

⑥物换星移：指宇宙运行，四季推移，景物变换。

⑦阁中帝子：指唐滕王李元婴（或隋滕王杨惠）。

⑧槛：栏杆。长江：此指赣江。

⊙【诗本事】

唐高宗上元二年（675），作者前往南海交趾探望父亲，路过洪州（今江西南昌），恰逢洪州都督在滕王阁举行宴会，乃作《滕王阁序》及此诗。滕王阁，故址在今南昌市西章江门上，下临赣江。一说是唐高祖第二十二子、滕王李元婴任洪州都督时所建；一说得名于隋代滕王杨惠。

【赏评】

这是一首七言古体诗。诗从记忆中的繁荣兴盛写起，滕王阁高高地矗立于波涛滚滚的大江之畔，雄伟挺立。但当年建阁的滕王已经死去，歌舞之声久已消歇。曾经坐着鸾铃马车、挂着琳琅玉佩、一路风光来到阁上的达官贵人以及那豪华的场面都已经一去不复返了。人生盛衰无常的怅惘在诗中弥漫开来。次二句写阁中无人游赏，只有南浦的云，西山的雨，暮暮朝朝，与它为伴。五、六两句转写阁外的景象，白云飘在空中，日影投入江中，一切都显得那样寂静悠闲。然而，不经意间岁月推移，风物更换季节，星座转移方位，一切都物是人非，只有槛外的长江东流无尽。世事变迁，繁华难久，唯江水自然奔流，是人类历史的永恒见证。数十字便写尽世事变幻、宇宙永恒的感慨和盛衰无常之理。

【诗评选辑】

①明·郭濬《增订评注唐诗正声》：流丽而深静，所以为佳，是唐人短歌之绝。

②明·李攀龙、凌宏宪《唐诗广选》：只一结语，开后来多少法门。

③明·王夫之《唐诗评选》：浏利雄健，两难兼者兼之。“佩玉鸣鸾”四字以重得轻。

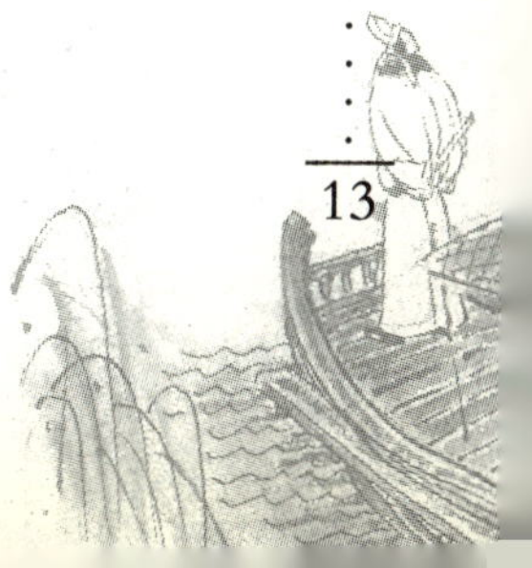

别薛华

王　勃①

送送多穷路，遑遑独问津②。
悲凉千里道，凄断百年身③。
心事同漂泊，生涯共苦辛。
无论去与住，俱是梦中人。

【注释】

①王勃：见《咏风》。

②遑遑：惊慌不安的样子，也做“皇皇”。

③凄断：犹凄绝。

【诗本事】

高宗乾封元年（666），王勃十七岁，进入沛王府任修撰，奉命撰写《平台秘略》。写完后，沛王赐给他帛五十匹，十分赏识他。王勃少年得志，可惜好景不长。后因事触怒高宗，被驱。当年五月他离开长安南下入蜀，后来客居剑南两年多，遍游汉州、剑州、绵州、益州、彭州、梓州等地。在此过程中，他对现实生活有了新的深切的感受，写下了一些影响深远的诗文。《别薛华》就是其中一首。

【赏评】

这是一首送别诗，诗人将人生的感受与哲理融入其中，因而具有很强的感人力量。

送了一程又一程，面前不知还有多少荒寂艰难的道路啊。当友人踽踽独行，沿途问路时，心情又该是多么的惶惶不安。在这迢迢千里的行程中，唯有一颗悲凉失意的心做伴，这简直会拖垮人生不过百年的孱弱身体。你我的心情都像浩渺江水上漂泊不定的一叶小舟，我们的人生际遇都是一样的辛酸凄苦。“无论去与住，俱是梦中人”两句是说：离开的人和留下的人，彼此都会在对方的梦中出现，表示无论走到天涯海角都会永远相忆，情感诚挚感人。

这首诗由于作者讲究匠心经营，反复咏叹遭遇之不幸、仕途之坎坷，丝丝入扣，字字切题，又一气流转，浑然一体，确是感人至深。与一般五言律诗借景抒情的方法不同，它是以叙事直抒胸臆，通过简练的语言表达真挚的情感。

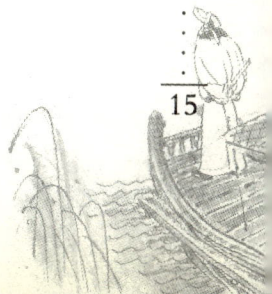

代悲白头翁

刘希夷①

洛阳城东桃李花，飞来飞去落谁家？
洛阳女儿惜颜色，行逢落花长叹息。
今年落花颜色改，明年花开复谁在？
已见松柏摧为薪，更闻桑田变成海②。
古人无复洛城东，今人还对落花风。
年年岁岁花相似，岁岁年年人不同。
寄言全盛红颜子，应怜半死白头翁。
此翁白头真可怜，伊昔红颜美少年。
公子王孙芳树下，清歌妙舞落花前。
光禄池台文锦绣，将军楼阁画神仙③。
一朝卧病无相识，三春行乐在谁边？
宛转蛾眉能几时④？须臾鹤发乱如丝。
但看古来歌舞地，惟有黄昏鸟雀悲。

【注释】

①刘希夷（约651—约679），唐代诗人。一名延芝（一作庭芝），字延之，汝州（今河南临汝）人。高宗上元进士，善弹琵琶。其诗以歌行见长。

②“已见”二句：松柏摧为薪：松柏被砍伐作柴薪。《古诗十九首》：“古墓犁为田，松柏摧为薪。”桑田变成海：《神仙传》“麻姑谓王方平曰：‘接待以来，已见东海

三为桑田。’”这两句说，白头翁年轻时曾和公子王孙在树下花前共赏清歌妙舞。

③“光禄”二句：光禄：光禄勋。用东汉马援之子马防的典故。《后汉书·马援传》载：马防在汉章帝时拜光禄勋，生活很奢侈。文锦绣：指以锦绣装饰池台中物。这两句说白头翁昔年曾出入权势之家，过豪华的生活。

④宛转蛾眉：本为年轻女子的面部画妆，此代指青春年华。

⊙【诗本事】

《白头吟》是汉乐府相和歌楚调曲旧题，郭茂倩将之收在《乐府诗集·相和歌辞》里。后代的拟古乐府，一般题作《代白头吟》或《代悲白头翁》。古辞写女子毅然与负心男子决裂。这首为拟古乐府，题又作《代白头吟》。这首诗从女子写到老翁，咏叹青春易逝、富贵无常。构思独创，抒情宛转，语言优美，音韵和谐，艺术性较高，在初唐即受推崇，历来传为名篇。

⊙【赏评】

这首拟古乐府，又名《代白头吟》。诗歌以一女子伤春，而抒发了对人生、对生命的深刻体悟。

一时春风，洛阳花满城，城东的桃花更为妖娆。大风忽至，花瓣随风飘扬，漫天飞舞，飘飘落落不知飞往何处。一女子见如此情景，黯然神伤，今年花落犹且如此，明年花开不知谁又能见。松柏为薪，沧海桑田，今人还在伤花，古人却连洛城东伤花都不能。“年年岁岁花相似，岁岁年年人不同”发千古感叹，抒宇宙之恒理。后十四句写白头翁由青春到年老的经历，公子王孙，清歌妙舞，光禄池台，将军楼阁，都如落花，息呼而已，古来歌舞地只听得黄昏鸟雀的悲鸣。诗中欢乐与悲哀交织，一昂一低，大起大落，构思极其独特，情思宛转，音韵和谐、流畅、优美。全诗景物、情感、哲理相交融，倾吐了诗人人生短暂、富贵无常的感慨，并将之上升为生命的哲理：宇宙万物时刻在变化，人生短暂，红颜易逝，富贵难久，世事无常。同时，诗人将人生搭建在儒家的理想平台上：即使人生

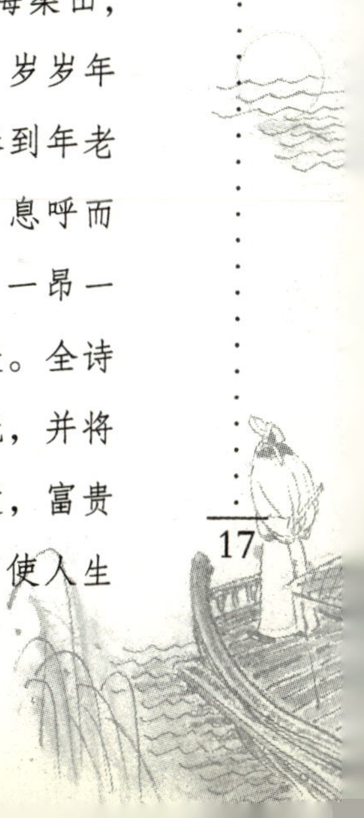

短暂，生命稍纵即逝，但若赋予其意义和价值，生命就在感性现实中赢得永恒与不朽。因而，诗歌的审美情感仍是轻快、清新、健康的。

⊙【诗评选辑】

①唐·孙季良《正声集》：以刘希夷诗为集中之最，由是大为时人所称。

②唐·刘肃《大唐新语》云：（希夷）尝为《白头吟》咏曰“今年花落颜色改，明年花开复谁在？”既而自悔曰：“我此诗似谶，与石崇‘白头同所归’何异也？”乃更作一句云：“年年岁岁花相似，岁岁年年人不同。”既而叹曰：“此句复似向谶矣，然死生有命，岂复由此？”乃两存之。诗成未周，为奸所杀，或云宋之问害之。

清远江峡山寺

张　说①

流落经荒外，逍遥此梵宫②。
云峰吐月白，石壁淡烟红。
宝塔灵仙涌，悬龛造化功。
天香涵竹气③，虚呗引松风④。
檐牖飞花入，廊房激水通。
猿鸣知谷静，鱼戏辨江空。
静默将何贵，惟应心境同。

⊙【注释】

①张说（667—731），开元前期重要的政治家、文学家。字道济，一字说之，洛阳（今属河南）人。武后天授元年（690）入仕。一生中“前后三秉大政，掌文学之任凡三十年”，是当时的文坛领袖。作为开元前期一代文宗，品评文苑，奖掖后进，深孚众望。为文俊丽，用思精密，朝廷大手笔，多特承帝旨撰述，尤长于碑文墓志。与许国公苏颋齐名，号称“燕许”。

②梵宫：佛寺。

③天香：祭神、礼佛的香。

④呗：梵音声。

⊙【诗本事】

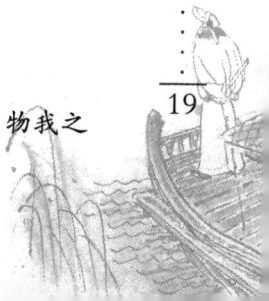

张说的诗体现了唐初“以禅入诗”的新趋势，虽然不够浑融，物我之

间仍不泯痕迹，但是毕竟在融合禅境入诗方面作出了可贵的尝试。

⊙【赏评】

北宗禅法追求的是心灵的澄澈明净，保持心境空灵是习禅的基础。山寺处于江峡地区，偏僻难行，故而人迹罕至，极其清幽。诗人用动景来衬静景，飞花飘落衬出环境的静谧，水声激越反衬出人声罕有，这是指山寺之静。"猿鸣知谷静，鱼戏辨江空"讲的是江峡之静。竹香隐约，梵唱缥缈，营造出一个似真非真、似虚非虚的空明境界。末二句点出，正是因为人的心静，以心灵来观照自然，人与景互相交会，方能体会到自然与佛理的完美契合，体会到"天香涵竹气，虚呗引松风"的妙处。这首诗是张说诗中将禅境融入诗境的最好的一篇。

灘湖山寺

张　说①

空山寂历道心生②，虚谷迢遥野鸟声。
禅室从来尘外赏，香台岂是世中情③。
云间东岭千寻出，树里南湖一片明。
若使巢由知此意，不将萝薜易簪缨④。

【注释】

①张说：见《清远江峡山寺》。

②寂历：犹寂静；冷清。

③香台：烧香之台，佛殿的别称。

④萝薜：用以指隐士的服装。簪缨：古代达官贵人的冠饰。后遂借以指高官显宦。

【诗本事】

开元二年（714）张说被贬到岳州，开元七年（719）迁并州都督，五年间，与赵冬曦、王琚、梁知微等人流连湖山，频频唱和，创作了大量山水诗，被称作“得江山之助”（《新唐书·张说传》）。张说的山水诗常以山水为载体，道出习禅之趣。

【赏评】

诗的开篇就道出了诗的主旨，因山之“空寂”而引发清净“道心”。但是连续用“空山”、“寂历”、“虚谷”、“尘外”等词语来强调山寺环境，

反而累赘，有堆砌之感。第一联与第三联分别从听觉、视觉两方面写“静”，“虚谷迢遥野鸟声”一句，以遥远、飘忽的野鸟叫声衬托出山谷之空寂，不仅少有人迹，连鸟的叫声也似有似无；“云间东岭千寻出，树里南湖一片明”一联写景，云的翻涌变化与山岭的静止形成对比，阳光照在水上，波光闪耀与湖的静寂也形成对比，营造出山寺远离尘嚣的清幽境界。第二联却将这一意境割裂为二，突兀并破坏了全诗的整体感。这说明张说在将禅意化入诗境方面还有欠缺。不过，“云间”一联写静景空境的手法很有新意，在王维辋川诸诗中经常见到类似景语，当然王诗的手法更为纯熟圆融。

灵隐寺

宋之问[1]

鹫岭郁岧峣[2]，龙宫锁寂寥[3]。
楼观沧海日，门对浙江潮。
桂子月中落，天香云外飘[4]。
扪萝登塔远，刳木取泉遥。
霜薄花更发，冰轻叶未凋。
夙龄尚遐异，搜对涤烦嚣。
待入天台路，看余度石桥[5]。

【注释】

①宋之问（约656—约713），字延清，一名少连，虢州弘农（今河南灵宝）人，一说汾州（今山西汾阳）人。诗与沈佺期齐名，同为五言律诗奠基人，称“沈宋体”。他的诗文词精巧，形式工整，多应制之作。被贬后，有一些感怀之作。有《宋之问集》。《全唐诗》存诗三卷。

②鹫岭：灵鹫山，佛教中传说的佛祖隐居之地。岧峣：形容山势高峻。

③龙宫：相传龙王曾请佛祖讲经说法，这里借指灵隐寺。

④天香：异香，此指祭神礼佛之香。

⑤天台：佛教天台宗的发源地，坐落在浙江天台县，天台山的楢溪上有石桥，下临陡峭山涧。

【诗本事】

宋之问先后依附武后媚臣张易之、张昌宗和安乐公主，陷入了统治集

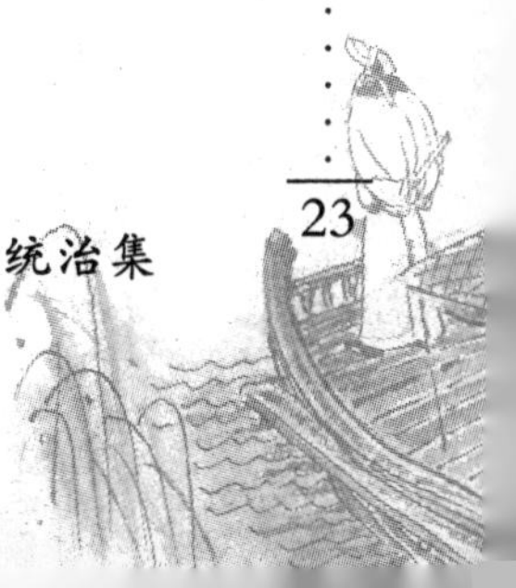

团内部争权夺利的政治旋涡之中，后被贬、被流放。政治动荡及个人宠辱无常的经历，使宋之问感触良深，而由朽烂陈腐的宫廷来到清新秀丽的水乡，也使他开始涤净心灵，境界升华。

⊙【赏评】

飞来峰山势高峻，连绵不绝，耸入云天。山色葱茏，空谷幽鸣，影影绰绰中灵隐寺便坐落其中。佛殿肃穆空寂，花自开落。山寺相映生辉，更见清嘉胜境。居灵隐寺则见门前江潮如线，登寺中塔楼便观得红日从海中冉冉升起，胜境佳处，怡人心境。每到秋爽时刻，常有似豆的颗粒从天空飘落，传闻那是从月宫中落下来的。寺中佛香袅袅，四散开来，上飘天际，整个胜地空灵而神秘。诗人在灵隐山上，攀住藤萝爬上高塔望远，循着引水刳木寻求幽景名泉，一路上未凋的红叶处处可逢，迎冰霜盛开的山花抢人眼目，使人神往。“夙龄尚遐异，搜对涤烦嚣”，是说诗人自幼就喜欢远方的奇异之景，能面对这惬意的景色正好洗涤心中尘世的烦恼。“待入天台路，看余度石桥”，这两句似写天台山，而实以天台山代指佛教，是说因游灵隐寺便对佛教更为神往，冀盼度得灵魂入得佛教胜境。

⊙【诗评选辑】

唐·元稹《唐检校工部员外郎杜君墓系铭序》云：唐兴，学官大振，历代之文，能者互出，而又沈宋之流，研炼精切，稳顺声势，谓之为律诗，由是而后，文变之体极焉。

古剑篇

郭　震①

君不见昆吾铁冶飞炎烟②，红光紫气俱赫然。
良工锻炼凡几年，铸得宝剑名龙泉③。
龙泉颜色如霜雪，良工咨嗟叹奇绝。
琉璃玉匣吐莲花，错镂金环映明月。
正逢天下无风尘④，幸得周防君子身。
精光黯黯青蛇色，文章片片绿龟鳞。
非直结交游侠子，亦曾亲近英雄人。
何言中路遭弃捐，零落飘沦古狱边。
虽复沉埋无所用，犹能夜夜气冲天。

【注释】

①郭震（656—713），唐朝著名将领。字元振，魏州贵乡（今河北大名县东）人。

②昆吾：传说以昆吾石冶铁铸剑，削铁如泥。

③龙泉：指古代著名的龙泉宝剑。传说被埋没在丰城的一个古牢狱的废墟下，直到晋朝宰相张华夜观天象，发现在斗宿、牛宿之间有紫气上冲于天，后经雷焕判断是“宝剑之精上彻于天”，才被发掘出来。

④风尘：指战争。

【诗本事】

郭震少有大志，十八岁举进士，为通泉尉。但他任侠使气，不拘小

节，曾经因盗铸及掠卖人口千余以馈赠宾客而犯法。武后欲治罪，和他交谈，发现他的才华，便索要文章。郭震呈上这篇《古剑篇》。武后大加赞叹，让学士李峤、阎朝隐等人传阅。授右武卫铠曹参军，进奉宸监丞，后又出使吐蕃。

⊙【赏评】

据说吴国干将和越国欧冶子二人，用昆吾所产精矿冶炼多年而铸成紫气直冲云霄的千古明剑——龙泉宝剑。龙泉剑剑光寒如霜雪，让良工嗟叹不已。将之放入琉璃玉匣之中，其光闪闪若朵朵莲花。就连剑的剑格的错金都直耀明月。太平年代虽乏用武之地，但也曾为君子英雄所佩用，助英雄行侠。龙泉宝剑精美绝伦，虽被沦落埋没，但它的紫气依然会上冲于天，直射斗宿、牛宿之间。显然，郭震是借歌咏龙泉剑以寄托自己的理想和抱负，抒发不遇的感慨和渴望建功立业的壮志。其不羁的气势、豪放的风格和深刻的寓意使人在艰于呼吸中，得到一丝希望。

⊙【诗评选辑】

唐·张说：郭震“文章有逸气，为世所重”。

登幽州台歌

陈子昂①

前不见古人，后不见来者。
念天地之悠悠②，独怆然而涕下③！

⊙【注释】

①陈子昂（约659—700），唐代文学家。字伯玉，梓州射洪（今四川射洪）人。因曾任右拾遗，后世称陈拾遗。其诗标举汉魏风骨，强调兴寄，反对柔靡之风，是唐代诗歌革新的先驱。有《陈伯玉集》。

②悠悠：渺远的样子。

③怆然：悲伤凄凉。涕：眼泪。

⊙【诗本事】

武则天万岁通天元年（696），契丹李尽忠、孙万荣等攻陷营州。武则天委派武攸宜率军征讨，陈子昂在武攸宜幕府担任参谋，随同出征。武为人轻率，少谋略。次年兵败，情况紧急，陈子昂请求遣万人作前驱以击敌，武不允。稍后，陈子昂又向武进言，不听，反把他降为军曹。诗人接连受到挫折，眼看报国宏愿成为泡影，因此登上蓟北楼（即幽州台，遗址在今北京市），慷慨悲吟，写下了《登幽州台歌》以及《蓟丘览古赠卢居士藏用七首》等诗篇。

⊙【赏评】

或许是一个残花衰尽的暮春傍晚，或许是一个秋叶尽净的深秋拂晓，

或许是一个浓云暗长、长风袭衣的时刻，也或许是一个淫雨霏霏、万木摧折的时分，诗人登上幽州的蓟北楼举目远眺，只觉得在一望无际的旷野中，自己宛如大海上的一叶孤舟。孤独在苍茫辽阔的空间里如野草般疯长，自己竟然如同蝼蚁一样微不足道。宇宙寥廓与绵长，个人却渺小与短暂，更何况生不逢时，怀才不遇，于是诗人伤感无限，涕泪交横。全诗直抒胸臆，破空而来，感情的潮水澎湃而出，震撼人心，具有苍凉悲壮的阳刚之气。

⊙【诗评选辑】

①宋·刘克庄《后村诗话》：唐初王杨沈宋擅名，然不脱齐梁之体，独陈拾遗首唱高雅冲淡之音，一扫六朝纤弱，趋于黄初建安矣。

②宋·朱熹《离居感兴诗序》：尽削浮靡，一振古雅。

③明·胡应麟《诗薮·内编》卷二：词旨幽邃，音节豪宕。

④清·宋长白《柳亭诗话》：阮步兵登广武城，叹曰："时无英雄，遂使竖子成名。"眼界胸襟，令人捉摸不定。陈拾遗会得此意，《登幽州台》曰……假令陈阮邂逅路岐，不知是哭是笑？

感遇三十八首（其二）

陈子昂①

兰若生春夏②，芊蔚何青青！
幽独空林色，朱蕤冒紫茎。
迟迟白日晚，嫋嫋秋风生③。
岁华尽摇落，芳意竟何成！

【注释】

①陈子昂：见《登幽州台歌》。

②兰：兰草，俗名兰香，生泽畔，花白紫叶、光润，五六月盛。若：杜若，叶似薑而有文理，味辛而香。

③嫋嫋：同袅袅，风摇树貌。

【诗本事】

《感遇》是陈子昂所写的以感慨身世及时政为主旨的组诗，共三十八首，本篇为其中的第二首。陈子昂颇有政治才干，但屡受排挤压抑，报国无门，四十一岁为射洪县令段简所害。诗中以兰若自比，寄托了个人的身世之感。

【赏评】

兰若在春夏开花，幽雅清秀，独具风采。它不像菊花那样昂首怒放，也不像牡丹那样富丽堂皇。朱红色的花静静地绽放，覆盖了紫色的茎，叶儿青青，在偶尔来访的风里摇曳。沁人心脾的芬芳随风四散开来，弥漫了整个山谷。秋天悄悄地走来，白天渐短。秋风不期而至，花儿片片飞散，秀美幽独的兰若在风刀霜剑的摧残下枯萎凋谢了。诗歌用比兴手法，以“幽独空林色”的兰若自比，由寒光威迫，兰若的芳华逝去，发出了美人迟暮之感，充满了对生命的哲理思索。借花草之凋零，悲叹华年易逝，浮生若梦，寓意凄婉，寄慨遥深。

【诗评选辑】

①元·方回《瀛奎律髓》：陈拾遗子昂，唐之诗祖也。不但《感遇诗》三十八首为古体之祖，其律诗亦近体之祖也。

②明·钟惺、谭元春《唐诗归》卷二：《感遇》数诗，其韵度虽与阮籍《咏怀》稍相近，身分铢两，实远过之。

③明·高棅《唐诗品汇》：唐初律体声华并隆，音节兼美，属梁、陈之艳藻，铲末路之靡薄，可谓盛矣，而古诗之流，尚阻蹊径。拾遗洗濯浮华，斫新雕朴，《感遇》诸作，挺然自树，虽颇峭径，而兴寄远矣。

④明·程元初《唐诗绪笺》：诗欲气高而不怒，怒则失于风流，此诗气高而不怒。

⑤清·唐汝询《汇编唐诗十集》：仅存汉魏口气。

⑥近代·高步瀛《唐宋诗举要》：吴挚甫曰：此自伤不遇明时。

春江花月夜

张若虚[1]

春江潮水连海平[2]，海上明月共潮生[3]。
滟滟随波千万里[4]，何处春江无月明。
江流宛转绕芳甸[5]，月照花林皆似霰[6]。
空里流霜不觉飞，汀上白沙看不见。
江天一色无纤尘，皎皎空中孤月轮。
江畔何人初见月？江月何年初照人？
人生代代无穷已，江月年年只相似。
不知江月待何人，但见长江送流水。
白云一片去悠悠，青枫浦上不胜愁[7]。
谁家今夜扁舟子[8]？何处相思明月楼[9]？
可怜楼上月徘徊[10]，应照离人妆镜台。
玉户帘中卷不去，捣衣砧上拂还来。
此时相望不相闻，愿逐月华流照君。
鸿雁长飞光不度，鱼龙潜跃水成文[11]。
昨夜闲潭梦落花，可怜春半不还家。
江水流春去欲尽，江潭落月复西斜。
斜月沉沉藏海雾，碣石潇湘无限路[12]。
不知乘月几人归，落月摇情满江树。

【注释】

①张若虚（约660—720），字不详。据《旧唐书》贺知章传，知其为扬州（今江苏扬州）人，做过兖州兵曹。中宗神龙年间（705—706）与贺知章、包融、张旭等并称为“吴中四士”，驰名京师。他们的诗才气纵横，情思浓郁，神采飞扬，意境清美，反映出盛唐前期的社会风貌和时代气息。《全唐诗》中存诗二首。

②“春江”句：意思是春潮盛涨，江海不分。平：平齐，平满。

③“海上”句：《太平御览》卷四引《抱朴子》：“月之精生水，是以月盛而潮大。”

④滟滟：波光闪烁貌。

⑤芳甸：杂花飘香的原野。

⑥霰：雪珠。

⑦浦：江水分叉处。

⑧扁舟子：飘荡江湖的客子。扁舟：小舟。

⑨明月楼：借指月夜闺楼中的思妇。

⑩月徘徊：指月光的移动。曹植《七哀诗》：“明月照高楼，流光正徘徊。上有愁思妇，悲叹有余哀。”

⑪“鸿雁”二句：意谓鸿雁善于长途飞翔，却不能将此处的月光带到远方；鱼儿善于在深水中跃动，但只能徒然激起层层水纹，难以将此处的水推送到他乡。说鸿雁、鱼，取鱼雁传信之意，龙则因鱼同类而及。

⑫碣石：山名，在今河北昌黎。潇、湘：二水名，均在今湖南。以碣石、潇湘对举，泛指地北天南，人远路遥。

【诗本事】

《春江花月夜》本为古乐府的旧题，初为吴地流行民歌，后被引入宫廷改制成宫廷乐曲。相传曲调始创于陈后主，原词已佚。最早的有隋炀帝所作二首，乃五言二韵小诗。后来，音乐部分失传，只剩诗歌形式，而成为隋唐以来宫体诗的题目。这首《春江花月夜》寄旧题以新意，化腐朽为神奇，从而成为千古绝唱。在主体上，虽然张若虚也写了男女恋情，但却有所突破，将对人生、宇宙的某种探索自然巧妙地融合在诗中。这样，诗人便为以写闺情为主的宫体诗开拓了新的意境。《春江花月夜》采用九章七言古绝句连缀而成，每章四个七言句组成一个有相对独立性的古绝，自成景、韵和意。诗人以一个“情”字作为贯穿全诗的红线，将九章古绝句连成一篇珠联璧合的整体。

【赏评】

全诗每四句一章，共九章，可分两部分。第一章到第四章为第一部分，描绘了春江月夜开阔、幽静、朦胧、神奇和美妙的自然景色，借此抒发诗人对宇宙的沉思遐想和对人生易逝的感慨万千。诗歌一开始即描绘春江潮涨，江面开阔，浩浩荡荡；江水与海水相接，洪波翻涌。浪涛中一轮明月冉冉升起，明月清辉洒在万顷江波上，波光粼粼、美妙异常。江水婉转前行，流到了一个芳草萋萋、繁花满树的幽处，但见月色溶溶，朦朦胧胧如凝霜，月华洒在花树上，朵朵花儿晶莹可爱如霰雪。整个银色沙滩和乳色月光融为一体，无法区分。随时间推移，月亮已升到当空，江天一色，更为浩瀚，使人不由得想到：自盘古开天辟地以来，想必就有此月亮了吧？不知谁第一次见到它，也不知明月是在哪年第一次照见世人？面对如此江月，能不感慨良多：人生代代相传、无穷无尽，唯江上明月年年相似、万古长存。今天，我们在这里看到明月，不知在我们身后，它又在等待何人。长江后浪推前浪，奔流不息，一去不回头。此景让人无不感叹人生易逝。

第二部分转入抒发游子思妇的离情别恨。一片悠悠远去的白云；遥远、荒僻树林水边的小船上，游子正被愁云惨雾笼罩；也正在此刻，幽居的情人正在高楼上望月怀人。那个美丽的女子，寂寞凄清，久立楼台，望月思亲，愁思满怀。多情的明月，不忍离她而去。夜色深沉，月影移动，照到那女子的梳妆台上。此时，小船上的游子和楼台上的思妇都看到那轮明月，虽互相思念，却彼此音信不通。那女子的极度思念化为幻想：她希望化作一缕月光，溶入铺天盖地的月光里，飞流到亲人身边，去抚照远方的亲人。但这又怎么可能？于是她又幻想委托云中的雁儿、水中的鱼儿为自己捎个信，传书到远方。可惜，善于传书的鸿雁也飞不出铺天盖地的月

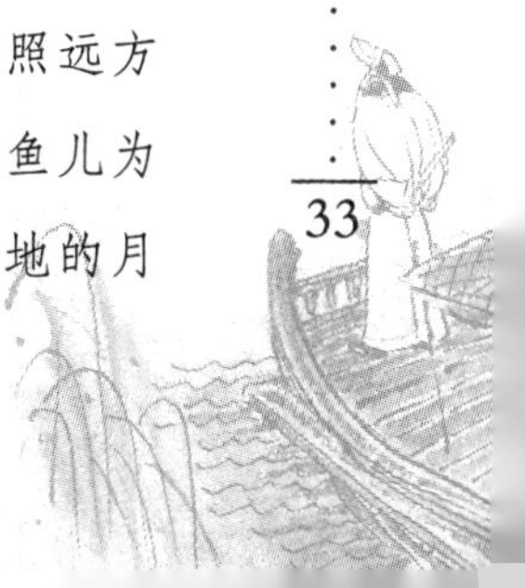

光；曾经传过尺素的鱼儿而今也只能潜入水底，激起几个小水纹而已。在这个月华如练的夜晚，那女子无力于纷扰的思绪，昨夜的梦爬上心头。昨夜她梦见自己在潭边闲步，看见繁花纷谢，飘飘落落。春光易逝，红颜易老啊，可怜这美好的青春就这样在无限的等待中随江水流去。眼前月已西沉，夜已将尽，可怜远方亲人依旧没有回家。随着时间推移，明月终于坠入沉沉海雾中，而游子、思妇依旧天南海北。思妇无奈叹息：不知在这么美好的明月之夜，能有几个游子趁月而归？只见多情的明月余晖带着人间纷乱、复杂和激荡的情思洒满江边的花树。

这首优美的长卷把对春江花月夜大自然美景的赞美、对人间至真至纯的爱情的讴歌、对永恒人生哲理的探求融为一体，使得全诗景、情、理水乳交融，形成了清新而又邈远的意境，读后让人心旷神怡。

⊙【诗评选辑】

①清·王闿运《湘绮楼论唐诗》：孤篇横绝，竟为大家。

②清·毛先舒《诗辩坻》：张若虚《春江潮水》篇，不著粉泽，自有腴资，而缠绵蕴藉，一意萦纡，调法出没，令人不测，殆化工之笔哉！

③清·沈德潜《唐诗别裁》：前半见人有变易，明月常在，江月不必待人，惟江流与月同无尽也。后半写思妇怅望之情，曲折三致。题中五字安放自然，犹是王、杨、卢、骆之体。

④清·王尧衢《古唐诗合解》：此篇是逐解转韵法。凡九解：前二解是起，后二解是收，起则渐渐吐题，收则渐渐结束，中五解是腹。虽其词有连有不连，而意则相生；至于题目五字，环转交错，各自生趣。“春”字四见，“江”字十二见，“花”字只二见，“月”字十五见，“夜”字只二见。于“江”则有用海、潮、波、流、汀、沙、浦、潇湘、碣石等以为陪，于“月”则用天、空、簇、霜、云、楼、妆台、帘、砧、鱼、雁、海雾等以为映。于代代无穷桨月望月之人之内，摘出扁舟游子、楼上离人两种，以描情事。楼上宜“月”，扁舟在“江”，此两种人于“春江花月夜”最独关情。故知情文相生，各各呈艳，光怪陆离，不可端倪，真奇制也。

汾上惊秋

苏　颋①

北风吹白云，万里渡河汾②。

心绪逢摇落③，秋声不可闻。

⊙【注释】

①苏颋（670—727），字廷硕，京兆武功（今属陕西）人。弱冠之年即中进士，曾任乌程尉、监察御史，修文馆学士，中书舍人等职，袭封许国公，官至宰相。文学功底深厚，朝廷的文诰常是他的手笔，与同朝的燕国公张说并称“燕许大手笔”。

②河汾：指汾水流入黄河的一段，汉武帝元鼎四年（前113）夏天，方士奏报祥瑞，在汾阴掘获黄帝铸造的宝鼎。汾即汾水，发源于山西省宁武县，西南流入黄河。

③心绪：心中的忧烦，如乱丝一般。摇落：树叶枯黄飘落。

⊙【诗本事】

开元时期的唐玄宗雄心勃勃，大有追步汉武帝之意。开元十一年（723）二月，玄宗来到汾阴祭祀后土，并下令改称汾阴为宝鼎县。苏颋其时正在礼部尚书任上，也从驾参加了这个祭祀盛典。苏颋长期充任中枢要职，甚受玄宗器重。大概就在从驾祭祀后土之后，忽然被调离朝廷，出京入蜀，任益州大都督府长史，到开元十三年（725）才又调回长安。外放的两年，是他一生仕履中最感失意的时期，这首诗可能就是这一两年中的一个秋天所作。

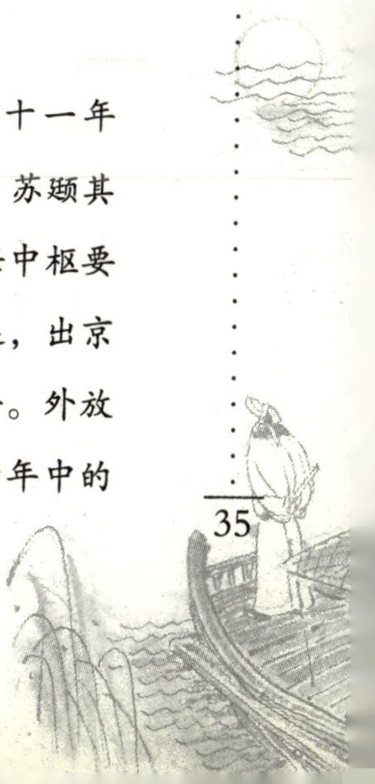

⊙【赏评】

飒飒的北风吹拂着天上的白云，长长的衣带随风飘荡。秋风似在为我送行，又像要陪伴着我渡过这万里的汾河去。草色枯黄，树叶飘落，在这个草木摇落的季节里，却因对前路的忧虑，心绪正自烦恼，哪堪这让人心碎的秋声啊。面对满目萧然之景，惊秋之情油然而生。汾上离都城未远，然感觉有万里之遥。何堪北风早至，云物凄凉，木叶摇落，秋声悲壮，前途遥远，唯觉寒凉之至，秋声可怕！

⊙【诗评选辑】

清·沈德潜《唐诗别裁》：一气流注，仍复含蓄，五言佳境。

感遇十二首（其一）

张九龄[1]

兰叶春葳蕤[2]，桂华秋皎洁。
欣欣此生意，自尔为佳节。
谁知林栖者[3]，闻风坐相悦。
草木有本心[4]，何求美人折[5]？

【注释】

①张九龄（678—740），字子寿，韶州曲江（今广东韶关）人。唐中宗景龙初中进士，玄宗朝应“道侔伊吕科”，策试高第，位至宰相。在位直言敢谏，举贤任能，为一代名相。张九龄诗歌成就颇高，独具“雅正冲淡”的神韵，写出了不少留存后世的名诗，并对岭南诗派的开创起了启迪作用。《全唐诗》存其诗一卷。

②葳蕤：枝叶茂盛而纷披。

③林栖者：栖居山林的隐士。坐：因为。

④本心：本性。

⑤“草木”二句：此为双关语，草木有自然的品质，人有自己的情操志节。这些自然自在的美好品质并不是因别人的好恶而存在的。

【诗本事】

张九龄《感遇》诗共十二首，作于开元二十五年（737）。这时作者被贬为荆州长史，抑郁不得志，以赋诗寄托自己的情怀。

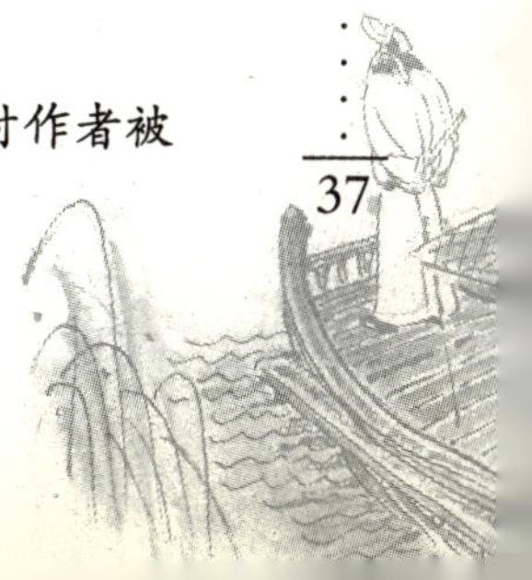

⊙【赏评】

春天来临，兰花一片青翠，一片片的叶子生长得如此茂盛，焕发着生命的活力。而桂花的生命佳期似在秋天，金黄的色彩那么鲜明，繁花朵朵，芬芳馥郁。兰桂倾其所有，精心演绎着生命的花期，使春秋成为美好的季节。连那些栖居在林间的人，也因为闻到风送花香而愉悦。兰花自为葳蕤，桂花自为皎洁，它不为取悦于美人，草木自有芳香的本性。全诗词意和平温雅，不激不昂。诗人以兰桂自喻，认为贤人君子的洁身自好、进德修业只是尽其本分，而并非借此来博得外界的称誉提拔以求富贵利达。

⊙【诗评选辑】

①明·胡应麟《诗薮》：盛唐继起，孟浩然、王维……本曲江之清淡而益以风神者也。

②明·周珽、周敬《唐诗选脉会通评林》：引周敬曰：曲江公诗雅正沉郁，言多造诣，体含风骚，五古直追汉魏深厚处。

③清·邢昉《唐风定》：透骨语出之和平。

④清·方东树《昭昧詹言》：立物各有时，人能识此意，则安命乐天。兴而比，收所谓“运命唯所遇”。

感遇十二首（其四）

张九龄[①]

孤鸿海上来，池潢不敢顾[②]。
侧见双翠鸟[③]，巢在三珠树[④]。
矫矫珍木巅，得无金丸惧[⑤]？
美服患人指[⑥]，高明逼神恶[⑦]。
今我游冥冥[⑧]，弋者何所慕[⑨]！

⊙【注释】

①张九龄：见《感遇十二首》（其一）。

②池潢：护城河。

③双翠鸟：即翡翠鸟，雄为翡，雌为翠，毛色华丽多彩。

④三珠树：神话传说中的宝树。本作三株树。见《山海经·海外南经》："三株树在炎火国北，生赤水上，其为树如柏，叶皆为珠。"

⑤"得无"句：岂不惧怕有子弹打来？得无：表反问语气，岂不、能不。金丸：弹弓的子弹。

⑥"美服"句：身着华美的服装应担心别人指责。

⑦"高明"句：官位显要会遭到鬼神的厌恶。高明：指地位官职尊贵的人。西汉扬雄《解嘲》："高明之家，鬼瞰其室。"

⑧冥冥：高远的天空。

⑨弋者：猎人。慕：想猎取鸟的欲望。

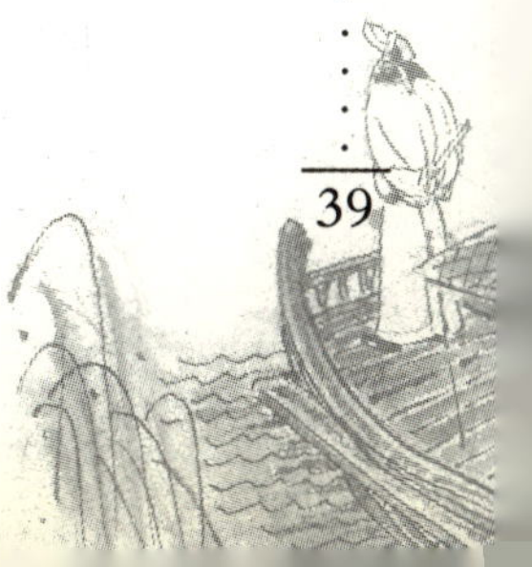

⊙【诗本事】

唐玄宗开元二十四年（736），李林甫、牛仙客执政后，张九龄被贬为荆州刺史。这首诗写成约两年后诗人就去世了，这首诗该是他晚年心境的吐露。

⊙【赏评】

大海上波浪滔天，汹涌澎湃。极目远舒，海天一色，苍茫一片，一只鸿雁飞翔其中。沧海是这样的大，鸿雁却是这样的小，它乘风破浪，高傲地飞翔。当它见到区区城墙外的护城河水，却不敢多看一眼。侧目看见一对身披翠色羽毛的翠鸟高高营巢在神话中所说的珍贵的三珠树上，闪光的羽毛那样显眼，难道就不怕猎人们用金弹丸来猎取吗？华美的衣服会使人指指点点，地位尊贵至极会遭神嫉妒。孤鸿既不重返海面，也不流连池潢，它没入苍茫无际的太空之中，猎人们虽然渴望猎取它，可是又将从何处去猎取它呢？诗人以鸿雁隐喻自己的身世之感，并揭示了才华和锋芒的外露容易遭人中伤、妒忌，身居高位常常被人猜忌、诬陷的生活哲理。

⊙【诗评选辑】

①清·沈德潜《唐诗别裁》：《感遇》诗，正字古奥；张曲江蕴藉；本原同出嗣宗；而精神面目各别，所以千古。

②清·刘熙载《艺概》：曲江之《感遇》出于《骚》。

望月怀远

张九龄①

海上生明月，天涯共此时。

情人怨遥夜②，竟夕起相思③。

灭烛怜光满④，披衣觉露滋。

不堪盈手赠，还寝梦佳期⑤。

【注释】

①张九龄：见《感遇十二首》（其一）。

②情人：亲人。怨遥夜：因离别而幽怨失眠，以致抱怨夜长。

③竟夕：一整夜。

④怜光满：爱惜满屋的月光。

⑤“不堪”二句：月光虽可爱，却不能抓一把送给远方的亲人，只好回屋睡觉，希望得个好梦。陆机《拟明月何皎皎》：“照之有余辉，揽之不盈手。”

【诗本事】

怀远，就是怀念远方的亲人。这首诗写身处异地的亲人在同样的时间里怀着同样的情怀共看明月。望月念远，相思难眠，梦中相逢，都是人世间常有的情景，诗人娓娓道来，亲切感人，情深意永，细腻入微，历来被人传诵。

【赏评】

一轮皓月从海上冉冉升起，皎洁的月光洒落在云上，洒落在波光粼粼

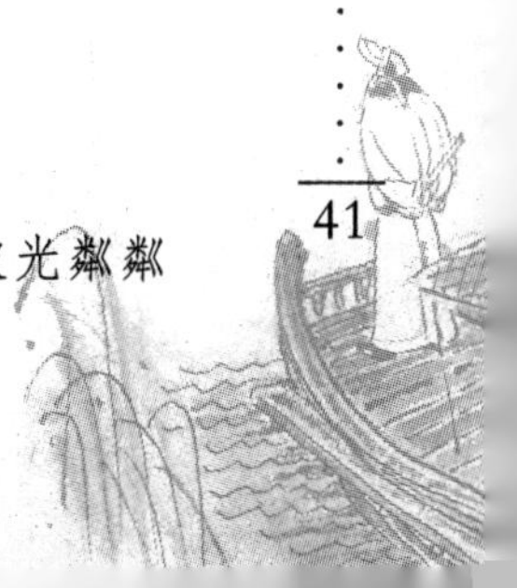

的海上，洒落在棋子般入眠的小舟上，洒落在岸上，洒落在千山万水上，也洒落在遥如天涯多情人的身上。明月深奥莫窥，遥远难测，这一切展现出一派无限广阔壮丽的动人景象。此时此境自然而然地勾起了诗中人的不尽思念。由于月光而怀远，由于怀远而苦思，又由于苦思而辗转反侧，多情人恼恨着漫漫长夜，对月相思而彻夜不得入眠。只好吹灭烛火，却更觉月华如练。于是披衣步出室外，独自对月仰望凝思。夜已经深了，月似乎更明。寒意袭人，露水沾湿了衣裳。月光“照之有余辉，揽之不盈手”，随之而来就是寻梦之想，希望能尽快入眠，期望能在梦中与亲人一见。更衬托出诗人思念远人的深挚感情。诗歌在这失望与希望的交织中戛然而止，读之尤觉韵味深长。

这首月夜怀人之作情深意永，细腻入微。“海上生明月，天涯共此时”一句意境雄浑阔大，诗人将之上升为一种生命的感悟，成为千古佳句。

⊙【诗评选辑】

①明·郭浚《增订评注唐诗正声》引郭云：清浑不著，又不佻薄，较杜审言《望月》更有余味。

②明·周珽、周敬《唐诗选脉会通评林》云：通篇全以骨力胜，即灭烛、光满四字，正是月之神。用一怜字，便含下结意，可思不可言。

登鹳雀楼

王之涣[1]

白日依山尽[2]，黄河入海流。
欲穷千里目，更上一层楼。

⊙【注释】

①王之涣（688—742），盛唐边塞诗人之一。字季凌，晋阳（今山西太原）人。为人性格豪放，有侠士风度，常击剑悲歌。其诗大气磅礴，韵调优美，多被当时乐工制曲歌唱，名动一时。他的作品大都散佚，传世仅六首。

②依：依傍。

⊙【诗本事】

开元中，王之涣与王昌龄、高适齐名。一日天寒微雪，三人共来旗亭小饮，正好有十多个梨园伶官和四位著名歌妓也来此会宴，他们三人便在旁边一边烤火一边观看。王昌龄提议说，我们各擅诗名，究竟谁胜于谁，今天可看他们所唱谁的诗多，谁便为优者。第一个歌妓唱的是王昌龄的“一片冰心在玉壶”，王昌龄在壁上为自己画了一道。第二个唱的是高适的“开箧泪沾臆”，高适也为自己画了一道。随后王昌龄又添得一道。王之涣说，这几位为普通歌妓，应看那位最佳的歌妓唱的是谁的诗。待那名妓唱时，开口便为王之涣的“白日依山尽”。三人不觉开心笑起来。旗亭画壁便成了文坛佳话。鹳雀楼，旧址在山西永济县，楼高三层，前对中条山，下临黄河。传说常有鹳雀在此停留，故有此名。

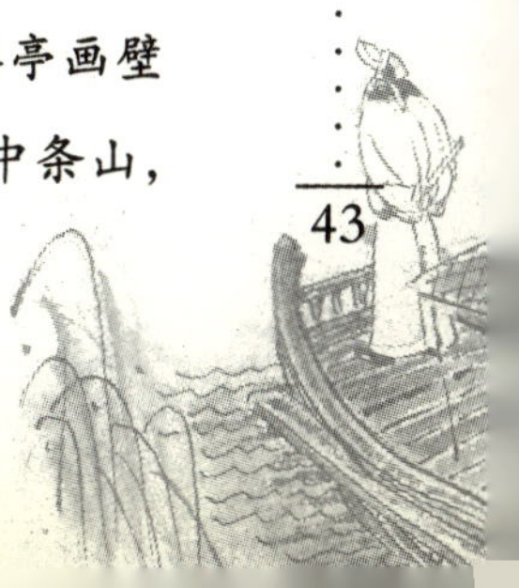

⊙【赏评】

王之涣的《登鹳雀楼》是一首富于理趣的登览之作。这首诗写诗人在登高望远中表现出来的不凡的胸襟抱负，反映了盛唐时期人们昂扬向上的进取精神。

前两句写远景，写山，写登高远眺。云海苍茫，山色空蒙。由于云遮雾绕，太阳渐渐收尽余晖，渐渐地变成了刺目的白。白日沉沉依远处层层峦峦的山脉而下。滚滚黄河，蜿蜒如带，奔赴东海。高山、落日、大河，尽收眼底，构成一幅苍茫阔远、气势雄浑的画图，具有尺幅千里的艺术效果。后两句别翻新意，出人意表，直抒诗人胸怀，启迪人们要想达到更高境界就必须百尺竿头更进一步。这首诗把道理与景物、情事有机融合，自然流畅，哲理深思，余味无穷，历来被奉为千古绝唱。

⊙【诗评选辑】

①清·沈德潜《唐诗别裁》：四语皆对，读来不嫌其排，骨高故也。

②宋·沈括《梦溪笔谈》：河中府鹳雀楼三层，前瞻中条，下瞰大河。唐人留诗者甚多，唯李益、王之涣、畅当三篇，能状其景。

③近代·俞陛云《诗境浅说续编》：前二句写山河胜概，雄伟阔远，兼而有之，已如题之量。后二句复余劲穿札。二十字中，有尺幅千里之势。

与诸子登岘首

孟浩然①

人事有代谢，往来成古今。
江山留胜迹，我辈复登临②。
水落鱼梁浅③，天寒梦泽深④。
羊公碑尚在⑤，读罢泪沾襟。

【注释】

①孟浩然（689—740），唐代田园山水诗人。本名浩，字浩然，襄州襄阳（今湖北襄樊）人，世称孟襄阳。诗与王维齐名，并称“王孟”。有《孟浩然集》四卷。

②登临：登山观看。

③鱼梁：鱼梁洲，襄阳汉江中离岘首山不远处的大沙洲，因水浅时渔民常在此设渔具（“鱼梁”）捕鱼而得名。诸葛亮的老师、长辈庞德公在此处有别墅。

④梦泽：云梦泽，古泽名，故址在今湖北安陆一带。

⑤羊公碑：晋人羊祜之碑。

【诗本事】

孟浩然生逢盛唐，早年有很大的抱负，有用世之志，但政治上困顿失意。曾被放归襄阳，曾漫游吴越，穷极山水之胜以隐士终身。他的诗多写山水田园和隐居的逸兴以及羁旅行役的心情。岘首，岘山主峰山麓延伸至汉江边的小山，在襄阳城南凤林关北端，位于群岘（襄阳西南群山）之首，故名。唐宋时岘山、岘首山可互称。

⊙【赏评】

据《晋书·羊祜传》，羊祜坐镇荆襄时，常到岘首山置酒言咏，曾对同游者喟然叹曰："自有宇宙，便有此山，由来贤达胜士，登此远望如我与卿者多矣，皆湮灭无闻，使人悲伤！"羊祜死后，襄阳百姓于岘山建碑立庙，"岁时飨祭焉。望其碑者，莫不流涕"。杜预称之为"堕泪碑"。这首诗写诗人与诸友登临岘首山的感悟。

大约在一个冬日，一身闲人的孟浩然与朋友登临古迹，感慨万千。寒来暑往，春去秋来，时光飞逝。人事变化总如花开花落，一来二往中，古今更替，此地却也空留先贤的胜迹了。登临远眺，水落石出，鱼梁洲呈露出水面。周围草木凋零，一片萧条景象。一望无际的云梦泽在逼人的寒气里显得更深。朝代的更迭，人事的变迁，多么无情！然而羊公碑却还屹立在岘首山上。至此诗人不由得自伤怀抱，满腹辛酸，联想自己仕进建功而未得，不由得黯然流泪。这首诗语言通俗易懂，感情真挚动人，以平淡深远见长。而"人事有代谢，往来成古今"的哲理感叹成为千古绝唱。

⊙【诗评选辑】

①明·胡震亨《唐音癸签》引《吟谱》：冲澹中有壮逸之气。

②宋·严羽《沧浪诗话·诗辨》：一味妙悟而已。

题义公禅房

孟浩然①

义公习禅寂②，结宇依空林。
户外一峰秀，阶前众壑深。
夕阳连雨足，空翠落庭阴。
看取莲花净③，方知不染心。

⊙【注释】

①孟浩然：见《与诸子登岘首》。

②义公：唐代高僧，与孟浩然友善。禅寂：佛家语，指佛教徒坐禅入定，思唯寂静。

③莲花：佛家语，即通常所说的“青莲”，梵语为“优钵罗”，即莲花。

⊙【诗本事】

这是一首题赞诗，也是一首山水诗。义公是位高僧，禅房是他坐禅修行的屋宇。本诗通过描写义公禅房的山水环境衬托出义公的清德高风，情调古雅，潇洒物外。

⊙【赏评】

这是孟浩然写给唐代高僧义公的题赞诗。

义公为有道高僧，他的参禅修行之地便见禅机。寺庙掩映在青山幽谷之间，黄色的琉璃瓦，红色的寺墙，旗幡随风轻轻飘摇，塔铃声不时回

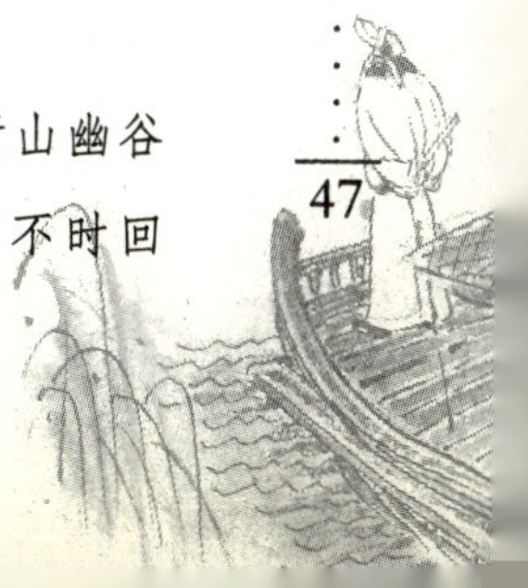

荡。寺庙背依一片静谧空幽的山林。正对禅房是一座挺拔秀美的山峰，云绕其间；台阶下临深深的山谷。出得门来，瞻仰高峰，注目深壑，看山间云卷云舒，观沟壑中阴阳变换，自有一种断绝尘想的意绪、神往物外的志趣。浸透了山林的大雨在夕阳落山前结束了。夕阳徐下，天宇方沐，山峦清净，晚霞夕岚，相映绚烂。此刻，几缕未尽的雨丝拂来，一派空翠的水汽飘落在禅房庭上。万物新沐，了无纤尘，禅房融入青翠空明的山色之中，唯见到莲花的清雅洁净后才能理解心境清明，也唯此刻方能体味义公的高超境界和绝俗襟怀。这首诗写得清淡秀丽，自然明快，充满禅趣，是孟诗的代表作之一。

移舟泊烟渚，日暮客愁新。
野旷天低树，江清月近人。

——孟浩然《宿建德江》

宿建德江

孟浩然①

移舟泊烟渚②，日暮客愁新。

野旷天低树③，江清月近人④。

⊙【注释】

①孟浩然：见《与诸子登岘首》。

②烟渚：烟岚笼罩的江边。渚：水中小块陆地。《尔雅·释水》：“水中可居者曰洲，小洲曰渚。”

③旷：空旷。

④江清：江水清澈。

⊙【诗本事】

建德江，指新安江流经建德（今属浙江）的一段江水。这首诗以舟泊暮宿为背景，抒写羁旅之思。

⊙【赏评】

行船停靠在江中的一个烟雾朦胧的小洲边，日落黄昏，江面上水烟蒙蒙，苍苍茫茫。放眼望去，旷野无垠，远处的天空显得比近处的树木还要低，羁旅之愁蓦然而生。夜悄悄地降临，高挂在天上的明月映在澄清的江水中，和舟中的人是那么近，游子寂寞的心似乎寻得了慰藉。

这是写羁旅愁思的山水行役之作，江景中寄寓思乡之情。首句点明游

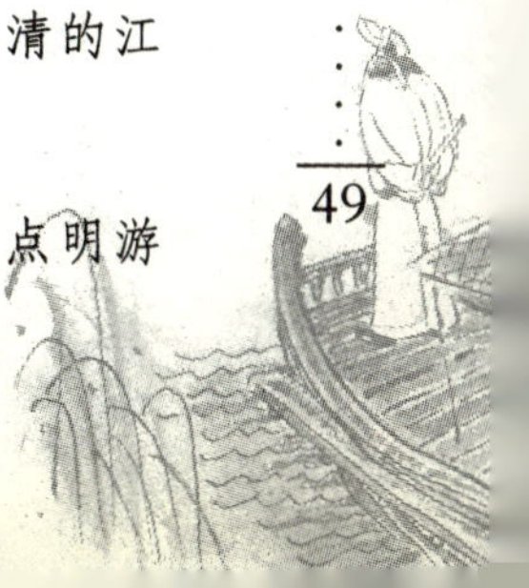

子漂泊之事，暮色苍茫，烟渚迷离，衬托心情之迷惘、忧愁。旷野空阔，衬托游子之孤独，天低暗示心情压抑；江水清冷，暗寓情怀凄恻；唯明月近人，是说人之孤独无依。整首诗无不包含诗人对生命的感悟。

⊙【诗评选辑】

近代·刘永济《唐人绝句精华》：诗家有情在景中之说，此诗是也。

春泛若耶溪

綦毋潜①

幽意无断绝，此去随所偶。
晚风吹行舟，花路入溪口。
际夜转西壑②，隔山望南斗。
潭烟飞溶溶③，林月低向后。
生事且弥漫④，愿为持竿叟。

⊙【注释】

①綦毋潜（691—756），唐代有名的诗人。字孝通，虔州南康（今属江西）人，一说湖北江陵人。他的诗多写方外之情和山林孤寂之境，流露出追慕隐逸之意，诗风接近王维。《全唐诗》存其诗一卷。

②际夜：至夜。

③潭烟：水汽。

④弥漫：渺茫。

⊙【诗本事】

开元二十一年（733）冬，綦毋潜送诗友储光羲辞官归隐，受其影响，萌发了归隐之志，便于当年年底离开长安，经洛阳，盘桓半年多，最后下定决心弃官南返。他先在江淮一带游历，足迹几乎遍及这一带的名山胜迹。留传至今的诗也多描写风光之作，这首诗是他的代表作。

【赏评】

这是一首五言古体诗。

在一个春风和煦的傍晚，诗人在无法割舍的恬淡自适的情怀里乘一叶扁舟，任随水流飘飘荡荡。晚风习习，拂面而来，船儿转入了春花夹岸的溪口，一路花自绚烂，迷人心眼，心旷神怡。不知何时夜幕已悄悄降临，小舟也在不觉中转入了西壑，偶尔抬头见得前边影影绰绰的山影上的南天的斗宿。船儿悠悠地前行，在水面濛濛的雾气中穿过。树梢上绰若仙子的月亮也似向后移去。人生世事正如溪水上弥漫无边的烟雾，缥缈迷茫，我愿做若耶溪边一位持竿而钓的隐者。

诗人描绘了春江花月之夜泛舟溪上的幽美、寂静而又迷蒙的意境，展示了幽居独处、不与世事、放任自适的意趣，揭示了对生命的感悟。

【诗评选辑】

①明・胡震亨《唐音癸签》：举体清秀，萧肃跨俗。

②唐・殷璠《河岳英灵集》：善写方外之情。

宿裴氏山庄

王昌龄①

苍苍竹林暮，吾亦知所投。
静坐山斋月，清溪闻远流。
西风下微雨，晓向白云收。
遂解尘中组②，终南春可游。

⊙【注释】

①王昌龄（？—约756），字少伯，京兆长安（今陕西西安）人。（据《旧唐书》，而《新唐书·文苑传》称其为江宁人，或为误会。殷璠《河岳英灵集》又称“太原王昌龄”，或因太原乃王氏郡望）。青年时代的王昌龄曾西行游历，经邠州、泾州、萧关出塞。又还游太原等地，再入嵩山隐居学道。他与诗人李颀、岑参的交往始于此时。开元十五年（727）进士，开元二十七年（739）曾谪岭南。开元二十八年（740）任江宁县（今南京郊县，秦淮河流域）丞，天宝间贬龙标（今湖南黔阳）尉，故世称“王江宁”或“王龙标”。安史乱起还乡，不知何故被刺史、亳州太守闾丘晓杀害，终年六十岁。有“诗家夫子王江宁”之誉（见《唐才子传》卷二）。刘克庄《后村诗话新集》卷三云：“唐人《琉璃堂图》以昌龄为诗家天子，其尊之如此。”王昌龄的创作生涯主要在开元前后的盛唐时期，反映了开元、天宝之际的社会生活，代表盛唐诗的艺术水平。

②组：官冕上的璎珞。

⊙【诗本事】

开元、天宝时期，禅风大炽。王昌龄由于多方面的因素广交僧友，过从密切，相酬妙句。这是其中的一首。

【赏评】

此诗写一座清幽孤寂的山间小寺，掩映在一片烟霭雾气下的莽莽苍苍的竹林之中。夜宿于此的诗人，正静听那细雨穿林打叶、欢快的小溪流珠溅玉。此刻，他的心也如天边不羁的白云飘飘悠悠，又像微雨轻洗过的翠竹幽谷空明洁静。因心外无“镜”，时光自黄昏至夜至晓竟浑然不觉。在这诗一般美、梦一般幻的地方，作者的出尘之思也如雨后山间草木悄然萌动，不可遏止。于是，诗人终于发出了“遂解尘中组，终南春可游”的慨叹。很显然，置身这苍林翠竹、青山白云、微雨溪流中的诗人，正空诸一切，心无挂碍。其闲适的心境已与清幽的环境如宾主相得，浑然融契，并从中体会到了禅意，又以禅意去体味人生，从而欲脱离局促的社会政治樊篱，渴望享受清寂空幽和闲适自由。其对佛境的钦羡、对方外生活的向往溢于言表。

【诗评选辑】

宋·计有功《唐诗纪事》：孤洁恬澹，与物无伤。

就道士问周易参同契

王昌龄[1]

仙人骑白鹿，发短耳何长。
时余采菖蒲，忽见嵩之阳。
稽首求丹经[2]，乃出怀中方。
披读了不悟，归来问嵇康[3]。
嗟余无道骨，发我入太行。

【注释】

①王昌龄：见《宿裴氏山庄》。

②稽首：出家人所行的常礼，一般在见面时用。

③嵇康（223—262或者224—263），字叔夜，本姓奚，谯郡铚（今安徽宿州西南）人。“竹林七贤”的领袖人物。三国时魏末著名的诗人与音乐家，是当时玄学家的代表人物之一。他的性格桀骜不驯，愤世嫉俗，因蔑视司马昭而招致杀身之祸。

【诗本事】

青年时代的王昌龄曾西行游历，后又入嵩山隐居学道。这首诗大约作于这一时期。

【赏评】

诗的开篇即直言自己对有道高人骑鹿云游、采药炼丹潇洒生活的钦慕：“仙人骑白鹿，发短耳何长”。既而感到与其临渊羡鱼，不如退而结

网。于是即刻身体力行："稽首求丹经"，也欲如"发短耳何长"的仙人一样云游四方。被其至诚所感，道人"乃出怀中方"，然而遗憾的是，诗人披读再三，仍然"了不悟"。原来是自己愚拙不慧、凡根未净，因而迫切希望高士们能指点迷津，帮助自己挣脱尘俗的羁束，以实现夙愿。全诗巧妙地通过遇仙、求经、未悟、归问等形象的描写于字里行间表达了对生命的永恒与愉悦、对自由的追求和向往。

秋 兴

王昌龄①

日暮西北堂，凉风洗修木。
著书在南窗，门馆常肃肃②。
苔草延古意，视听转幽独。
或问余所营，对泰就寒谷③。

【注释】

①王昌龄：见《宿裴氏山庄》。
②肃肃：清幽；静谧。
③寒谷：阴冷的山谷。

【诗本事】

禅定的过程就是一个虚静的过程，在这个过程中，个体精神须进入“无物”、“无我”、“无心”的境界，从而超越自我和客观世界以达到超然。这首诗以秋天为感兴趣的对象，描绘的是对禅的感悟。

【赏评】

全诗绘就一幅优美宁静的画面：一抹返照的夕阳，被夕阳辉映的苔草，凉风洗沐下的修木及肃肃静幽的门馆……透过这些可以体味到那股静谧幽深之气，更可以从中感悟到一种超然的情绪。在这清幽宁静、疏淡优美的画面中有着诗人的身影：或面南窗而赋诗著书，或就寒谷而躬耕营作。那渴求超离尘俗、过怡然自得生活的心情已溢于言表。这首诗的语言、情致、风格、意境都接近陶渊明、王维和孟浩然的诗。

⊙【诗评选辑】

①明·钟惺、谭元春《唐诗归》卷十一中云：能读以下三诗（指《秋兴》以及《宿裴氏山庄》、《斋心》），方许看陶诗，许作王、孟。

②钟惺、谭元春《唐诗归》：其深厚处益见陶诗渊源脉络。

斋　心

王昌龄①

女萝覆石壁②，溪水幽蒙胧。
紫葛更黄花，娟娟寒露中。
朝饮花上露，夜卧松下风。
云英化为水，光采与我同。
日月荡精魂，寥寥天府空。

【注释】

①王昌龄：见《宿裴氏山庄》。

②女萝：亦作“女罗”。植物名，即松萝。多附生在松树上，成丝状下垂。

【诗本事】

斋心，祛除杂念，使心神凝寂。禅道都认为只有一心志、遗视听、绝嗜欲、离外物、融自然，才能达到绝对自由的精神境界。

【赏评】

道教是我国固有的宗教，植根于中华民族古老深厚的文化土壤之中。唐代是道教重要发展时期，它以道家老庄之学为本位，吸取佛学中的义理精华，加以融会贯通，对自然宇宙、社会人生等方面的哲理问题提出了诸多新解释与新观念。认为道之本性是自然清静的，修道众生也同万物一样，禀赋道性而自然化生，因此众生之本性也应是清静无为的。然而众生

由于外物的诱惑和干扰，心识迷乱，丧失本性。解救的唯一办法就是静心修道，摒弃物象之干扰，体悟万法虽动不动，而归根复命，静于真性，以达长生久视之道。道教的这种全性保真、求宁静、重自然的思维方式，对王昌龄的审美趣味产生了很大的影响。

诗中描绘了溪水澄澈，环境静谧。青青的女萝拥覆石壁，寒露之中青葛蔓绕，黄花绽放。而此时心如朗月、性似寒潭的诗人已达“致虚极，守静笃”的境界：朝饮花露，夜卧松下，胸无纤物，离尘绝俗，且日月之光辉仍不断涤除其精神之尘垢，使其与天地冥合为一。可见，诗人此时清幽澄静的心境与清幽沉静的物境已经悠然契合、浑然一体了。从中可以体会到一种物我无间、人境两夺的盎然意趣。

酬张少府

王　维①

晚年惟好静，万事不关心。
自顾无长策②，空知返旧林③。
松风吹解带，山月照弹琴。
君问穷通理④，渔歌入浦深。

⊙【注释】

①王维（701—761），字摩诘，太原祁州（今山西祁县）人。出身世代官僚地主之家。诗、文、书、画都很著名，又精通音乐，善弹琴、琵琶。山水诗成就为最，与孟浩然合称“王孟”，晚年无心仕途，专诚奉佛，故后世人称其为“诗佛”。他的诗歌现存四百多首。其中存在着真伪问题的约有六十首。今传世王集以清人赵殿成《王右丞集笺注》最为完备（上海古籍出版社1984年出版标点本）。又有陈铁民《王维集校注》本（中华书局1997年出版）。

②“自顾”句：长策，高见。自认为没有高策可以报国。

③空：徒。旧林：故居。

④穷通理：穷困通达的道理。

⊙【诗本事】

这是一首赠友诗。张九龄罢相贬官，朝政大权落到奸相李林甫手中，忠贞正直之士一个个受到排斥、打击，政治局面日趋黑暗，王维的理想随之破灭。这首诗虽反映了他内心的矛盾和苦闷，但由于诗人高越的人生建

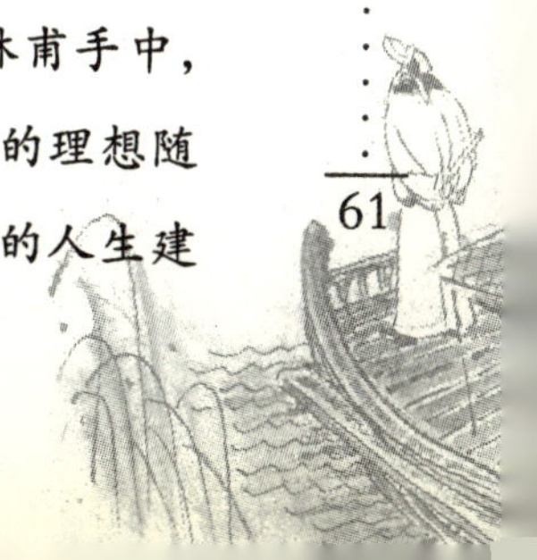

构而充满了禅悦。

⊙【赏评】

佛门以“空”为本，即万事万物都没有常住不变的本相。“空”为一法印，是佛教第一要义。在佛家看来，“四大皆空”，一切事物都既非真有，又非虚无，只有将主体与客体尽作空观，方能超凡脱俗，也才能真正达到与天地万物和谐契合的境地。同时，佛教又竭力追求静幽沉静的“禅定”境界，体现与自然山水、宇宙天地一种巨大的亲和力，从而在这生灭不已的朝辉夕阴、花开花落的大自然永恒的“空”性和宁静中妙悟禅机。

诗人摒除世事的纷扰，只愿沉浸在属于自己的静谧世界之中。前四句写情，极写好“静”，对于国家，自己无长策，所以只有返归山林，沉浸在佛理的探寻之中。在这方天地，可以在月下徜徉，让阵阵“松风”吹开衣裾，在山月下弹琴。一派宁静悠闲的氛围。最后两句回到赠友，你问我那些穷困通达的道理，就请听听水边深处的渔歌声吧。没有直接回答，故作玄解，实际上是禅宗的那种以不答作答——世事如此，还问什么穷通之理，不如跟我一块归隐去吧。也因此使得本诗含蓄而富有韵味，洒脱超然，发人深省。

⊙【诗评选辑】

近代·高步瀛《唐宋诗举要》引吴汝伦语：幽微敻邈，最是王、孟得意神境。

过香积寺

王　维[1]

不知香积寺，数里入云峰。
古木无人径，深山何处钟。
泉声咽危石，日色冷青松。
薄暮空潭曲，安禅制毒龙[2]。

⊙【注释】

①王维：见《酬张少府》。

②“安禅”句：安禅：佛家语，指佛徒安静地打坐，身心安然于静思疑虑万念俱寂之境。制毒龙：佛家故事，说西方的一个水潭中曾有一条毒龙害人，被佛教高僧以无边佛法制伏。这里比喻佛法可以克制人心中的一切世俗杂念和妄想。

⊙【诗本事】

这是王维的一首借寻常游览描写景物抒发禅心的诗。过，拜访、探望之意。香积寺为唐佛寺名，在今西安长安区南神禾原上。

⊙【赏评】

这首诗意境空明悠远，不可泊凑，历来为人称道。全诗着重表现出一个“静”字。前两联写诗人沿山路而行，越走越高，行走数里云雾弥漫，并不知有香积寺。只见古木夹道，寂无人迹，忽闻钟声自林霭深处传来，才知山寺所在。这四句生动地表现出山的深幽。“何处”既与“无人”对

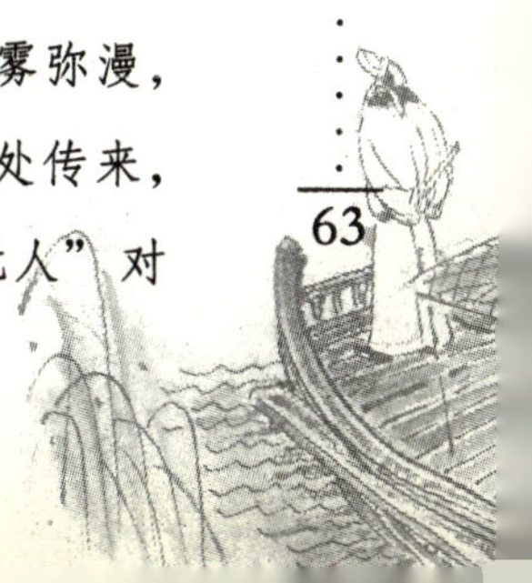

偶，又遥应开篇的"不知"，将一种幽远深奥、缥缈莫测、令人迷惘讶异的氛围渲染得越来越浓。颈联又进一步借泉声的幽咽和日色的凄冷渲染山寺远离世间烟火、俗人难以接近的氛围，更显静谧幽远。结尾两句才写到寺，但仍然不写寺中景物，而写寺外清潭的空旷幽寂、潭岸的曲折深僻、钟声的悠远绵长、僧人的安禅入定。全诗写寺，不从正面直接描绘，而只是由低处到高处、由远处到近处地从各个侧面烘托山寺的深幽。正是借助于这种巧妙的构思，诗人由浅及深地创造了超脱尘俗和忘我入禅两个境界，使外在景物与内蕴的禅境相互映照。也可以看出，诗人是孤独的，似乎这世界上只有他一个人。他在用心谛听着这个大千世界的心律，同时以此来表现所领悟的一切皆空、身心两忘的禅趣。

⊙【诗评选辑】

①清·赵殿成《王右丞集笺注》：此篇起句超忽，谓初不知有山寺也；迨深入云峰，于古木森丛人迹罕到之区，忽闻钟声，而始知之。四句一气盘旋，灭尽针线之迹；非自盛唐，未易多觏。

②清·赵殿成《诗境浅说》：下一"咽"字，则幽静之状恍然；著一"冷"字，则深僻之景若见。昔人所谓诗眼是也。

终南别业

王　维①

中岁颇好道，晚家南山陲②。
兴来每独往，胜事空自知。
行到水穷处③，坐看云起时。
偶然值林叟，谈笑无还期。

【注释】

①王维：见《酬张少府》。

②南山陲：终南山脚。

③水穷处：流水的尽头。

【诗本事】

这首诗写于诗人被调回长安之时，那时候朝中李林甫当政，诗人不能施展抱负，就在终南山下筑庐而居，与当地的裴迪等唱和。他在《山中与裴秀才迪》的信中说："足下方温经，猥不敢相烦。辄便往山中，憩感配寺，与山僧饭讫而去。北涉玄灞，清月映郭；夜登华子冈，辋水沦涟，与月上下。寒山远火，明灭林外；深巷寒犬，吠声如豹；村墟夜舂，复与疏钟相间。此时独坐，僮仆静默，多思曩昔携手赋诗，步仄径、临清流也。"他每日参禅打坐，吃斋奉佛，悠闲自在。这首诗描写的就是那种自得其乐的闲适情趣。"终南别业"一作"初至山中"，又作"入山寄城中故人"。

⊙【赏评】

禅家说：“禅心如流水。”由于诗人早年学道，天性淡逸，超然物外，这首诗通过写一行一坐一笑体现了心中的悠闲，如行云自由翱翔，如流水自由流淌。诗从山居学道写起，诗人独来独往，自得其乐。他随意而行，不知不觉竟来到流水的尽头，看到无路可走了，于是索性“坐看云起”，可巧又遇到了看林老人，两人便谈笑风生，乐而忘归了。处处都是无心的遇合，处处体现出诗人宁静淡逸、超然物外的风采。

⊙【诗评选辑】

①宋·毋怪《宣和画谱》：“行到水穷处，坐看云起时”及“白云回望合，青霭人看无”之类，以其句法，皆所画也。

②近代·俞陛云《诗境浅说》：行至水穷，若已到尽头，而又看云起，见妙境之无穷。可悟处世事变之无穷，求学之义理亦无穷。此二句有一片化机之妙。

秋夜独坐

王　维①

独坐悲双鬓，空堂欲二更。
雨中山果落，灯下草虫鸣。
白发终难变，黄金不可成②。
欲知除老病，唯有学无生③。

⊙【注释】

①王维：见《酬张少府》。

②“黄金”二句：指没有长生不老的神药。古代一些术士认为可以在炉中炼出灵丹妙药，也能炼出黄金。

③学无生：谓学佛。

⊙【诗本事】

王维在外调入京城后，抑郁不得志，就过着亦官亦隐的生活，信奉禅理。《秋夜独坐》又作题《冬夜书怀》。

⊙【赏评】

这首诗感慨岁月催人老、韶华易逝，贬斥那种神仙虚妄，要求体悟佛意根本，是诗人现身体味禅意之作。

首联描写秋夜雨意绵绵，夜深人静，已是中年的诗人独坐空堂。一“空”字回应“独坐”，并烘托诗人内心之“悲”。颔联以写景反衬灯下的

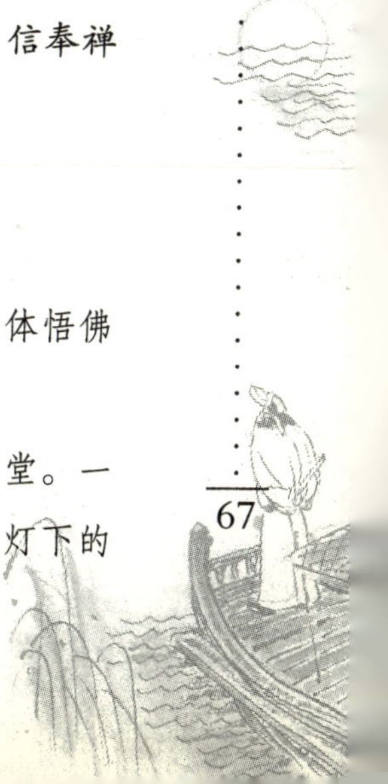

诗人在静寂中遐想，听任雨声中山中的野果成熟下落，秋虫凄凄鸣叫。颈联与尾联写诗人的感悟。如同自然中的一切，万事万物最终都会消失，人的生老病死不可改变，想学术士们炼丹服药，那终究是虚幻。要真正解脱人生的种种痛苦，唯有信佛。

在艺术表现上，前后连接极为自然，人物内心思绪的表现较为真切细致，可谓已达“化工”之境。

⊙【诗评选辑】

①明·王世贞《艺苑卮言》：摩诘才胜孟襄阳，由工入微，不犯痕迹，所以为佳。孟造思极苦，既成乃得超然之致。皮生撷其佳句，真足配古人。第其句不能出五字外，篇不能出四十字外，此其所短也。

②清·徐增《而庵说唐诗》：白以气韵胜，子美以格律胜，摩诘以理趣胜。太白千秋逸调，子美一代规模，摩诘精大雄氏（指释迦牟尼）之学，句句皆合圣教。

鹿　柴

王　维①

空山不见人，但闻人语响。
返景入深林②，复照青苔上。

【注释】

①王维：见《酬张少府》。

②景：影，日光之影。

【诗本事】

天宝年间，王维在终南山下辋川谷中购置了曾属宋之问的别墅。他在辋川别墅与朋友裴迪唱和，咏当地景物，并自辑其五绝二十首，题名为《辋川集》，自序云："余别业在辋川山谷，其游止有孟城坳、华子冈、文杏馆、斤竹岭、鹿柴、木兰柴、茱萸沜、宫槐陌、临湖亭、南垞、欹湖、柳浪、栾家濑、金屑泉、白石滩、北垞、竹里馆、辛夷坞、漆园、椒园等，与裴迪闲暇各赋绝句云尔。"此诗是其中第四首，以不见人影而人语清晰可闻来反衬空山之幽静。

【赏评】

这首诗写鹿柴附近的空山深林傍晚时分的幽静景色，着力体现空、静、冷幽的禅意氛围。空谷传音，愈见空谷之空；空山人语，愈见空山之寂。人语响过，空山复归于万籁俱寂的境界。一阵人语之后，更觉空寂。

一抹余晖射入幽暗的深林，斑驳的树影照映在树下的青苔上，那一小片光影和大片的无边的幽暗所构成的强烈对比使深林的幽暗更加突出。这并非是山空廓虚无，而是诗人的内心宛如太古之境，才有此般生命的感悟。诗人以他特有的画家、音乐家对色彩、声音的敏感把握住空山人语响、深林入返照的一刹那间所显示的幽静境界。

⊙【诗评选辑】

①宋·严羽《沧浪诗话·诗辨》云：其妙处透彻玲珑，不可凑泊，如空中之音，相中之色……言有尽而意无穷。

②宋·刘辰翁《王孟诗评》云：无言而有画意。

③清·李锳、李兆元《诗法易简录》：人语响，是有声也；返景照，是有色也。写空山不从无声无色处写，偏从有声有色处写，而愈见其空。严沧浪所谓“玲珑剔透”者，应推此种。

竹里馆

王　维①

独坐幽篁里②，弹琴复长啸③。
深林人不知，明月来相照。

【注释】

①王维：见《酬张少府》。

②幽篁：深密的竹林。篁：竹。

③长啸：长声吟唱。魏晋名士称吹口哨为啸。

【诗本事】

这是《辋川集》中的一首。可参阅《鹿柴》“诗本事”。

【赏评】

此首写山林幽居情趣。独自坐在幽深的竹林之中，弹着古琴以抒寂寞的情怀。虽僻居深林之中，也并不为此感到孤独，因为那一轮皎洁的月亮还在朗照。皎洁的月光穿过竹叶，斑驳地笼罩了周身。蓦然的长啸与清冷的琴声在林间摇曳。整首诗勾画出竹林深处绝无尘世的嘈杂、琴声清幽、歌吟舒畅的情境，诗人此时尽情享受着独处的自由，细细品味艺术人生的高雅情趣，似乎不食人间烟火。知此乐者，唯此山此月也。人与自然化而为一，亦儒亦佛亦道。

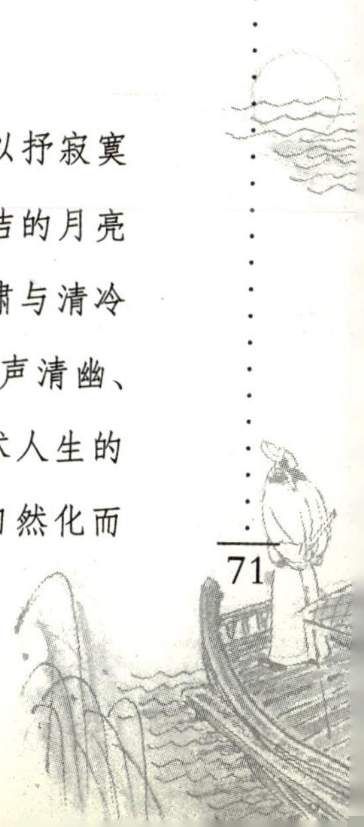

【诗评选辑】

①宋·苏轼《书摩诘蓝田烟雨图》云：味摩诘之诗，诗中有画；观摩诘之画，画中有诗。

②清·黄培芳《唐贤三昧集笺注》：幽迥之思，使人神气爽然。

鸟鸣涧

王　维①

人闲桂花落②，夜静春山空③。
月出惊山鸟，时鸣春涧中④。

【注释】

①王维：见《酬张少府》。

②闲：安静。

③空：空空荡荡。

④时：时而，偶尔。

【诗本事】

这是《辋川集》中的一首。可参阅《鹿柴》“诗本事”。

【赏评】

一个春天的傍晚，四周寂寂无声，桂花轻轻地悠然地飘落。那旋转飘落声，那轻轻的着地声，似乎都听得见。春夜里的山更让人觉得空空荡荡。月亮出来了，小鸟像被惊动一样不时在山涧中传出一阵阵清脆的鸣叫。

诗作极写空灵娴静的环境和心境，主人公用他全部的心神去细细地聆听花落鸟鸣的天籁，内心宁静淡泊。静到极处的自然在诗人笔下有声有色，生机盎然。月出无声，而山鸟惊飞，这是动静相衬的艺术佳境。

【诗评选辑】

①清·徐增《而庵说唐诗》：右丞精于禅理，其诗皆合圣教。

②清·黄叔灿《唐诗笺注》：闲事闲情，妙以闲人领此闲趣。

③清·李锳《诗法易简录》：鸟鸣，动机也；涧，狭境也。而先着"夜静春山空"五字于其前，然后点出鸟鸣涧来，便觉有一种空旷寂静景象，因鸟鸣而愈显者，流露于笔墨之外。一片化机，非复人力可到。

漆　园

王　维①

古人非傲吏②，自阙经世务。

偶寄一微官，婆娑数株树③。

⊙【注释】

①王维：见《酬张少府》。

②傲吏：指庄子。据《史记·老庄申韩列传》载，庄子曾为漆园吏，楚威王遣使聘他为相，遭他拒绝，他对使者说："子亟去，无污我！"这就是后世所称道的庄子啸傲王侯的故事。郭璞称庄子为"傲吏"。

③婆娑：这里用以指树，形容其枝叶纷披，已无生机。

⊙【诗本事】

这是《辋川集》中的一首。可参阅《鹿柴》"诗本事"。

⊙【赏评】

在这首诗中，王维认为庄子并不是"傲"，而是洞明世间的一切，明白一切都是虚无，一切皆是白驹过隙。悟道如此，他便自觉缺少经国济世的本领，偶尔做一个微不足道的小官，只不过是暂寄形骸而已，就如那似无生机却又恬然自适的几株树一样。

这首诗用典自然贴切，且与作者的思想感情、环境经历融为一体，借古人以自喻，集中地表现了诗人隐逸恬淡的生活情趣和自甘淡泊的人生态度。诗中深蕴哲理，耐人寻味。

⊙【诗评选辑】

宋·许顗《彦周诗话》：孟浩然、王摩诘诗，自李、杜而下，当为第一。老杜诗云：“不见高人王右丞”，又云“吾怜孟浩然”，皆公论也。

书　事

王　维①

轻阴阁小雨②，深院昼慵开③。
坐看苍苔色，欲上人衣来。

⊙【注释】

①王维：见《酬张少府》。

②阁：同搁，意谓停止。

③慵：慵懒、疏懒。

⊙【诗本事】

这是《辋川集》中的一首。可参阅《鹿柴》“诗本事”。

⊙【赏评】

蒙蒙的细雨渐渐地停了，好像是被轻轻的阴云所阻止。薄云中的光亮使雨后的庭院深邃而空明，虽是白昼，却懒得去打开院门。院中的青苔经过小雨的滋润，轻尘涤净，格外青翠。那翠绿浸润到空气之中，周围的一切景物都映照了一层绿光，盈盈的绿似乎要缘衣而上，入人襟怀。诗中透露出对清幽恬静生活的陶醉之情，与深院小景浑然交融。

这首诗通过移情作用和拟人手法描绘了深院小景的幽静，点染出了诗人好静的个性，从中透露出对清幽恬静生活的陶醉之情，创造了一个物我相生、宁静而充满生命活力的意境。

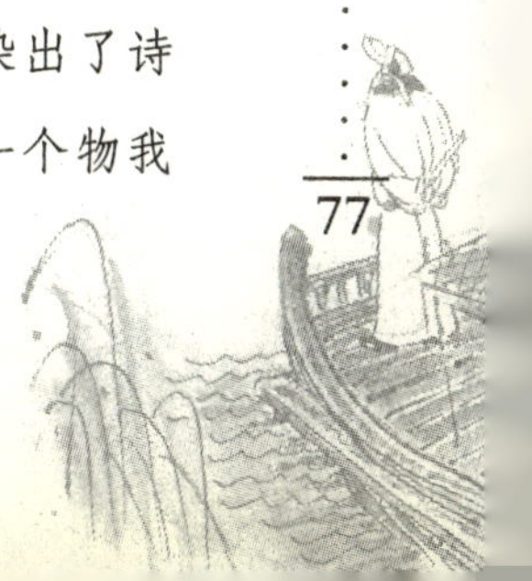

◎【诗评选辑】

清·沈德潜《说诗晬语》卷下曰：不用禅语，时得禅理。

山　中

王　维[①]

荆溪白石出[②]，天寒红叶稀。

山路元无雨，空翠湿人衣[③]。

【注释】

①王维：见《酬张少府》。

②荆溪：本名长水，又称浐水，源出今陕西蓝田县西南秦岭山中，北流至长安东北入灞水。

③湿：使动用法，使……湿。

【诗本事】

这是《辋川集》中的一首。可参阅《鹿柴》“诗本事”。

【赏评】

这首小诗描绘诗人初冬时节游览秦岭的情景。

弯弯曲曲的山路随潺潺的荆溪而盘旋。初冬季节，天已微寒，山溪变成涓涓细流，清澄莹澈，绕着嶙嶙白石而下。四周的崖壁上树木丛生，蓊郁青葱，将整个秦岭淹没在无边的浓翠之中。偶尔可见几片早早红了的叶子，给山谷增添了色彩。山路上虽然没有下雨，但浓浓的绿渗入空气之中，如烟如雾，迷蒙一片，像细雨打湿行人的衣服。

这首诗描绘山中冬景，虽则色泽斑斓鲜明，富于诗情画意，静谧美

丽，但山则山，溪则溪，叶则叶，都如诗人心中的禅悦，是一种自然的兴现。

⊙【诗评选辑】

清·沈德潜《说诗晬语》卷下曰：不用禅语，时得禅理。

积雨辋川庄作

王　维①

积雨空林烟火迟，蒸藜炊黍饷东菑②。
漠漠水田飞白鹭，阴阴夏木啭黄鹂。
山中习静观朝槿③，松下清斋折露葵。
野老与人争席罢④，海鸥何事更相疑⑤？

【注释】

①王维：见《酬张少府》。

②饷东菑：给在东边田里干活的人送饭。菑：本指已经开垦了一年的田。

③朝槿：即木槿，落叶灌木，夏季开花，朝开暮落，故又称朝槿。

④野老：自称。争席：表示和人相处很随便，无隔阂。《庄子·杂篇·寓言》载：阳子居（杨朱）初到旅舍，面露骄矜之色，旅舍主人对他很恭敬，其他客人也纷纷为他让座。后来老子教他去掉矜持，他再到旅舍，就显得很随和，人们也就不再给他让座，而和他争席而坐，相处就很随便了。

⑤海鸥：《列子·黄帝篇》载：海上有人好鸥，每日与鸥鸟游玩，数以百计的鸥鸟聚集在他身边。有一天，他的父亲叫他捉鸥鸟。第二天他来到海边，鸥鸟就盘旋不下了，因为他有了机心。此处以海鸥比喻淳朴而无机心的农人。

【诗本事】

诗题一作《秋归辋川庄作》。

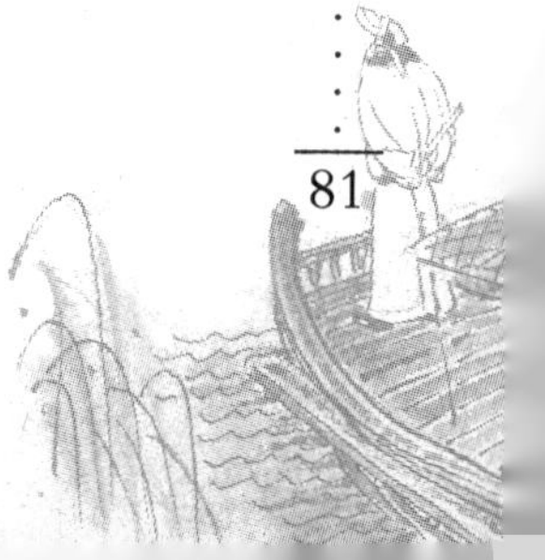

唐詩寶鑒

⊙【赏评】

这是一首七言律诗。整首诗形象鲜明，兴味深远，表现了诗人隐居山林、脱离尘俗的闲情逸致，是王维田园诗的一首代表作。

正是连雨时节，天阴地湿，空气潮润，静谧的丛林上空，炊烟缓缓升起来，那是山下农家正烧火做饭呢。女人家蒸藜炊黍，把饭菜准备好，便提携着送往东菑——东面田头，男人们一清早就去那里劳作了。颔联写自然景色。广漠空蒙、布满积水的平畴上，白鹭翩翩起飞，意态是那样潇洒。远近高低、蔚然深秀的密林中，黄鹂互相唱和，歌喉是那样甜美。"山中习静观朝槿，松下清斋折露葵。"诗人尽享山野生活的乐趣，参槿而悟人生短暂，采葵以供清斋素食。"野老与人争席罢，海鸥何事更相疑?"诗人快慰地宣称：我早已去机心、绝俗念、随缘任遇、于人无碍、与世无争了，还有谁会无端地猜忌我呢？庶几可以免除尘世烦恼，悠悠然耽于山林之乐了。

这首七律中，诗人把自己幽雅清淡的禅寂生活与辋川恬静优美的田园风光结合起来描写，创造了一个物我相惬、情景交融的意境。

⊙【诗评选辑】

①宋·叶梦得《石林诗话》卷上：此两句好处，正在添"漠漠""阴阴"四字，此乃摩诘为嘉祐点化，以自见其妙。如李光弼将郭子仪军，一号令之，精采数倍。

②清·赵殿成《王右丞集笺注》卷十：淡雅幽寂，莫过右丞《积雨》。

③清·胡以梅《唐诗贯珠》：雨后之景，用叠字独能句圆神旺。

夏日过青龙寺谒操禅师

王　维①

龙钟一老翁，徐步谒禅宫。
欲问义心义，遥知空病空。
山河天眼里②，世界法身中③。
莫怪消炎热，能生大地风。

⊙【注释】

①王维：见《酬张少府》。

②天眼：即佛教“五眼”（肉眼、天眼、慧眼、法眼、佛眼）之一。

③法身：佛学概念，僧肇维于《维摩诘经》注中认为：“法身者，虚空身也。无生而无不生，无形而无不形。超三界之表，绝有心之境。阴人所不能摄，称赞所不能及。寒暑不能为其患，生死无以化其体。故其为物也，微妙无象，不可为有；备应万形，不可为无；弥纶八极，不可为小；细入无间，不可为大。故能人生出死，通洞乎无穷之化，变现殊方，应无端之求。”《大乘义章》卷十八云：“言法身者，解有两义：一显法本性以成其身，名为法身；二以一切诸功德法而成身，故名为法身。”

⊙【诗本事】

这是一首佛理诗。诗题《夏日过青龙寺谒操禅师》，过是拜访之意，谒是拜谒，拜见。操禅师是青龙寺高僧，与王维、裴迪常有来往。

⊙【赏评】

这首诗以生动的形象来演说佛理。

诗人自称老态龙钟，颤巍巍慢步去青龙寺拜谒操禅师，去探讨佛理，明白了佛性本有，法性皆空。操禅师为有道高僧，明悟佛法，山河尽在佛的天眼里，世界都在佛的法身中。这首诗所涉及的佛理之核心，即中间的“欲问义心义，遥知空病空。山河天眼里，世界法身中”四句。前十字所写，是指操禅师通晓佛家“一切皆空”（即所谓“空病空”）的佛理学说，所以王维特地前来向其询问“义心”（指众生所具有的先天性佛性）的佛学之理。而“山河天眼里，世界法身中”一联，则是从佛学本体论的角度阐述“法身”与“世界”的关系。“法身”广大无边，能统摄万物，涵盖一切。而这是佛教对众生万物本体的认识，即所谓的本体论。王维于诗中专门言及此者，表明的是他对这种本体论的体认与解悟。

登辨觉寺

王　维①

竹径从初地，莲峰出化城②。
窗中三楚尽，林上九江平。
软草承趺坐③，长松响梵声。
空居法云外，观世得无生④。

【注释】

①王维：见《酬张少府》。

②化城：一时幻化的城郭。佛教用以比喻小乘境界。佛欲使一切众生都得到大乘佛果。然恐众生畏难，先说小乘涅槃，犹如化城，众生中途暂以止息，进而求取真正佛果。见《法华经·化城喻品》。

③趺坐：结跏趺坐的略称。佛教中修禅者的坐法，即双足交叠而坐。

④无生：无生就无灭，也就是证得涅槃之妙果。

【诗本事】

辨觉寺，唐代著名寺院。这首诗写诗人登辨觉寺后所见景象和所悟的佛理。

【赏评】

这首诗的“窗中三楚尽，林上九江平。软草承趺坐，长松响梵声”四句写景，是境界开阔、意趣盎然的山水意境。作者通过登寺时于“窗中”

之所及，不仅描写了“三楚尽”而“九江平”的阔大景象，而且还以“软草承趺坐，长松响梵声”十字形象地勾画出了僧人们于梵声中在芳草上趺坐的动人景观。远景与近景的结合，声色与动静的互融，在这四句诗中交相辉映，使得辨觉寺清幽而静谧的自然特点得以立体之凸显。其中，又尤以“窗中三楚尽，林上九江平”两句的描写而为后人所称道。诗歌从开篇到结尾，所用佛家语甚多，如初地、化城、趺坐、梵声、空、法云、无生等，其依序出自《华严经》、《法华经》、《大智度论》等佛学典籍。且“空居法云外，观世得无生”两句，还涉及对佛学修习的态度与方式问题，乃属于佛理的范畴。

【诗评选辑】

元·方回《瀛奎律髓》卷四十七：此似是庐山僧寺，三四形容广大，其语即无雕刻，而窗中林外四字，一了千里，甚佳。

华子冈

裴　迪①

日落松风起，还家草露晞②。

云光侵履迹③，山翠拂人衣④。

⊙【注释】

①裴迪（716—?），盛唐著名的山水田园诗人之一。关中（今陕西）人。官蜀州刺史及尚书省郎。一生以诗文见称。与大诗人王维、杜甫关系密切。早年与“诗佛”王维过从甚密，晚年居辋川、终南山，两人来往更为频繁，故其诗多是与王维的唱和应酬之作。受王维的影响，裴迪的诗大多为五绝，描写的也常是幽寂的景色，大抵和王维山水诗相近。

②晞：干，干燥。

③云光：落日的余晖。侵：渗入。履迹：足迹，鞋子在路上留下的印记。

④拂：掠过，轻轻擦过。

⊙【诗本事】

裴迪是王维最好的朋友。王维隐居于蓝田（今陕西蓝田）辋川，与裴迪“浮舟往来，弹琴赋诗，啸咏终日”。辋川别墅有华子冈、竹里馆、鹿柴等名胜多处，王维与裴迪各赋五言绝句二十首，互为唱和，以歌咏其优美景色。《华子冈》即是其中之一。

⊙【赏评】

夕阳西下、晚风初起的薄暮，夕阳倚着远山慢慢西沉。晚风轻轻地从

苍翠的松林上掠过。路旁的绿草上早已没了露水。诗人悠悠然漫步下冈，夕阳余晖像在追寻他的步履。山色柔绿，印入空气之中，在轻轻的晚风中轻拂着诗人的衣衫。

这首诗笔墨疏淡，蕴含丰富，具有“含不尽之意于言外”的神韵。所谓“入禅”，也是指自然，有天趣，有神韵。

⊙【诗评选辑】

①清·王士禛《带经堂诗话》：王、裴辋川绝句字字入禅。

②清·王士禛《万首唐人绝句选》：神与境会，境从语显，其命意造语，皆从沈思苦练后，却如不经意出之，而意味、神采、风韵色色都绝。

咏山泉

储光羲①

山中有流水，借问不知名。
映地为天色，飞空作雨声。
转来深涧满，分出小池平。
恬澹无人见②，年年长自清。

⊙【注释】

①储光羲（约707—约762），唐代诗人。润州延陵（今江苏丹阳）人。祖籍兖州（今属山东）。开元十四（726）进士，与崔国辅、綦毋潜同榜。授冯翊县尉，转汜水、安宜等县尉。仕宦不得意，隐居终南山的别业。后出山任太祝，世称储太祝。安史乱起，叛军攻陷长安，他被俘，迫受伪职，后脱身归朝，贬死岭南。

②恬澹：亦作恬惔。同恬淡，清静淡泊。

⊙【诗本事】

储光羲曾经隐于终南山，与王维递相唱和，有“储王”并称之誉，其诗风近于王维、孟浩然。

⊙【赏评】

这是一首禅意涌动的诗，一直以来都将这首诗作为唐人“禅机入诗”的典型之一。诗境清幽雅致，充满禅意。山里有一道流动的泉水，问人也不知道它叫什么名字。映照在地上的是天空的色调；飞扬在半空的像下雨

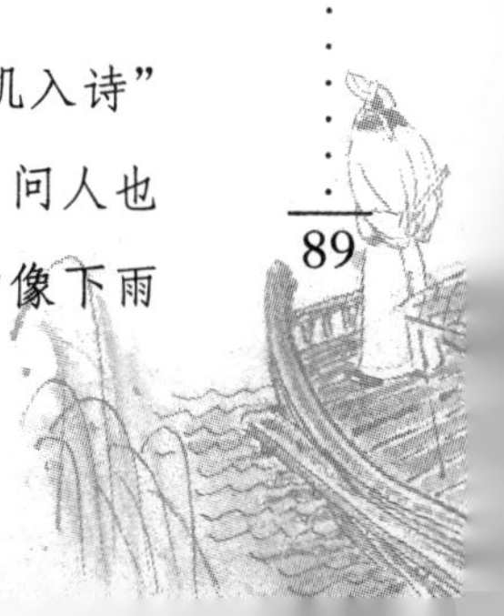

的声音；绕转过来的使深涧充满；分岔流出的把小池灌平。它恬适淡然的样子不为人见，只是一年一年保持着自己的清冽。

这首诗写得清灵淡雅，呈现了自然的神奇美妙。山泉悠游自在，不欲人见，常年保持自清，其精神令人赞叹。心仪山泉的诗人借此表达了自己高洁的情怀。

⊙【诗评选辑】

①唐·殷璠《河岳英灵集》：格高调逸，趣远情深，削尽常言，挟《风》、《雅》之迹、浩然之气。

②清《四库全书总目提要》：源出陶潜，质朴之中，有古雅之味，位置于王维、孟浩然间，殆无愧色。

③清·沈德潜《说诗晬语》：陶诗胸次浩然，其中有一段渊深朴茂不可到处。唐人祖述者，王右丞有其清腴，孟山人有其闲远，储太祝有其朴实，韦左司有其冲和，柳仪曹有其峻洁，皆学焉而得其性之所近。

宿云门寺阁

孙　逖[①]

香阁东山下，烟花象外幽。
悬灯千嶂夕，卷幔五湖秋[②]。
画壁馀鸿雁，纱窗宿斗牛。
更疑天路近，梦与白云游。

【注释】

①孙逖（696—761），博州武水（今山东聊城市西南）人。工诗善文，官至中书舍人。在当时声望卓著，颜真卿推许为“人文之宗师，国风之哲匠”（《孙逖文公集序》）。《全唐诗》存诗一卷。

②五湖：太湖的别名。

【诗本事】

云门寺在今浙江绍兴境内的云门山（又名东山）上，晋安帝时建，梁代处士何胤、唐代名僧智永等都在寺里栖隐过。杜甫也有诗曾写云门寺：“若耶溪，云门寺，吾独何为在泥滓？青鞋布袜从此始。”（《奉先刘少府新画山水障歌》）

【赏评】

这首诗写诗人夜宿云门寺的感触。

时近傍晚，满山的山花和着濛濛的烟霭笼罩在苍茫的暮色中。云门寺

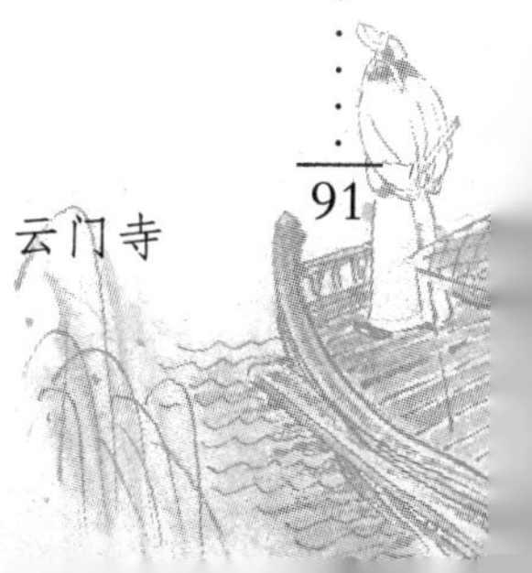

就矗立于东山下，静谧而朦胧。点燃油灯，卷起久垂的帷帘，伫立窗前，窗外千仞高山迎面而来，云气暗涌，如面对秋日的五湖，烟波浩渺，波浪涌动。环顾室内，墙上年久失修的壁画大部分已经剥落，只见到残留的大雁。蓦然回首，天空闪烁的群星像是镶嵌在窗户上。这一切都如梦境一样奇幻，使人感觉天路近在眼前，恍如在白云间飘游。

这首诗从远处写全景，再从阁内写外景，最后写阁内及幻觉，将诗人恬淡的心境和云门寺的幽静、超凡脱俗表现得淋漓尽致。

次北固山下

王　湾①

客路青山外②，行舟绿水前。
潮平两岸阔③，风正一帆悬。
海日生残夜④，江春入旧年⑤。
乡书何处达⑥，归雁洛阳边。

⊙【注释】

①王湾（693—751），唐代诗人。洛阳（今属河南）人，字号不详。玄宗先天年间（712—713）进士及第，授荥阳县主簿。因参与编撰辑集《群书四部录》，授任洛阳尉。约开元十七年（729），曾作诗赠当时宰相萧嵩和裴光庭，其后行迹不详。

②客路：旅途。

③潮平：指潮与岸齐，因而两岸显得宽阔，这是春潮初升时的景象。

④残：夜将尽时分。

⑤旧年：过去的一年

⑥乡书：即家书，指诗人寄给洛阳家中的信。旧谓鸿雁可以传递书信，故诗人有托书于归雁之意。

⊙【诗本事】

唐玄宗先天元年（712）王湾中进士，次年出游吴地，由洛阳沿运河南下瓜州，后乘舟东渡大江抵京口（今镇江，即北固山所在地），接着东行去苏州。这首诗大概写于这次游览途中。

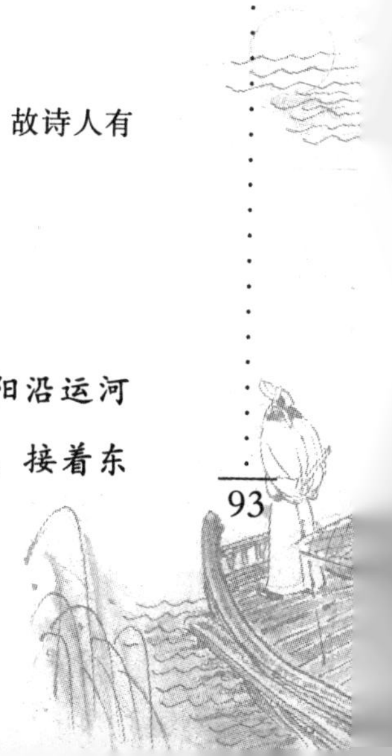

⊙【赏评】

一个煦暖的春日，灿烂的阳光明媚得让人心醉。春山温润，绿水柔碧，漂泊他乡的游子踏上远在青山之外的路途，载着归客的行舟行进在绿如璧、柔如绵的江水之上。春潮上涌，浩浩汤汤，满溢两岸，江面似乎更加开阔了。小舟上的白帆在和顺的春风里鼓鼓地悬在船桅。诗人举目东望，只见一轮红日从江天一色的地平线上慢慢升起，回眸西探，却见西边天幕上的夜色尚未完全褪去；旧年未过，江上早到的春天已按捺不住自己的脚步。这时候，一群北归的大雁掠过天空。想到雁儿正要经过自己的故乡洛阳，一股淡淡的思乡之情蓦然涌上心头。诗人不禁想写一封书信让那北归的鸿雁捎给家人。

这首诗写景逼真，叙事确切，情境优美。“海日生残夜，江春入旧年”两句传唱一时。据说当时的宰相张说极度赞赏，并亲自书写悬挂于政事堂上，让文人学士作为学习的典范。这首诗所表现的意境给人以乐观、积极向上的力量。

⊙【诗评选辑】

①清・王夫之《薑斋诗话》卷上：以小景传大景之神。

②唐・殷璠《河岳英灵集》：“海日生残夜，江春入旧年”，诗人已来少有此句。张燕公（张说）手题政事堂，每示能文，令为楷式。

③明・胡应麟《诗薮・内编》：“海日”一联“形容景物，妙绝千古。”

行经华阴

崔　颢①

岧峣太华俯咸京②，天外三峰削不成③。
武帝祠前云欲散④，仙人掌上雨初晴。
河山北枕秦关险，驿路西连汉畤平⑤。
借问路旁名利客，何如此处学长生？

⊙【注释】

①崔颢（？—754），字不详，汴州（州治今河南开封）人。开元年间进士，曾任太仆寺丞、司勋员外郎。青年时诗风轻艳，多写妇女题材，晚年出入边塞，写下了不少优秀的边塞诗篇，诗风亦转为刚健雄浑、豪迈壮逸。

②岧峣：山高峻貌。

③三峰：指莲花、明星、玉女，华山最著名的三峰，一说莲花、玉女、松桧三峰。

④武帝祠：指巨灵洞。

⑤畤：帝王祭天地五帝之祠。

⊙【诗本事】

诗题《行经华阴》，既是"行经"，必有所往；所往之地，就是求名求利的集中地——咸京（今陕西西安）。《旧唐书·地理志》："京师，秦之咸阳、汉之长安也。"所以此诗把唐都长安称为咸京。诗中提到的太华、三峰、武帝祠、仙人掌、秦关、汉畤等都是唐代京都附近的名胜与景物。

⊙【赏评】

这首诗是诗人途经华阴时遥望华山所作。诗中描写了华山的高峻山势、险要的地形以及由此而生发的超尘拔俗的感叹。

一个雨过天晴的日子，诗人不远万里赶赴京都。远远就看见巍峨高峻的华山迤逦绵延，俯视京都长安，那莲花、明星、玉女三峰更为突兀，耸入天际，就是鬼斧神工也削割不成的。汉武帝所建的巨灵祠前，云雾缭绕，聚散飘荡的雾霭似将随风而逝。那人称“仙人掌”的山峰上正是雨后初晴，一片青葱。华阴河山壮险，北面的黄河和华山都靠着函谷关险要之地，驿路向西连接着汉朝祭祀天地的地方。看到了华阴的情景，不禁要问路旁求名利的行客：为什么不留在这里，学那长生不老的法术呢？从全篇来看，诗人融神灵古迹与山河胜景于一炉，诗境雄浑壮阔而富有意蕴。

⊙【诗评选辑】

清·方东树《昭昧詹言》曰：三四句写景有兴象，故妙。

远别离

李　白①

远别离，古有皇英之二女②，
乃在洞庭之南，潇湘之浦。
海水直下万里深，谁人不言此离苦③？
日惨惨兮云冥冥，猩猩啼烟兮鬼啸雨。
我纵言之将何补？
皇穹窃恐不照余之忠诚④，雷凭凭兮欲吼怒⑤。
尧舜当之亦禅禹。
君失臣兮龙为鱼，权归臣兮鼠变虎。
或云尧幽囚，舜野死。
九疑联绵皆相似，重瞳孤坟竟何是⑥？
帝子泣兮绿云间⑦，随风波兮去无还。
恸哭兮远望，见苍梧之深山。
苍梧山崩湘水绝，竹上之泪乃可灭⑧。

【注释】

①李白（701—762），唐代伟大的浪漫主义诗人。字太白，号青莲居士，绵州彰隆县（今四川江油）人，其诗风豪放飘逸，想象丰富，语言流转自然，音律和谐多变。他善于从民歌、神话中汲取营养素材，构成其特有的瑰丽绚烂的色彩，是屈原以来最具个性特色和积极浪漫精神的诗人，达到盛唐诗歌艺术的巅峰，与杜甫并称“李杜”，

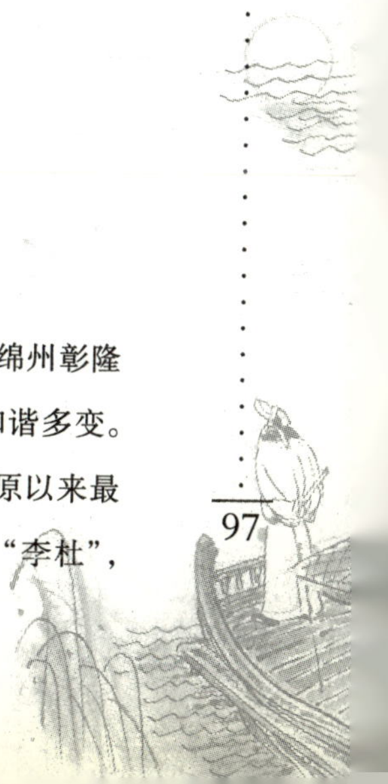

又称“诗仙”。

②皇英：娥皇、女英。她们嫁给舜。舜南巡，死于苍梧之野。二妃溺于湘江，神游洞庭之渊，出入潇湘之浦。

③“海水”二句：倒装语法，是说生死之别永无见期，其痛苦像海水一样无穷无尽。

④皇穹：天。

⑤凭凭：拟声词，状雷声。

⑥重瞳：舜的眼珠有两个瞳孔，人称重华。

⑦帝子：娥皇、女英二位。绿云：指丛竹。

⑧竹上之泪：《述异记》载，舜南征，死于苍梧之野，娥皇、女英相与而哭，泪下粘竹，竹上遂有斑纹。

⊙【诗本事】

《远别离》是乐府“别离”十九曲之一，多以悲伤别离之事为内容。此诗收入唐人殷璠选编的《河岳英灵集》，该书选诗止于天宝十二载(753)，故其写作自当在天宝十二载之前。据《通鉴》天宝三载（744）所载：玄宗对高力士说，他觉得天下太平无事，想高居无为，把国家政事委托给李林甫去办。高力士劝阻说，天下大权不可以让别人代掌，否则，别人有了权就难以控制了。玄宗不听劝告，宠信权臣李林甫和藩镇安禄山，把天宝后期的政治弄得十分黑暗腐败。李白此篇通过尧女娥皇、女英及尧幽囚、舜野死的传说，以迷离惝恍之笔表现了诗人对当时权奸得势、政治混乱的深深忧虑。此诗深受楚辞影响，意境深邃，感情强烈，有很强的艺术魅力。

⊙【赏评】

传说帝尧曾经将两个女儿娥皇、女英嫁给舜。后来，舜南巡，死于苍梧之野。二妃也溺于湘江，神游洞庭之渊，出入潇湘之浦。她们常常伫立于湘江之畔，看流不尽的江水，望雾气迷蒙的浩渺的洞庭湖。这浩浩汤汤的江水诉说着千年无尽的悲伤，似乎潇湘二妃的叹息幽幽而来，叹息长别离之苦。忽而，天气骤变，太阳惨淡无光，云天晦暗，猩猩在烟雨中啼叫，鬼魅似在呼唤着风雨。此刻，我又能说什么，即使说了又有什么用呢？皇天不能照察我的忠心，那殷殷的雷声又密又响，似乎在对我发怒。显然诗人是以洞庭风雨来暗喻自身的遭遇。奸邪当道，国运堪忧。君主用臣如果失当，大权旁落，就会像龙变为可怜的鱼类，而把权力窃取到手的野心家则会像鼠变成吃人的猛虎。当此之际，就是尧亦得禅舜，舜亦得禅禹。不要以为我的话是危言耸听、亵渎人们心目中神圣的上古三代，证之典籍，确有尧被秘密囚禁、舜野死蛮荒之说啊。九嶷山的九座山峰连绵相似，究竟何处是重华的葬身之地、何处是他的孤坟呢？苍梧山连绵不绝，云雾茫茫，娥皇、女英二位帝子远望不知其所，只有在绿云般的丛竹间哭泣，哭声随风远逝，去而无应。二妃洒在斑竹上的泪水就像苍梧山不会有崩倒之日、湘水不会有涸绝之时一样永远没有止期。

这首诗以瑰丽而凄婉的神话为题材，想象丰富，构思奇特，气势雄浑瑰丽，风格豪迈潇洒，体现了李白的诗风。

⊙【诗评选辑】

①明·许学夷《诗源辩体》卷一八：太白《蜀道难》、《天姥吟》，虽极漫衍纵横，然终不如《远别离》之含蓄深永，且其词断而复续，乱而实整，尤合骚体。

②清·王夫之《唐诗评选》卷一：通篇乐府，一字不入古诗，如一匹蜀锦，中间固不容一尺吴练。工部讥时语开口便见，供奉不然。……工部缓，供奉深。

③当代·瞿蜕园、朱金城《李白集校注》转引范梈说：此篇最有楚人风。所贵乎楚言者，断如复断，乱如复乱，而辞意反复行于其间者，实未尝断而乱也；使人一唱三叹，而有遗音。

梁甫吟

李　白[1]

长啸梁甫吟，何时见阳春？
君不见朝歌屠叟辞棘津，八十西来钓渭滨！
宁羞白发照清水？逢时壮气思经纶[2]。
广张三千六百钓[3]，风期暗与文王亲[4]。
大贤虎变愚不测[5]，当年颇似寻常人。
君不见高阳酒徒起草中，长揖山东隆准公！
入门不拜骋雄辩，两女辍洗来趋风。
东下齐城七十二，指挥楚汉如旋蓬[6]。
狂客落魄尚如此[7]，何况壮士当群雄！
我欲攀龙见明主，雷公砰訇震天鼓[8]，帝旁投壶多玉女[9]。
三时大笑开电光，倏烁晦冥起风雨[10]。
阊阖九门不可通[11]，以额扣关阍者怒[12]。
白日不照吾精诚，杞国无事忧天倾[13]。
猰貐磨牙竞人肉[14]，驺虞不折生草茎[15]。
手接飞猱搏雕虎，侧足焦原未言苦[16]。
智者可卷愚者豪，世人见我轻鸿毛。
力排南山三壮士，齐相杀之费二桃[17]。

吴楚弄兵无剧孟，亚夫咍尔为徒劳[18]。

梁甫吟，声正悲。

张公两龙剑，神物合有时[19]。

风云感会起屠钓[20]，大人岘屼当安之[21]。

⊙【注释】

①李白：见《远别离》。

②经纶：喻治理国家。《易经·屯卦》：“君子以经纶”。

③三千六百钓：指吕尚在渭河边垂钓十年，共三千六百日。

④风期：风度和谋略。

⑤虎变：《易经·革卦》九五：“大人虎变。”喻大人物行为变化莫测，骤然得志，非常人所能料。

⑥旋蓬：在空中飘旋的蓬草。

⑦狂客：指郦食其。

⑧砰訇：形容声音宏大。

⑨“帝旁”句：《神异经·东荒经》载：东王公常与一玉女玩投壶的游戏，每次投一千二百支，不中则天为之笑。天笑时，流火闪耀，即为闪电。

⑩“三时”二句：三时：早、午、晚。倏烁：电光闪耀。晦冥：昏暗。这两句暗指皇帝整天寻欢作乐，权奸和宦官弄权，朝廷政令无常。

⑪阊阖：神话中的天门。

⑫阍者：看守天门的人。

⑬“白日”二句：杞国无事忧天倾：《列子·天瑞》：“杞国有人忧天地崩坠，身亡所寄，废寝食者。”意谓皇帝不理解我，还以为我是杞人忧天。此自嘲之意。

⑭猰貐：古代神话中一种吃人的野兽。这里比喻阴险凶恶的人物。竞人肉：争吃人肉。

⑮驺虞：古代神话中一种仁兽，白质黑纹，不伤人畜，不践踏生草。这里李白以驺虞自比，表示不与奸人同流合污。

⑯“手接”二句：接：搏斗。飞猱、雕虎：比喻凶险之人。焦原：传说春秋时莒国有一块约五十步方圆的大石，名叫焦原，下有百丈深渊，只有无畏的人才敢站上去。

⑰“力排”二句：《晏子春秋》内篇卷二《谏》下载：齐景公手下有公孙接、田开疆、古冶子三勇士，皆力能搏虎，却不知礼义。相国晏婴便向齐景公建议除掉他们。他建议景公用两只桃子赏给有功之人。于是三勇士争功，然后又各自羞愧自杀。李白用此典意在讽刺当时权相李林甫陷害韦坚、李邕、裴敦复等大臣。

⑱“吴楚”二句：汉景帝时，吴楚等七国诸侯王起兵反汉。景帝派大将周亚夫领兵讨伐。周到河南见到剧孟（汉代侠士），高兴地说：吴楚叛汉，却不用剧孟，注定要失败。哈尔：讥笑。

⑲“张公”二句：张公：指西晋张华。据《晋书·张华传》载：西晋时丰城（今江西省丰城）县令雷焕掘地得双剑，即古代名剑干将和莫邪。雷把干将送给张华，自己留下莫邪。后来张华被杀，干将失落。雷焕死后，他的儿子雷华有一天佩带着莫邪经过延平津（今福建南平市东），突然，剑从腰间跳进水中，与早已在水中的干将会合，化作两条蛟龙。这两句用典，意谓总有一天自己会得到明君赏识。

⑳风云感会：即风云际会。古人认为云从龙、风从虎，常以风云际会形容君臣相得，成就大业。

㉑嵲屼：不安，此指暂遇坎坷。

⊙【诗本事】

《梁甫吟》亦作《梁父吟》，乐府相和歌辞楚调曲有诸葛亮《梁父吟》。《三国志·蜀志·诸葛亮传》云：“亮好为《梁父吟》，自比管、乐，时人未之许。”然李勉《琴说》曰：“《梁甫吟》，曾子撰。”蔡邕《琴颂》：“梁甫悲吟，周公越裳。”梁甫：又名梁父，山名，在泰山下。

这首诗可能是天宝三载（744）李白因权贵不容，屡遭谗谤被“赐金放还”而离开长安之后的作品。诗中抒写遭受挫折以后的痛苦和对理想的期待，气势奔放，感情炽热，是李白的代表作之一。

本诗创作时间不详，但与李白的《梁园吟》、《将进酒》等篇颇有共同之处，即人生失意，仕途坎坷，诗中却全然不露哀伤低迷之气，依然是神采飞扬，虽悲不遇，犹寄希望于未来，往往在感叹欷歔之际尚能自慰自解。把本诗判断为李白初入长安时所作，比较合情合理。盖开元之世政治清明，诗人也正当盛年，等待时机、期盼风云之际大展宏图是这一时期的情感主调。全诗纵横跌宕，变幻惝恍，淋漓悲壮。

⊙【赏评】

长啸一声，迥回天地，凄厉激越，悲切凄苦的《梁甫吟》是诗人内心痛苦失望的长吟。我真的会如宋玉所说那样至死见不到阳春？我何时才能再见阳春啊？遥想那西周时的吕望（即姜太公）长期埋没民间，五十岁还在棘津当小贩，七十岁还在朝歌当屠夫，八十岁时还垂钓于渭水之滨啊，钓了十年，才得遇文王，展得大鹏之志。再说那郦食其，落魄时又是何其狼狈！刘邦高踞使两女子洗足，弃之不顾，郦生长揖不拜，以雄辩赢得自我。这位自称“高阳酒徒”的儒生却说服齐王率七十二城降汉，他指挥楚汉形势如拨动空中飘旋的蓬草，而终成就了千古功业。穷困失意的郦食其尚且如此，何况我是个足抵群雄的壮士。我为了求见明主，依附着夭矫的飞龙来到天上。可是，凶恶的雷公擂起天鼓，用震耳欲聋的鼓声来恐吓我，而且那位明主，也只顾同一班女宠做投壶的游戏。他们高兴得大笑时天上闪现出耀眼的电光，一时恼怒又使天地昏暗、风雨交加。我还是不顾一切以额叩关，冒死求见。不料竟触怒了守卫天门的阍者。白日竟然照不见我的精诚，反说我是杞人忧天。权奸们像恶兽猰貐那样磨牙利齿地残害百姓，驺虞那样的仁兽，不伤人畜，不践踏生草，却遭受排挤，仁政又怎能实现啊。我要像古代能用左手接飞猱、右手搏雕虎的勇士那样，虽置身于危险的焦原仍不以为苦。我自信有足够的才能和勇气去整顿乾坤，但在现实的生活中，只有庸碌之辈可以趾高气扬，真有才能的人反而只能收起自己的聪明才智，被世人看得轻如鸿毛。古代齐国三个力能排山的勇士被相国晏子设计害死，可见有才能的人往往受到猜疑。明明有剧孟这样的能人而摒弃不用，国家的前途真是不堪设想了。悲哀一声，长啸一声《梁甫吟》，干将、莫邪二剑不会久没尘土，我同明主一时为小人阻隔，终当有会合之时。既然做过屠夫和钓徒的吕望最后仍能际会风云，建立功勋，我也就应该安时俟命，等待风云感会的一天到来。

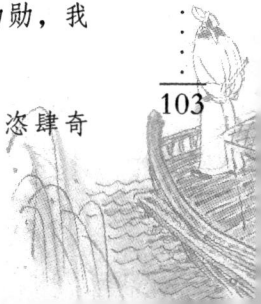

这首诗跌宕起伏，一波三折，成迂回盘旋之势，笔力雄健，恣肆奇

横。诗人以历史上辅佐君王成就霸业的英雄自比，这是未谙世事的少年人的理想，也正是典型的盛唐诗人的理想。诗中闪耀着鲜明的乐观情绪和浪漫色彩，跳动着勃勃的青春气息和高亢昂扬的旋律。壮观的景色，跌宕的情感，铿锵的声韵，形成排山倒海般的气势，不仅将一腔愤懑挥洒得淋漓尽致，更从中流露出一股乐观自信的精神与横扫万古的豪迈气概。

⊙【诗评选辑】

①宋·葛立方《韵语阳秋》卷十一：首言钓叟遇文王，又言酒徒遇高祖，卒自叹己之不遇。

②清·方东树《昭昧詹言》卷十二：此是大诗，意脉明白而段落迷离莫辨。

③清·曾国藩《求阙斋读书录》：太白此诗则抱才而专俟际会之时。

④近代·吴闿生《古今诗范》卷九：雄奇俊伟，韩公所谓光焰万丈者也。通体设喻，所以错落而雄深。

日出入行

李　白①

日出东方隈②，似从地底来。

历天又复入西海，六龙所舍安在哉③？

其始与终古不息④，人非元气⑤，安得与之久徘徊？

草不谢荣于春风⑥，木不怨落于秋在。

谁挥鞭策驱四运⑦？万物兴歇皆自然。

羲和⑧！羲和！汝奚汩没于流淫之波⑨？

鲁阳何德，驻景挥戈⑩？

逆道违天，矫诬实多⑪。

吾将囊括大块⑫，浩然与溟涬同科⑬！

【注释】

①李白：见《远别离》。

②隈：山或河转弯的地方。

③六龙：古代神话传说认为日乘车，以六龙驾之。舍：止息之处。

④“其始”句：意谓太阳出入的运行和时间一样没有尽头。终古：久远。

⑤元气：天地未分前的混沌之气。

⑥谢荣于春风：因为开花而向春风表示感谢。荣：草木开花。

⑦四运：指运行不息的春、夏、秋、冬四时。

⑧羲和：神话传说中掌管太阳运行的神。

⑨汩没：沉沦。荒淫：水盛大的样子。相传太阳没入虞渊之中。

⑩鲁阳：春秋时期楚国县公，即鲁阳文子。驻景挥戈：《淮南子·览冥训》记载："鲁阳公与韩构难，战酣日暮，援戈而挥之，日为之反三舍。"

⑪矫诬：违背自然。

⑫囊括：包罗。大块：大地。

⑬溟涬：天地未分时的混沌元气。同科：同类。

【诗本事】

这是一首以乐府旧题抒发自我感慨的古体诗。《日出入》是乐府《汉郊祀歌》旧题，原诗大意谓：日之出入无有穷期，人命却很短促，故希望乘六龙升仙入天。李白此诗一反其意，指出日之无穷和人生短促都是自然规律，故主张任运自然。《日出入行》"似为求仙者发"（《唐宋诗醇》），可能有一定的道理。李白受老庄影响颇深，也很崇奉道教。一度曾潜心学道，梦想羽化登仙，享受长生之乐。但从这首诗看，他对这种"逆道违天"的思想和行动是怀疑和否定的。他实际上用自己的诗篇否定了自己的行动。这正反映出诗人的矛盾心理。

【赏评】

据说太阳的东升西落是由于羲和每日赶了六条龙载上太阳神在天空中从东到西行驶。但是太阳每天从东升起，历天而西落，这是其本身的规律而不是神在指挥、操纵。否则，六条龙又停留在什么地方呢？太阳运行，终古不息，人非元气，又怎么能够与之同升共落？草木不因发芽生长而感谢春风，也不因为凋敝而怨恨秋天，它们自荣自落，荣既不用感谢谁，落也不用怨恨谁。是谁在鞭策四时的运转呢？是羲和那样的神吗？"万物兴歇皆自然"，一切都是自然而为啊。羲和呵羲和，你怎么会沉埋到浩渺无际的波涛之中去了呢？鲁阳公呵鲁阳公，你又有什么能耐挥戈叫太阳停下来？宇宙万物都有自己的规律，若硬要违背这种自然规律，就必然是不真实的、不可能的，并且是自欺欺人的了。只有顺应自然规律，同自然融为一体、混而为一，在精神上包罗和占有天地宇宙。人如果做到了这一点，就能够达到与溟涬齐生死的境界。

这首诗把述事、抒情和说理结合起来，既跳开了空泛的抒情，又规避了抽象的说理，情中见理，理中寓情，情理相互生发。

古朗月行

李　白①

小时不识月，呼作白玉盘。
又疑瑶台镜，飞在青云端。
仙人垂两足，桂树何团团。
白兔捣药成，问言与谁餐？
蟾蜍蚀圆影，大明夜已残②。
羿昔落九乌，天人清且安。
阴精此沦惑③，去去不足观。
忧来其如何？凄怆摧心肝。

⊙【注释】

①李白：见《远别离》。
②大明：指月亮。
③阴精：指月亮。

⊙【诗本事】

这是一首乐府诗。“朗月行”是乐府古题，属《杂曲歌辞》。鲍照有《朗月行》写佳人对月弦歌。李白采用这个题目，故称《古朗月行》。这首诗大概是李白针对当时朝政黑暗而发的。唐玄宗晚年沉湎声色，宠幸杨贵妃，权奸、宦官、边将擅权，把国家搞得乌烟瘴气。诗中“蟾蜍蚀圆影，大明夜已残”似是刺这一昏暗局面。

⊙【赏评】

诗从天真烂漫的儿童呼月、疑月写起，月亮初起时形如白玉盘，月光皎洁得如同瑶台镜一样。月亮初升，逐渐明朗和宛若仙境，恍惚中似乎可以看见仙人的两只脚，而后逐渐看见仙人和桂树的全形，看见一轮圆月，看见月中白兔在捣药。然而好景不长，月亮渐渐地由圆而蚀，被蟾蜍所啮食而残损，变得晦暗不明。古代善射的后羿，射落了九个太阳，只留下一个，使天、人都免除了灾难。可又有谁能拯救月亮呢？月亮既然已经沦没而迷惑不清，还有什么可看的呢！不如趁早走开吧。无奈之中，心中的忧愤不仅没有解除，反而加深了“忧来其如何？凄怆摧心肝”。

这首诗以蟾蜍蚀月影射现实，深婉曲折。诗中想象新颖奇妙，展现出诗人起伏不平的感情，文辞如行云流水，富有魅力，发人深省，体现出李白诗歌雄奇奔放、清新俊逸的风格。

⊙【诗评选辑】

清·沈德潜《唐诗别裁》：暗指贵妃能惑主听。

临路歌

李　白①

大鹏飞兮振八裔②，中天摧兮力不济。
馀风激兮万世③，游扶桑兮挂石袂④。
后人得之传此，仲尼亡兮谁为出涕？

【注释】

①李白：见《远别离》。

②八裔：八方边远地区。

③激：激荡、激励。

④扶桑：神话中的树木名。《山海经·海外东经》说："汤谷上有扶桑，十日所浴。"郭璞注："扶桑，木也。"郝懿行笺疏："扶当为榑。"《说文》云："榑桑，神木，日所出也。"后用来称东方极远处或太阳出来的地方。

【诗本事】

李华在《故翰林学士李君墓铭序》中说："年六十有二不偶，赋临终歌而卒。"则"临路歌"的"路"字当与"终"字因形近而致误，"临路歌"即"临终歌"。

【赏评】

诗人刻画的是翅膀像垂在天边的云那么大的大鹏形象，这也是诗人自己。大鹏展翅远举啊，云雾四起，风云变色，振动了四面八方；一飞冲到半空中，一鸣响彻天宇。忽然间，翅膀摧折，无力翱翔。大鹏虽然中天摧折，但翅膀扇起的余风仍然可以激荡千秋万世，依然能将人吹得挂在扶桑树上。大鹏半空夭折的消息以此相传。但如今孔子已经死了，谁肯像他当年痛哭麒麟那样为大鹏的夭折而流泪呢？传说麒麟是一种象征祥瑞的异兽，哀公十四年，鲁国猎获一只麒麟，孔子认为麒麟出非其时而被猎获，非常难过。

从这首诗可见，诗人在对自己一生回顾与总结的时候，流露的是对人生的无比眷念和未能才尽其用的深沉惋惜。

庐山谣寄卢侍御虚舟

李　白①

我本楚狂人②，凤歌笑孔丘。
手持绿玉杖③，朝别黄鹤楼。
五岳寻仙不辞远，一生好入名山游。
庐山秀出南斗傍④，屏风九叠云锦张，影落明湖青黛光⑤。
金阙前开二峰长⑥，银河倒挂三石梁⑦。
香炉瀑布遥相望⑧，回崖沓嶂凌苍苍⑨。
翠影红霞映朝日，鸟飞不到吴天长⑩。
登高壮观天地间，大江茫茫去不还。
黄云万里动风色，白波九道流雪山⑪。
好为庐山谣，兴因庐山发。
闲窥石镜清我心⑫，谢公行处苍苔没⑬。
早服还丹无世情⑭，琴心三叠道初成⑮。
遥见仙人彩云里，手把芙蓉朝玉京⑯。
先期汗漫九垓上⑰，愿接卢敖游太清⑱。

【注释】

①李白：见《远别离》。

②楚狂人：春秋时楚国狂士，姓陆，名通，字接舆。《论语·微子》：楚狂接舆歌

而过孔子，曰："凤兮凤兮！何德之衰？往者不可谏，来者犹可追。已而已而，今之从政者殆而。"楚狂之事又见《庄子·人间世》、晋皇甫谧《高士传》卷上。

③绿玉杖：传说中仙人的手杖。

④南斗：星宿名，二十八星宿中的斗宿，共有六星。按古代天文志，天上星分别与地上某一地区对应，南斗与浔阳对应，庐山在浔阳西北，故说"秀出南斗傍"。

⑤屏风九叠：《舆地纪胜》卷二五江南东路南康军："九叠屏，在五老峰之侧。"云锦：锦绣般的彩云。明湖：指鄱阳湖。

⑥金阙：指金阙岩，又名石门，在香炉峰西南。二峰：唐汝询《唐诗解》："二峰，即香炉、双剑也。"

⑦银河：指瀑布，这里指庐山屏风叠附近的三叠泉。三石梁：状如桥梁的山石。《水经注》卷三九庐江水引《寻阳记》曰："庐山上有三石梁，长数十丈，广不盈尺，杳然无底。"

⑧香炉：即香炉峰。

⑨沓：多，重叠绵延。

⑩吴天：指庐山一带（春秋时属吴国）的天空。

⑪九道：《尚书·禹贡》："九江孔殷"。孔安国传："江于此州界分为九道。"雪山：比喻长江卷起的白浪。

⑫石镜：《太平寰宇记》卷一一一江南西道江州："石镜，在庐山东悬崖之上，其状团圆，近之则照见形影。"

⑬谢公：指谢灵运。他曾游览过庐山并作诗。

⑭还丹：《抱朴子》内篇第四《金丹》："凡草木烧之即烬，而丹砂烧之成水银，积变又还成丹砂，其去凡草木亦远矣，故能令人长生。"

⑮琴心三叠：道教气功修炼法。

⑯玉京：道教称元始天尊所居之处为玉京。

⑰先期：事先约好。汗漫：不可知。九垓：九天之外。

⑱卢敖：传说中的仙人。《淮南子·道应训》："卢敖，燕人。秦始皇召以为博士，使求神仙，亡而不返也。"此借指卢虚舟。太清：道教谓元始天尊所化法身道德天尊所居之处，其境在玉清、上清之上，唯成仙者方能至此。此泛指仙境。

【诗本事】

李白流放夜郎途中遇赦后，于肃宗上元元年（760）从江夏（今湖北武昌）往浔阳（今江西九江）游庐山时作了这首诗。卢虚舟，字幼真，范阳（今北京市一带）人，肃宗时曾任殿中侍御史。

【赏评】

据《论语》载，孔子曾去楚国，游说楚王。接舆在他车旁唱道："凤兮凤兮，何德之衰？往者不可谏，来者犹可追！已而已而，今之从政者殆而。"嘲笑孔子迷于做官。诗人开篇就说我本来就像楚狂接舆，高唱凤歌嘲笑孔丘。我一生喜好游历名山大川，去五岳寻仙问道，虽远不辞。

在一个晨曦中，我拿着仙人所用的嵌有绿玉的手杖，离开黄鹤楼，开始漫游于庐山。庐山秀丽挺拔，没入天际，云烟缭绕；树木蓊蓊郁郁，山花烂漫多姿，九叠云屏像锦绣云霞般展开；云影山形映照在明镜一样的湖面，湖光山影，相互映照，明媚绮丽。金阙岩前矗立着两座高峰，三石梁上银河倒挂，瀑水飞泻而下，和香炉峰瀑布遥遥相对。那里峻崖环绕，峰峦重叠，上凌苍天，山势之峻高，连鸟也飞不到。登临庐山高峰，东望吴天，寥廓无限，横无际涯。此时一轮旭日初升，满天红霞与苍翠山色相辉映。放眼纵观，只见长江浩浩荡荡，直泻东海，一去不返；万里黄云飘浮，天色瞬息变幻；茫茫九派，白波汹涌奔流，波浪滔天，高如雪山。我不禁豪情满怀，想在高山之巅放歌庐山谣，这诗兴是因庐山而激发的啊。

世界何其宏阔，人生天地之间，只不过是白驹过隙，想到此我从容自得地照照石镜，心情为之清爽。谢灵运走过的地方，如今已为青苔所覆盖了。人生无常，盛事难再啊。如此而已，如此而已，还是早早服食能"白日升天"的仙丹脱离世俗之情，修得大道而到那身心俱悦的神仙世界吧。我似乎看见神仙在彩云里手拿着莲花飞向玉京，和不可知之神在九天之外约会，让我邀你卢虚舟共做神仙之游吧。

这首诗想象丰富，境界开阔，给人以雄奇的美感享受。诗的韵律随诗情变化而显得跌宕多姿。

【诗评选辑】

①明·高棅《唐诗品汇》七言古诗叙目第三卷《正宗》：太白天仙之

词，语多率然而成者，故乐府歌词咸善。……今观其……《庐山谣》等作，长篇短韵，驱驾气势，殆与南山秋气并高可也。

②清·高宗敕编《唐宋诗醇》卷六引桂临川语：全篇开阖跌宕，冠绝古今。

梦游天姥吟留别

李　白[1]

海客谈瀛洲[2]，烟涛微茫信难求[3]。
越人语天姥[4]，云霞明灭或可睹[5]。
天姥连天向天横，势拔五岳掩赤城[6]。
天台四万八千丈，对此欲倒东南倾[7]。
我欲因之梦吴越[8]，一夜飞度镜湖月[9]。
湖月照我影，送我至剡溪[10]。
谢公宿处今尚在[11]，渌水荡漾清猿啼[12]。
脚著谢公屐[13]，身登青云梯[14]。
半壁见海日[15]，空中闻天鸡[16]。
千岩万转路不定，迷花倚石忽已暝[17]。
熊咆龙吟殷岩泉，慄深林兮惊层巅[18]。
云青青兮欲雨，水澹澹兮生烟。
列缺霹雳[19]，丘峦崩摧。
洞天石扉[20]，訇然中开。
青冥浩荡不见底[21]，日月照耀金银台[22]。
霓为衣兮风为马[23]，云之君兮纷纷而来下。
虎鼓瑟兮鸾回车，仙之人兮列如麻[24]。

忽魂悸以魄动，恍惊起而长嗟。

惟觉时之枕席，失向来之烟霞㉕。

世间行乐亦如此，古来万事东流水。

别君去兮何时还㉖，且放白鹿青崖间，须行即骑访名山㉗。

安能摧眉折腰事权贵，使我不得开心颜！

⊙【注释】

①李白：见《远别离》。

②海客：浪迹海上之人。瀛洲：传说中的东海仙山。

③微茫：隐约迷茫、模糊不清的样子。信：实在。难求：难以寻访。

④越：指今浙江一带。

⑤明灭：时明时暗。

⑥拔：超越。赤城：山名，在今浙江天台县北，为天台山的南门，土色皆赤。

⑦“天台”二句：天台：山名，在今浙江天台县北。四万八千丈：形容天台山很高，是一种夸张的说法，并非实数。此：指天姥山。意为巍然高耸的天台山同天姥山一比，好像矮了一截。

⑧之：天姥山及其传说。

⑨镜湖：又名鉴湖，在今浙江绍兴县南。

⑩剡溪：水名，在今浙江嵊县南，曹娥江上游。

⑪谢公：指谢灵运，南朝刘宋时期的诗人，陈郡阳夏（今河南太康）人，曾任永嘉太守，后移居会稽。他游览天姥山时曾在剡溪住过，所作《登临海峤》诗有“暝投剡中宿，明登天姥岑”之句。

⑫渌水：清水。

⑬谢公屐：指谢灵运游山时穿的一种特制木鞋，鞋底下安着活动的锯齿，上山时抽去前齿，下山时抽去后齿。

⑭青云梯：形容高耸入云的山路。

⑮半壁：半山腰。

⑯天鸡：《述异记》卷下：“东南有桃都山，上有大树名曰桃都，枝相去三千里，上有天鸡。日初出照此木，天鸡则鸣，天下之鸡皆随之鸣。”

⑰瞑：黄昏。

⑱“熊咆”二句：可解为：熊咆龙吟，震荡着山山水水，使深林和山峰都惊惧战栗。也可解为：在这样熊咆龙吟的山林中，人的心灵被震惊了。殷：充满。

⑲列缺：闪电。

⑳洞天：神仙所居的洞府，意谓洞中别有天地。石扉：即石门。訇然：形容声音很大。

㉑青冥：青天。

㉒金银台：神仙所居之处。《史记·封禅书》载：据到过蓬莱仙境的人说，那里“黄金银为宫阙”。

㉓“霓为衣”二句：屈原《九歌·东君》：“青云衣兮白霓裳”。傅玄《吴楚歌》：“云为车兮风为马”。

㉔“虎鼓瑟”二句：猛虎弹瑟，鸾鸟挽车。鸾：传说中凤凰一类的鸟。如麻：形容很多。

㉕“惟觉”二句：梦醒后只剩下眼前的枕席，刚才梦中的烟霞美景都已消失。

㉖君：指东鲁友人。

㉗“且放”句：我且把白鹿放养在青山上，欲远行时就骑它去访问名山。

⊙【诗本事】

殷璠《河岳英灵集》收此诗题为《梦游天姥山别东鲁诸公》。后世版本或题为《梦游天姥吟留别诸公》，或作《梦游天姥吟留别》，或作《别东鲁诸公》。这首诗作于出翰林之后。天宝三载（743），李白被唐玄宗赐金放还，这是李白政治上的一次大失败。离长安后，曾与杜甫、高適游梁、宋、齐、鲁，又在东鲁家中居住过一个时期。这时东鲁的家已颇具规模，尽可在家中怡情养性，以度时光。可是李白没有这么做，他有一个不安定的灵魂，他有更高更远的追求，于是离别东鲁家园，又一次踏上漫游的旅途。这首诗就是他告别东鲁诸公时所作。虽然出翰林已有年月了，但政治上遭受挫折的愤怨仍然郁结于怀，所以在诗的最后发出那样激越的呼声。天姥山，在今浙江新昌县东五十里，东接天台山。传说曾有登此山者听到天姥（老妇）歌谣之声，故名。

【赏评】

这是一首游仙诗。诗一开始先写古代传说中的海外仙境——瀛洲，虚无缥缈，不可寻求；天姥山耸立天外，直插云霄，是越东灵秀之地，据说登山的人可以听到仙人天姥的悠扬歌声。天姥山在浮云彩霓中时隐时现，与天台山相对，峰峦峭峙，仰望如在天表，冥茫如堕仙境。有名的天台山虽足有四万八千丈之高，却倾斜着如拜倒在天姥的足下一样，它巍巍然似乎比五岳还更挺拔。流岚雾霭，如梦如幻，仿佛在月夜清光的照射下，我飞渡过明镜一样的镜湖。明月把我的影子映照在镜湖之上，又送我降落在谢灵运当年曾经歇宿过的地方，这里绿水荡漾，凄清的猿猴鸣叫在谷中回荡。穿上谢灵运当年特制的木屐，登上谢公当年曾经攀登过的石径——青云梯。石径盘旋，深山中光线幽暗。登临到半壁，蓦然抬头，只见海日升空，远处传来天鸡高唱，曙色似将而来。山花迷人、倚石暂憩之中，忽觉暮色降临，旦暮之变何其倏忽。暮色中熊咆龙吟，震响于山谷之间，深林为之战栗，层巅为之惊动。在令人惊悚不已的幽深暮色之中，霎时丘峦崩摧，一个神仙世界訇然中开，洞天福地于此出现。云之君披彩虹为衣，驱长风为马，虎为之鼓瑟，鸾为之驾车，奔赴仙山的盛会来了。群仙似乎列队迎接我的到来。金台、银台与日月交相辉映，景色壮丽，异彩缤纷，何等的惊心炫目，光耀夺人！忽然间，仙境倏忽消失，梦境旋亦破灭。我在惊悸中返回现实，才发现自己沉甸甸地躺在枕席之上。自古以来，万事万物都像这梦幻一样倏忽即逝。最能抚慰心灵的是“且放白鹿青崖间，须行即骑访名山”。徜徉山水的乐趣才是最快意的。我怎能低首媚声地去攀附权贵，使自己毕生不得欢颜呢？

这首诗的内容丰富、曲折、奇谲、多变，形象辉煌流丽，缤纷多彩，构成了全诗的浪漫主义华赡情调。历代以来为人传诵，被视为李白的代表作之一。

【诗评选辑】

①宋·严羽《沧浪诗话·诗评》云：子美不能为太白之飘逸，太白不

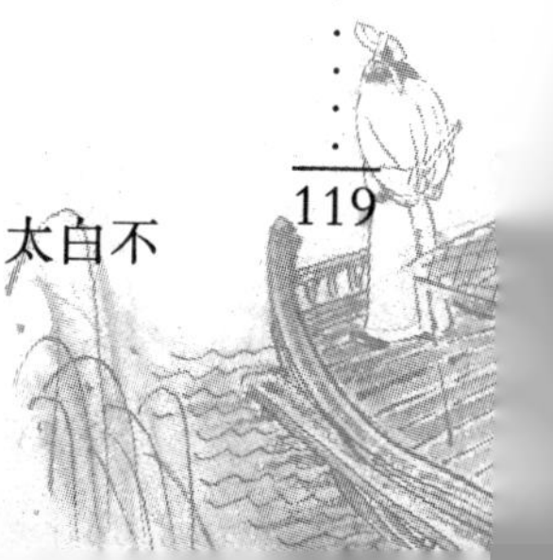

能为子美之沉郁。太白《梦游天姥吟》、《远别离》等，子美不能道。

②清·高宗敕编《唐宋诗醇》卷六：七言歌行，本出楚骚、乐府，至于太白，然后穷极笔力，优入圣域。昔人谓其以气为主，以自然为宗，以俊逸高畅为贵，咏之使人飘扬欲仙。而尤推其《天姥吟》、《远别离》等篇，以为虽子美不能道。盖其才横绝一世，故兴会标举，非学可及，正不必执此谓子美不能及也。此篇夭矫离奇，不可方物，然因语而梦，因梦而悟，因悟而别，节次相生，丝毫不乱。

③清·应时《李诗纬》卷二：粘接变化见手腕之力。

④清·方东树《昭昧詹言》卷一二：陪起，令人迷。"我欲"以下正叙梦，愈唱愈高，愈出愈奇。"失向"句，收德。"世间"二句，入作意，因梦游推开，见世事皆成虚幻也；不如此则作诗之旨无归宿。留别意只末后一点。韩《记梦》之本。

送杨山人归嵩山

李　白①

我有万古宅，嵩阳玉女峰。
长留一片月，挂在东溪松。
尔去掇仙草，菖蒲花紫茸②。
岁晚或相访，青天骑白龙。

【注释】

①李白：见《远别离》。

②菖蒲：水生植物，多年生草本，有香气，地下有根茎，可作香料，又可作健胃药，具长叶和辛辣味的主茎。道家以之炼丹，认为有“一寸九节，服之长生”之效。

【诗本事】

这首诗写作于天宝初年。杨山人大约是李白早年访道嵩山时结识的朋友。

【赏评】

这是一首送别诗，但在李白的笔下却写得神奇瑰丽、飘逸绝伦，引人遐想无限。诗歌起始便作飞来之笔：我有万古之豪宅，那就是浮云彩霓中耸立天外、直插云霄的嵩山玉女峰啊。月亮被我长久地留住了，我把它悬挂在苍翠挺拔的松树之上，那晶莹的月光伴着树下淙淙的溪水长流不断。你悠悠然地去采摘仙草，嵩山玉女峰满山遍野蓬蓬勃勃地都是开满紫花的菖蒲。到岁末我们相互拜访，于青天之上骑着白龙来往。

这首诗写景清幽高远，写人恬静安适，却也豪放飘逸。诗人以丰富新奇的想象、夸张的手法、强烈的情感将诗境刻画得奇幻优美，色彩鲜明。

【诗评选辑】

唐·张碧《唐诗纪事》：天与俱高，青且无际。

登太白峰

李　白①

西上太白峰②，夕阳穷登攀。
太白与我语，为我开天关。
愿乘泠风去③，直出浮云间。
举手可近月，前行若无山。
一别武功去，何时复更还？

【注释】

①李白：见《远别离》。

②太白峰：在今陕西武功县南九十里，是秦岭著名秀峰，高矗入云，终年积雪，俗语说：“武功太白，去天三百。”

③泠风：小风，和风。

【诗本事】

李白于天宝元年（742）应诏入京时，可谓踌躇满志。但是，由于朝廷昏庸、权贵排斥，他的政治抱负根本无法实现，这使他感到惆怅与苦闷。

【赏评】

太白山雄峻高耸，高耸入云，终年积雪。诗人从西攀登，直到夕阳残照才登上峰顶。山顶已达天际，浮云彩霓，祥云缭绕，影影绰绰。正迷茫之际，太白仙人飘然而至，告诉诗人，愿意为他打开通向天界的门户。天关已开，乘着习习和风，飘然高举，自由飞升，飞越重峦叠嶂，穿过浓密云层，直上广阔的太空，明月几乎触手可及。正当诗人幻想神游月境时，回头再看太白山，不舍之情涌上心头：一旦离别而去，什么时候才能回来呢？

这首诗以写太白山为由，想象奇幻唯美，结构跳跃多变，诗境雄奇跌宕，生动曲折地反映了诗人对黑暗现实的不满和对光明世界的憧憬。

【诗评选辑】

唐·皮日休《文薮》：言出天地外，思出鬼神表，读之则神驰八极，测之则心怀四溟，磊磊落落，真非世间语者，有李太白。

拟古十二首（其九）

李　白①

生者为过客，死者为归人。
天地一逆旅②，同悲万古尘。
月兔空捣药，扶桑已成薪③。
白骨寂无言，青松岂知春。
前后更叹息，浮荣何足珍？

【注释】

①李白：见《远别离》。

②逆旅：客舍，旅店。

③扶桑：神话中的树木名。《山海经·海外东经》说：“汤谷上有扶桑，十日所浴。”郭璞注：“扶桑，木也。”郝懿行笺疏：“扶当为榑。”《说文》云：“榑桑，神木，日所出也。”

【诗本事】

拟古诗在古代有着悠久的传统。从建安时起，魏晋南北朝时高涨。正始名士何晏第一个以“拟”字为题赋诗，西晋初期的诗人傅玄作《拟马防诗》，张华作《拟古诗》等，但真正大规模、正式地创作拟古诗还是从西晋太康时期的陆机肇始。其作《拟古诗》十二首“名重当世”。李白也创作十二首拟古诗，本诗是其中的第九首。

⊙【赏评】

天地犹如一所迎送过客的旅舍，人生在世，就像匆匆来去的过客，无法长久停留，而死去的人才像是投向归宿之地、一去不返的归客。人生苦短，古往今来有多少人为此同声悲叹！那传说中偷吃不死之药的嫦娥虽飞入月宫，但月宫里只有为她捣药的白兔，虽获长生却过着寂寞孤独的生活，又有什么欢乐可言呢？连那相传是太阳从中升起的东方的参天神树——扶桑如今也变成枯槁的柴薪。人死后变成白骨无声无息，生前的毁誉荣辱还有什么意义？春天里苍翠的松树自生自荣，无知无觉，又岂能感受阳春的温暖？回想这一切，感到宇宙间的一切都在倏忽变化，悠悠人世莫不如此，一时荣华实在不值得看重啊！

这首诗不仅包含了诗人对自己坎坷一生的总结，更重要的是表达了对人的生存价值的判断、对生命意义的终极思考，其含义是深刻而又丰富的。

听蜀僧濬弹琴

李　白①

蜀僧抱绿绮②，西下峨眉峰。

为我一挥手③，如听万壑松。

客心洗流水④，馀响入霜钟⑤。

不觉碧山暮，秋云暗几重。

⊙【注释】

①李白：见《远别离》。

②绿绮：琴名，传说汉代司马相如有一张琴，名叫绿绮，这里用来泛指名贵的琴。

③挥手：指拨动琴弦。

④流水：相传春秋时钟子期能听出伯牙琴中的曲意，时而是高山，时而是流水，此处意为听了“流水”的曲意，尘心也为之一洗。

⑤霜钟：钟声。

⊙【诗本事】

唐诗里有不少描写音乐的佳作。如白居易的《琵琶行》、李颀《听安万善吹觱篥歌》都有很高的艺术性。李白这首描写音乐的诗更有独到之处。

⊙【赏评】

蜀僧怀抱绿绮名琴，飘然从四川峨眉山下来了。他为诗人弹奏，只听得琴声时而激越高昂，铿锵有力，如风吹千山万壑的松林；时而委婉回旋，淙淙潺潺，听者的心好像被流水洗过一般畅快、愉悦。乐曲终止，琴声渐远渐弱，余音久久不绝，和薄暮的钟声共鸣着。这时才发觉天色已晚，青山已罩上一层暮色，灰暗的秋云重重叠叠，布满天空。

这首诗描摹了蜀僧琴声之高妙，如松涛阵阵，流水叮咚，共古刹钟鸣，余音袅袅，组合成了绝美的天籁之音。诗人以“一挥手”写蜀僧潇洒的气度，以“如听万壑松”写琴声的清朗神峻，以“客心洗流水”写听者精神的澄清，以“不觉碧山暮”写琴声之美妙使人忘境，把蜀僧琴艺的高超形象地表现出来了。加之诗中对司马相如的绿绮、俞伯牙和钟子期、《山海经》中的霜钟等典故的运用，更增添了诗歌的内涵和意蕴。

独坐敬亭山

李　白①

众鸟高飞尽，孤云独去闲②。
相看两不厌，只有敬亭山。

【注释】

①李白：见《远别离》。

②孤云：陶渊明《咏贫士诗》：“孤云独无依”。朱谏注：“言我独坐之时，鸟飞云散，有若无情而不相亲者。独有敬亭之山，长相看而不相厌也。”

【诗本事】

这首诗写于天宝十二载（753），与《登敬亭山南望怀古赠窦主簿》为前后之作。敬亭山，在今安徽宣城县北。《元和郡县志》云：“在宣城县北十里。山有万松亭、虎窥泉。”《江南通志》卷一六宁国府：“敬亭山在府城北十里。府志云：古名昭亭，东临宛、句二水，南俯城闉，烟市风帆，极目如画。”

【赏评】

这首短诗表面是写独游敬亭山的情趣，而深含之意则是诗人生命历程中旷世的孤独感。诗人以大才自负，却怀才不遇，因感世无知音，只能与山水相亲。诗中先以众鸟飞尽、孤云独闲来衬托自己的孤立独处；复以山拟人，说明相看不厌者唯敬亭山而已。众鸟与孤云相对比，山与人相比况。孤云缥缈，象征人生之意孤高渺；敬亭山兀然直立，象征人格之独立不移、生存意态之自由自在。人唯与山相亲而不厌，实缘于遗世独立之情怀。

⊙【诗评选辑】

①清·沈寅、朱昆《李诗直解》：此独坐而有目中无人之景也。

②清·宋顾乐《万首唐人绝句选评》：命意之高不待言，气格亦内外俱作，五绝中有数之作。

③清·王尧衢《唐诗合解》卷四：首句，“此为‘独’字写照。众鸟世间名利之辈，今皆得意而尽去”。次句，“此……‘孤云’喻世间高隐一流，虽与世相忘，尚有云来之迹”。末二句，“此二句才是‘独’字，鸟飞云去，眼前并无别物，唯看着敬亭山；而敬亭山亦似看着我，两相无厌，悠然清静，心目开朗，于敬亭山之外，尚安有堪为晤对哉？深得‘独坐’之神”。

初发扬州寄元大校书

韦应物①

凄凄去亲爱②，泛泛入烟雾。
归棹洛阳人，残钟广陵树③。
今朝此为别，何处还相遇？
世事波上舟，沿洄安得住④！

【注释】

①韦应物（737—约791），山水田园派诗人。京兆万年（今陕西西安）人。十五岁起以三卫郎为玄宗近侍，出入宫闱，扈从游幸。安史之乱起，玄宗奔蜀，流落失职，始立志读书。代宗广德至德宗贞元间，先后为洛阳丞，京兆府功曹参军，鄠县令，比部员外郎，滁州、江州刺史，左司郎中，苏州刺史。贞元七年（791）退职。世称韦江州、韦左司或韦苏州。其山水诗景致优美，感受深细，清新自然而饶有生意。后人每以“王孟韦柳”并称。《全唐诗》录诗十卷。

②亲爱：指元大。

③残钟：钟的余音。广陵：即扬州，李白诗“烟花三月下扬州”。

④沿：顺流而下。洄：逆流而上。

【诗本事】

这首诗为诗人离开扬州回转洛阳，在别离当地友人元大时所作。扬子，即扬子津，在今江苏扬州南瓜洲附近。

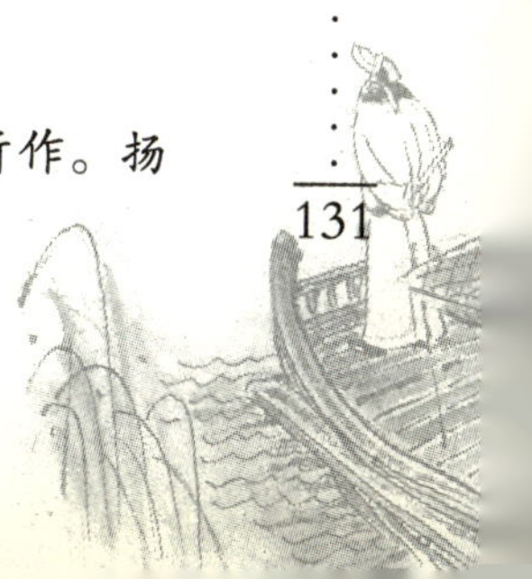

【赏评】

这是一首送别诗，写依依惜别的深情，表达对世事难料的感叹。首两句写离别。告别了友人，驾舟进入那风烟漫漫的归程。“凄凄”写心情之悲伤，友情的真挚自在其中。“泛泛”描绘出一幅烟波浩渺、如幻似梦的画面，从而为下文抒发世事变化不定作悲凉基调。“归棹洛阳人，残钟广陵树”，一写自己动向，一写别时景象。诗人要离开扬州回家乡洛阳了，此时钟声余音缭绕，寺院“残钟”更容易让人生发感慨，看惯了的花草树木依稀就在眼前。颈联还是写分别，今日在这里离别，也不知道在哪里还能相聚？这是一种无奈，也是一种真实的人生。此情此景之下，不由得感慨：世上的事情正如这江上的一叶扁舟，无论是顺流而下还是逆流而上，都是暂时的，永远处于流动变化之中。

此诗语言朴实自然，从别离生发出一种感伤和惆怅，有一种看破世事的无奈和散淡蕴含其中。全诗即景抒情，寓情于景。

【诗评选辑】

①宋·魏泰《临汉隐居诗话》：韦应物古诗胜律诗，李德裕、武元衡律诗胜古诗，五字句又胜七字。张籍、王建诗格极相似，李益古律诗相称，然皆非应物之比也。

②宋·许颉《彦周诗话》：柳柳州诗，东坡云在陶彭泽下、韦苏州上，若《晨诣超师院读佛经诗》，即此语是公论也。

③宋·葛立方《韵语阳秋》：白居易：“韦苏州五言诗，高雅闲淡，自成一家之体。”

寄全椒山中道士

韦应物①

今朝郡斋冷，忽念山中客。

涧底束荆薪，归来煮白石②。

欲持一瓢酒，远慰风雨夕③。

落叶满空山，何处寻行迹。

【注释】

①韦应物：见《初发扬州寄元大校书》。

②煮白石：道士修炼要辟谷，尽量不食五谷杂粮、不食人间烟火。另外还要服食“石英”，煮白石就是此类。

③远慰：有本作“远寄”。

【诗本事】

全椒在今安徽省全椒县，唐属滁州。诗当做于作者任滁州刺史时。从此诗看，诗人与道士交游甚为密切。

【赏评】

或是在一个秋雨绵绵的薄暮，郡斋里更多了一丝寒气，忽然想起山中的道友，这个凄冷的傍晚他在做什么呢？山中的气候可能更为寒气袭人，他或许到涧底去打柴，或许已经回来正在煮白石。很想送一瓢酒去，好让他在这秋风冷雨之夜得到一点安慰。可是满山遍野一片萧瑟，遍地落叶，

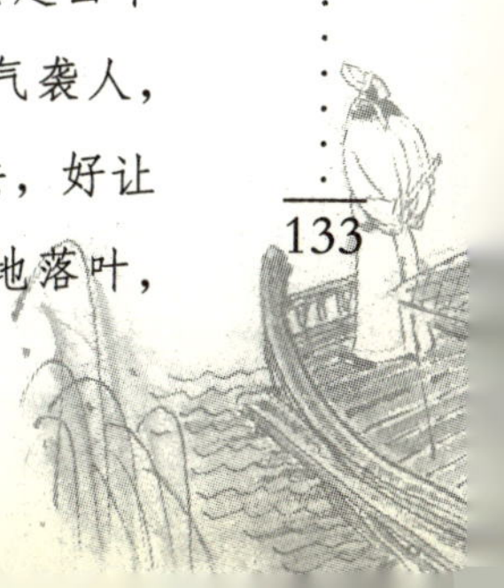

又到哪里去找他的踪迹呢。

这首诗写景萧疏淡远，启人想象。写情表面平淡而实则深情诚挚。在萧疏中见出空阔，在平淡中见出深挚。情韵深长的意境耐人寻味。

⊙【诗评选辑】

①宋·许顗《彦周诗话》：韦苏州诗："落叶满空山，何处寻行迹?"东坡用其韵曰："寄语庵中人，飞空本无迹。"此非才不逮，盖绝唱不当和也。

②宋·洪迈《容斋随笔》：韦应物在滁州，以酒寄椒山中道士，作诗云云。其为高妙超诣固不容夸说，而结尾两句，非复语句思索可到。

③明·钟惺、谭元春《唐诗归》：钟云：此等诗，妙处在工拙以外。

④清·沈德潜《唐诗别裁》：化工笔。与渊明"采菊东篱下，悠然见南山"，妙处不关语言意思。

⑤清·施补华《岘傭说诗》：《寄全椒山中道士》一作，东坡刻意学之而终不似。盖东坡用力，韦公不用力；东坡尚意，韦公不尚意，微妙之谓也。

听嘉陵江水声，寄深上人

韦应物①

凿崖泄奔湍，称古神禹迹②。
夜喧山门店，独宿不安席。
水性自云静，石中本无声。
如何两相激，雷转空山惊？
贻之道门旧③，了此物我情。

【注释】

①韦应物：见《初发扬州寄元大校书》。

②称古神禹迹：有本作“古称神禹迹”。

③贻：赠送。

【诗本事】

这首诗历来被评价为深得禅趣之作。深上人本是曹溪弟子。韦又有《诣西山深师》说：“曹溪旧弟子，何缘住此山。世有征战事，心将流水闲。”（《全唐诗》卷一八七、卷一九二）即为其人。

【赏评】

这是一首充满禅趣禅意的诗。从标题及内容来看，是诗人听到嘉陵江水声而引发思索并与友人讨论禅意的诗。

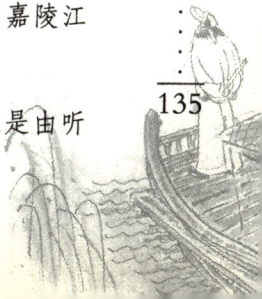

起首两句即写古代传说的神禹开凿了山崖以泄江水，这实际上是由听

到的水声联想到的。接着写独自夜宿山门店，听江水奔腾喧闹，难以入眠，从侧面衬托水的动静之大、之喧嚣。接下来四句写由此引发的思索：水之本性是静的，山石也应该是静谧无声的，为什么二者冲撞在一起就发出雷鸣般的响声，震天动地呢？诗人没有直接解答。最后两句交代写诗的目的，是赠给好友，并表明诗是“物我情”，就是蕴含了自己的情绪想法。须知，赠送的对象深上人是一位彻悟物我之情、禅学修养很高的佛门高僧，赠诗给他，就是彼此交流禅学领悟。由此可以理解诗人要表达的禅趣禅理：水与石本为静，相遇却产生巨大声响，这违背了它们的本性。人类亦然，应该保持一种清静无为、无欲无求的意念，一切顺其自然，而不可汲汲于身外之荣华富贵、功名利禄。

⊙【诗评选辑】

宋·葛立方《韵语阳秋》：韦应物《听嘉陵江声》云：“水性自云静，石中本无声。如何两相激，雷转空山鸣。”……二诗意颇相类，然应物未晓所谓非因非缘，亦非自然者。

咏　声

韦应物①

万籁自生听②，太空长寂寥③。

还从静中起，却向静中销④。

⊙【注释】

①韦应物：见《初发扬州寄元大校书》。

②万籁：有本作“万物”，大自然的各种声响。

③长：有本作“恒”。

④销：即“消”，消逝。

⊙【诗本事】

大历时期，禅宗对于文人的影响更为深入，诗坛上更普遍地表现出对禅宗的兴趣。这一时期是诗、禅进一步交流与结合的时期。韦应物的《咏声》是其中代表性的一首。

⊙【赏评】

这是一首借吟咏声音以阐发禅趣的诗。首句写自然界的各种声音都有其产生的缘由，次句却笔锋一转，指出宇宙太空本质是寂寥的，用“长寂寥”表明这是太空的本性。最后两句紧接前两句，写声音与“寂寥”——静的关系，万籁不管声响如何，都是由静中产生，其最终又复归于静。所以，宇宙太空的本质就是“静”。诗人借此说明一种禅趣：太空的本质是静，那么人也应该保持无为无欲的本性，明心见性，顺其自然。

白居易说韦应物的五言诗“高雅闲淡”（宋·葛立方《韵语阳秋》），由此可见一斑。

题长安壁主人

张　谓①

世人结交须黄金，黄金不多交不深。

纵令然诺暂相许②，终是悠悠行路心。

【注释】

①张谓（？—约778），唐代诗人。字正言，河内（今河南沁阳）人。天宝二年（743）登进士第，乾元中为尚书郎，大历年间任潭州刺史，后官至礼部侍郎，三典贡举。其诗辞精意深，讲究格律，诗风清正，多饮宴送别之作。代表作有《早梅》、《邵陵作》、《送裴侍御归上都》等，其中以《早梅》为最著名。《全唐诗》存诗一卷。

②然诺：口头上相许，答应。

【诗本事】

唐帝国的京都长安是唐代中外交通的枢纽和对外贸易中心、“丝绸之路”的集散地。中唐以来，工商业尤其是商业特别兴盛。在繁荣热闹的长安东西两市里，聚集着形形色色的商品和各种奇珍异宝。黄金作为商品流通的手段，在这花花世界里神通广大。人性被物质异化，长安壁主人就是其代表。

【赏评】

中唐以后，世风日下，人心不古。金钱成为世态人情的基础，人和人之间的交往若没有黄金铺垫，便只是徒具形式。即使所托付之事答应得痛

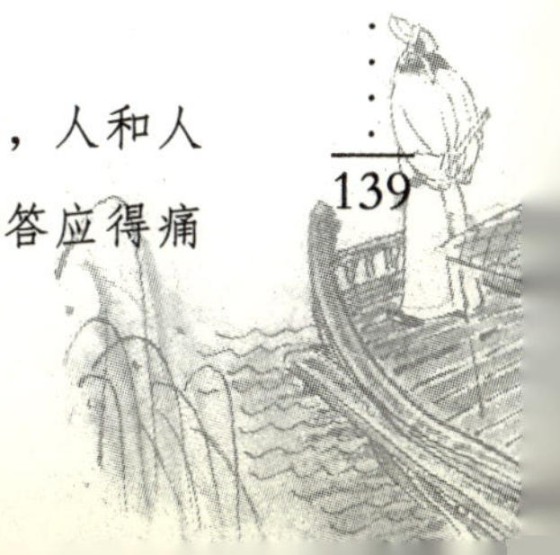

快淋漓，最终也是淡然得如同过路人一样。黄金成为衡量世间一切的终极价值坐标。

这首诗虽然语言平实，但却传神，刻画世情入木三分。含意深刻警世：黄金人之所爱，但以其作为生命意义之所在，只会残蚀人性，整个社会将丧失公平正义而腐败堕落、贿赂成风、趋炎附势、钻营逐利，成为蝇营狗苟者的渔利场。

苍苍竹林寺，杳杳钟声晚。
荷笠带夕阳，青山独归远。

——刘长卿《送灵澈上人》

送灵澈上人

刘长卿①

苍苍竹林寺②，杳杳钟声晚③。
荷笠带夕阳，青山独归远。

⊙【注释】

①刘长卿（？—约789），中唐时期颇负盛名的诗人。字文房，河间（今河北河间）人。天宝年间进士。唐肃宗至德年间，因事下狱，贬潘州南巴尉。大历年间任鄂岳转运留后时，因得罪上司被诬奏，贬睦州司马。后任随州刺史，世称刘随州。他以五言诗见长，被稍后的权德舆称为“五言长城”，尤工五律。有《刘随州集》。

②苍苍：茂盛，众多的样子。《诗经·秦风·蒹葭》：“蒹葭苍苍。”

③杳杳：幽远貌，犹隐约依稀。

⊙【诗本事】

灵澈上人是中唐时期一位著名诗僧，俗姓汤，字源澄，会稽（今浙江绍兴）人。早年从严维学诗，颇有诗名，诗僧皎然荐之为官，后因获罪权贵而遭贬徙，归隐云门寺。刘长卿和灵澈相遇又离别于润州，大约在唐代宗大历四年至五年间（769—770）。刘长卿自从肃宗上元二年（761）从贬谪南巴（今广东茂名南）归来，一直失意待官，心情郁闷。灵澈此时诗名未著，云游江南，心情也不大得意，在润州逗留后，将返回浙江。一个宦途失意客，一个方外归山僧，在出世入世的问题上殊途同归，同有不遇的体验，共怀淡泊的胸襟。竹林寺在润州（今江苏镇江），是灵澈此次游方歇宿的寺院。

【赏评】

这首诗写诗人在傍晚送灵澈返竹林寺时情境。山峦蓊郁悠然，苍劲碧绿的竹林掩映中便是竹林寺了。寺中钟声远远传来，在山间，在树间，在旷野上，在人心上回荡。灵澈上人戴着斗笠，披带夕阳余晖，独自向青山走去，渐行渐远。

全诗构思精致，语言精练，素朴秀美，表达了诗人对灵澈深挚的情谊，也表现出灵澈归山的清寂风度。虽为送别诗，但灵澈上人为有道高僧，无滞、无粘、无住，所以诗里也多了一种闲淡的禅机。

望　岳

杜　甫①

岱宗夫如何②？齐鲁青未了③。
造化钟神秀④，阴阳割昏晓。
荡胸生层云，决眦入归鸟⑤。
会当凌绝顶⑥，一览众山小。

⊙【注释】

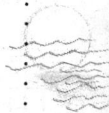

①杜甫（712—770），唐代最伟大的现实主义诗人。字子美，世称杜少陵、杜工部、杜拾遗等。自号少陵野老，生于河南巩县（今郑州巩义），远祖为晋代功名显赫的杜预，乃祖为初唐诗人杜审言。与李白并称“李杜”，一生写诗一千四百多首。唐肃宗时官左拾遗。后入蜀，友人严武推荐他做剑南节度府参谋，加检校工部员外郎。故后世又称他杜拾遗、杜工部。杜甫生活在唐朝由盛转衰的历史时期，其诗作多涉笔社会动荡、政治黑暗、人民疾苦，被誉为“诗史”。杜甫忧国忧民，人格高尚，诗艺精湛，被奉为“诗圣”。

②岱宗：泰山亦名岱山，在今山东省泰安市城北。古代以泰山为五岳之首，诸山所宗，故又称“岱宗”。历代帝王凡举行封禅大典，皆在此山。

③青：山色。未了：不尽。

④造化：天地，大自然。钟：聚集。神秀：指山色的奇丽。

⑤决：张大。眦：眼角。决眦形容极目远视的样子。

⑥凌：登上。

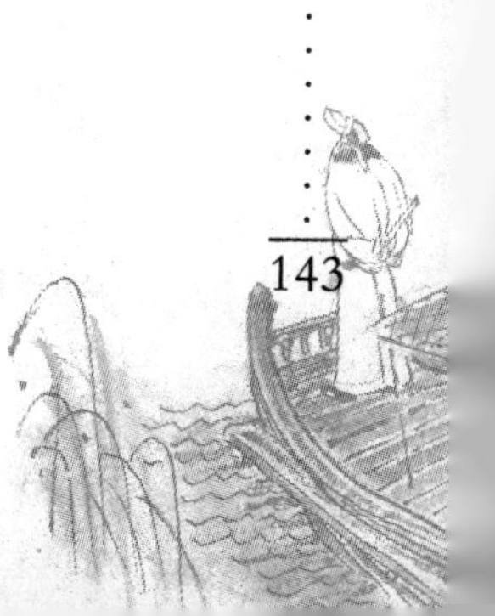

⊙【诗本事】

杜甫《望岳》诗共有三首，分咏东岳（泰山）、南岳（衡山）、西岳（华山）。这一首所望之岳是指东岳泰山。开元二十四年（736），二十四岁的诗人开始过裘马清狂的漫游生活。此诗即写于北游齐、赵（今河南、河北、山东等地）时，是现存杜诗中年代最早的一首，字里行间洋溢着青年杜甫蓬蓬勃勃的朝气。

⊙【赏评】

泰山究竟如何？它跨越齐鲁大地，连绵起伏，郁郁苍苍，浩茫浑涵。大自然似乎对泰山情有独钟，把神奇和秀美都集中在它身上。泰山高耸入云，山南山北景色不同，一面亮一面暗，就好像一面是黄昏一面是晨晓。细望泰山，山间云气生发，层层叠叠，令人心胸激荡起伏。极目远望，追羡那飞入山间的归鸟。末尾二句抒发了定将登上绝顶的壮志豪情。

诗篇通过描绘泰山雄伟磅礴的气象热情地赞美了泰山高大雄伟的气势和神奇秀丽的景色，表达了诗人早年的远大抱负，表现了敢于进取、积极向上的人生态度。

⊙【诗评选辑】

①清·浦起龙《读杜心解》："当以是为首"，并说"杜子心胸气魄，于斯可观。取为压卷，屹然作镇。"

②清·仇兆鳌《杜诗详注》卷一分析得极好：诗用四层写意。首联远望之色，次联近望之势，三联细望之景，末联极望之情。上六实叙，下二虚摹。

③清·高宗敕编《唐宋诗醇》卷九评价说：四十字气势，欲与岱岳争雄。

④明·莫如忠《登东郡望岳楼》诗则感叹：齐鲁到今青未了，题诗谁继杜陵人？

游龙门奉先寺

杜　甫①

已从招提游②，更宿招提境。

阴壑生虚籁③，月林散清影。

天阙象纬逼④，云卧衣裳冷。

欲觉闻晨钟，令人发深省。

⊙【注释】

①杜甫：见《望岳》。

②招提：梵语，音译为“拓斗提奢”，省作“拓提”后误为“招提”。其义为“四方”。四方之僧称招提僧，四方僧之住处称为招提僧坊。北魏太武帝造伽蓝创招提之名，后遂为寺院的别称。

③阴壑：幽深的山谷，背阳的山谷。

④天阙：指两峰对峙之处。因其形似双阙，故称。

⊙【诗本事】

开元二十四年（736），时年杜甫二十五岁，这首诗写于他游吴越归来之后。诗中写了对佛教境界的感悟，而不同于泛泛观看寺庙景观的赏游之作。奉先寺在洛阳市南龙门西山南部，是龙门石窟中规模最大的佛龛，著名的龙门十寺之一。唐高宗咸亨三年（672）开凿，至上元二年（675）竣工，历时三年零九个月。奉先寺南北宽约三十四米，东西深约三十九米，龛雕一佛、二弟子、二菩萨、二天王及力士等十一尊大像。

⊙【赏评】

首句写对奉先寺的游览已经结束，晚上住宿于寺院，充满佛意禅机的环境使诗人全副身心沉浸于这一氛围。佛境成为诗人带有止观意味的“观”的对象而将其他无关的东西摈除。“阴壑生虚籁，月林散清影”，幽深的山谷空寂无声，月亮清冷的光辉笼罩一切，树林中撒满了斑驳的疏影。“虚”和“清”相对，更具有虚和净的意趣。远处高大两峰对峙，形似耸立的双阙，月光使周遭的云更多了清冷，不觉有了一丝寒意。拂晓山寺神秘的钟声，境旷而令人心清，最终发人深省。杜甫将天、地、人易为“虚”字，更契诸法实相，诗与境也更加得体。

⊙【诗评选辑】

①明·王嗣奭《杜臆》卷一：此诗景趣冷然，不用禅语而得禅理，故妙。……盖人在尘溷中，性真汩没，一游招提，谢去尘氛，托足净土，情趣自别。而更宿其境，听灵籁，对月林，则耳目清旷；逼帝座，卧云床，则神魂兢凛。梦将觉而触发于钟声，故道心之微，忽然豁露，遂发深省。正与日夜息而旦气清，剥复禅而天心见者同。余谓老杜闻道，而此其人道之机倪也。

②清·浦起龙《读杜心解》：题曰游寺，实则宿寺诗也。“游”字只首句了之，次句便点清“宿”字。以下皆承次句说。中四，写夜宿所得之景，虚白高寒，尘府已为之一洗。结到“闻钟”、“发省”，知一宵清境，为灵明之助者多矣。

③宋·韩元吉：杜子美《游龙门诗》：“欲觉闻晨钟，令人发深省。”子美平生学道，岂至此而后悟哉！特以示禅宗一观而已。是于吾儒实有之，学者昧而不察也。

水槛遣心二首（其一）

杜　甫[1]

去郭轩楹敞[2]，无村眺望赊。
澄江平少岸[3]，幽树晚多花。
细雨鱼儿出，微风燕子斜。
城中十万户，此地两三家。

⊙【注释】

①杜甫：见《望岳》。

②轩楹：堂前的廊柱，或借指廊间。

③澄江：清澈的江水。

⊙【诗本事】

《水槛遣心二首》大约作于肃宗上元二年（761）。杜甫定居草堂后，经过他的一番经营，园亩扩展了，树木栽多了。水亭旁还添了专供垂钓、眺望的水槛。诗人经过了长期颠沛流离的生活以后终于得到了安身的处所。

⊙【赏评】

这儿离城郭很远，庭园开阔宽敞，旁无村落，因而能够极目远眺。凭槛远望，碧澄清澈的江水浩浩荡荡，似乎和江岸齐平了。在春日的黄昏里，草堂四周郁郁葱葱的树木盛开着姹紫嫣红的花朵，散发出迷人的清

香。鱼儿在细雨中摇曳着身躯，喷吐着水泡儿，欢快地游到水面上。轻捷的燕子，在微风中，倾斜着掠过水蒙蒙的天空。

颔联两句一静，颈联两句一动，而动中却有写静之妙，一幅春临水槛、安宁静谧的江村晚景油然而现。而首联“眺望赊”的点染，愈显居处、视野的宽敞僻远、开阔无碍。一种远离尘嚣之上的闲适愉悦由大自然生命的律动与自然环境的和谐中感应而出。而更为重要的是，从杜甫这类为数不多的山水诗中可见诗人似乎远离了早年的汲汲求政与颠沛流离，放弃了其爱之深伤也深的政治理想，平静的生活让他疲惫的心彻底放松，无欲无求（至少诗人在创作此类诗歌时的心理状态应当如此）。杜甫山水诗体现的这种意境恰恰就是净众禅的心要——无忆、无念、莫妄。即无相禅师所说的：“无忆是戒，无念是定，莫妄是慧。”

⊙【诗评选辑】

宋·叶梦得《石林诗话》云：诗语忌过巧。然缘情体物，自有天然之妙，如老杜“细雨鱼儿出，微风燕子斜”，此十字，殆无一字虚设。细雨着水面为沤，鱼常上浮而淰。若大雨，则伏而不出矣。燕体轻弱，风猛则不胜，唯微风乃受以为势，故又有“轻燕受风斜”之句。

后　游

杜　甫[1]

寺忆曾游处，桥怜再度时。
江山如有待，花柳自无私。
野润烟光薄，沙暄日色迟[2]。
客愁全为减，舍此复何之。

⊙【注释】

①杜甫：见《望岳》。

②暄：松软，松散。

⊙【诗本事】

这首诗大约作于肃宗上元二年（761），时杜甫定居草堂。

⊙【赏评】

此诗以佛寺游览为题材，素净淡雅，而思致深微。清晨的原野薄雾萦绕，傍晚的余晖滞留沙岸，山水草木皆生机盎然。在这样无私而美好的自然环境中，用“怜”与“愁”融合了诗人的情感，可谓人有意、物有情。细品这两句诗，是很有含蕴的，它透露了诗人对世态炎凉的感慨，弦外之音是大自然是有情的、无私的，而人世间却是无情的、偏私的。诗的最后两句点出了佛法“减愁”的伟大力量和作者为佛法所吸引从而期望走近佛教的心路历程和坚定决心。

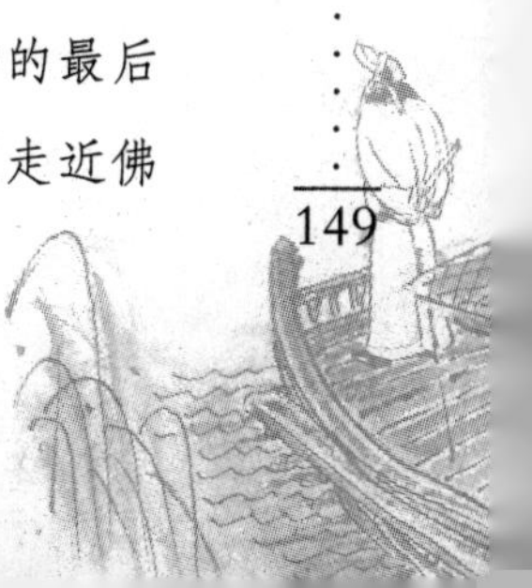

⊙【诗评选辑】

清·薛雪《一瓢诗话》：“花柳自无私”，下一“自”字，便觉其寄身离乱感时伤事之情，掬出纸上。

江　亭

杜　甫①

坦腹江亭暖，长吟野望时。
水流心不竞，云在意俱迟。
寂寂春将晚，欣欣物自私。
江东犹苦战，回首一颦眉②。

【注释】

①杜甫：见《望岳》。

②“江东”一联，又作“故林归未得，排闷强裁诗。”

【诗本事】

这首诗写于肃宗上元二年（761），杜甫居于成都草堂，生活暂时比较安定，他的诗里多了一种静幽的禅意，但由于战事未平，其忧国忧民的情怀不减。

【赏评】

诗的前四句，闲适静幽的山水禅意较浓。伫立江亭，春色明媚，阳光煦暖，不禁环顾长吟。“水流”一联更表现出物我一如的超旷意境。“水流心不竞”，江水如此滔滔，好像为了什么事情争着向前奔跑；而我此时却心情平静，无意与流水相争。“云在意俱迟”，是说白云在天上移动，那种舒缓悠闲与我此时的闲适心情全无两样。王维有“流水如有意，暮禽相与

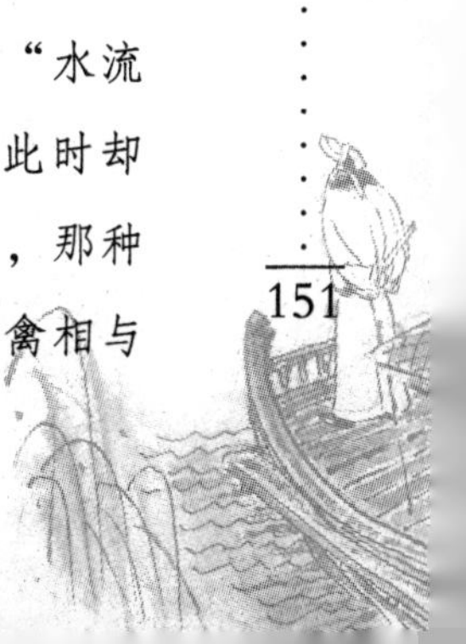

还”（《归嵩山作》）之句，是说自己本来心中宁静，从静中看出了流水、暮禽都有如向自己表示欢迎、依恋之意；而杜甫这一联则从静中得出相反的感想，“水流心不竞”，本来心里是“竞”的，看了流水之后，才忽然觉得平日如此恓恓惶惶毕竟无谓，心中陡然冒出“何须去竞”的念头来。后两联更是进一步揭示诗人杜甫的本色。“寂寂春将晚”，带出心头的寂寞。“欣欣物自私”，透露了众荣独瘁的悲凉。这是一种移情入景的手法。晚春本来并不寂寞，诗人此时处境闲寂，自然觉得景色也是寂寞无聊的；眼前百草千花争奇斗艳，欣欣向荣，然而都与己无关，引不起自己的欣悦，所以就嗔怪春物的“自私”。诗人虽然避乱在四川，暂时得以“坦腹江亭”，到底还是忘不了国家安危，因此诗的最后就不能不归结到“江东犹苦战，回首一颦眉”，又陷入满腹忧国忧民的愁绪中去了。

⊙【诗评选辑】

①清·仇兆鳌《杜诗详注》：有淡然物外，优游观化意。（按：“指水流心不竞，云在意俱迟”句）

②宋·张九成《心传录》：陶渊明辞云：“云无心而出岫，鸟倦飞而知还。”杜子美云：“水流心不竞，云在意俱迟。”若渊明与子美相易其语，则识者往往以谓子美不及渊明矣。观其云“云无心”，“鸟倦飞”，则可知其本意；至于“水流”而“心不竞”，“云在”而“意俱迟”，则与物初无间断，气更混沦，难轻议也。

③宋·叶梦得《石林诗话》：杜子美云：“水流心不竞，云在意俱迟。”吾尝三复爱之。或曰：子美安能至此？是非知子美者。方至德、大历之间，天下鼎沸，士固有不幸罹其祸者。然乘间蹈利，窃名取宠，亦不少矣。子美闻难间关，尽室远去，乃一召用，不得志，卒饥寒转徙巴峡之间而不得，终不肯一引颈而西笑。非有“不竞”、“迟留”之心安能然？耳目所接，宜其了然自会于心，此固与渊明同一出处之趣也。

月　夜

刘方平[1]

更深月色半人家，北斗阑干南斗斜[2]。

今夜偏知春气暖[3]，虫声新透绿窗纱[4]。

【注释】

①刘方平（生卒年不详），河南洛阳人。天宝前期曾应进士试，又欲从军，均未如意，从此隐居颍水、汝河之滨，终生未仕。善画山水，工诗。尤擅绝句，其诗多写闺情、乡思，诗风清新自然，常能以看似淡淡的几笔铺陈勾勒出情深意切的场景。其《月夜》、《春怨》、《新春》、《秋夜泛舟》等都是历来为人传诵的名作。

②阑干：横斜貌。

③春气：春季的阳和之气。《庄子·庚桑楚》："夫春气发而百草生，正得秋而万宝成。"

④窗纱：糊在窗上的纱。

【诗本事】

刘方平是盛唐时期一位不很出名的诗人，存诗不多，但这首小诗却写得清丽、细腻、新颖、隽永，是其代表作。

【赏评】

月是中国古典诗词中常见的意象。尤其在唐诗中，或以跨越空间的隔绝性赋予月以边塞的意味；或以月之永恒感受个体生命的有限性与自然宇

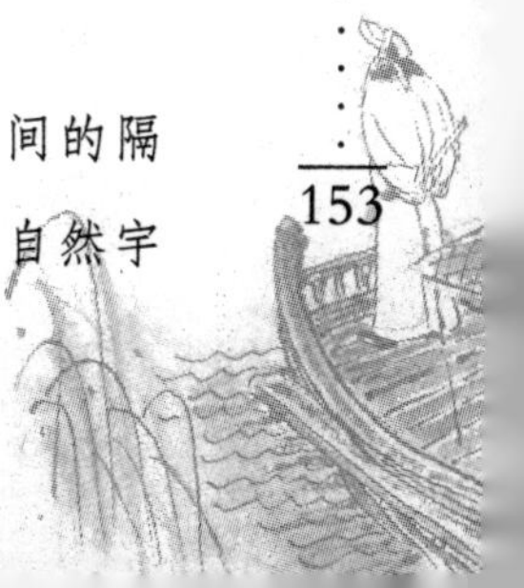

宙的无限性在时间之流中所构成的张力；或以月亮的阴柔之美来象征女子，从而赋予月亮一种情爱的意味。而这位盛唐时期不很出名的诗人却独出新意，另辟蹊径，以略带寒意的初春之夜的月亮为描写对象，让人在朗月斜照的静谧夜晚中不仅感受到时间的流逝、季节的更替，更感受到生命的萌动及其带来的欢乐欣喜之情，从而在“更深月色”、“虫声新透”中体悟出生活的哲理。夜深人静，朗月斜照，遍地银辉，庭院之中屋宇、树木的影子在皓月西沉中渐渐拉长，夜空中的北斗和南斗也都渐渐横斜了。初春虫儿的鸣叫声就在这夜色阑珊、万籁俱静之际透过纱窗传了进来，原来是那些虫儿早早就感受到夜气中春天的气息，所以在这春寒料峭的深夜中开始试鸣新声了。寒春之夜偶尔传来的虫声不仅是万物的复苏，更是生命的萌动，诗人从中体味到了生命萌动的欢乐。

谷口春残黄鸟稀，辛夷花尽杏花飞。
始怜幽竹山窗下，不改清阴待我归。

——钱起《暮春归故山草堂》

暮春归故山草堂

钱　起①

谷口春残黄鸟稀，辛夷花尽杏花飞②。
始怜幽竹山窗下，不改清阴待我归。

⊙【注释】

①钱起（约720—约782），“大历十才子”之一。字仲文，吴兴（今浙江湖州）人，天宝十载（751）赐进士第一人，曾任考功郎中，故世称钱考功，翰林学士。安史之乱后任蓝田县尉，与退隐辋川的王维唱和。又与郎士元齐名，人为之语曰：“前有沈宋，后有钱郎。”题材多描写景物和投赠应酬。其诗具有较高的艺术水平，风格清空闲雅、流丽纤秀，尤长于写景，为大历诗风的杰出代表。

②辛夷：香木名，指木兰。

⊙【诗本事】

大历中，由于国事衰败，加之这一时期的文人多受佛禅思想的影响，诗中多了空幽之感。

⊙【赏评】

伤春与悲秋历来是中国古典诗词的主题之一，在绿肥红瘦的暮春中，更能触引起文人对流逝生命的感喟。而钱起这首诗却在对故乡暮春景色的描绘中寄寓了深刻的人生哲理。

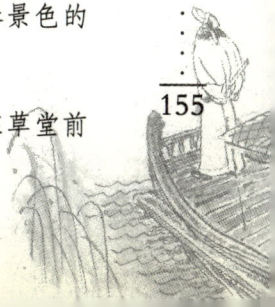

终于在暮春时节回到了朝思暮想、魂牵梦萦的故乡，也终于在草堂前

看到了故乡的暮春。谷口幽幽，碧草青青，翠山莽莽，绵延在蓝天之下，偶尔有婉转清脆的黄鸟叫声穿过浓密的柳叶回荡在山谷之中。微风吹过，枝头残留的辛夷花瓣飘落在碧草之上，曾若胭脂万点的杏花也在春风中化作雪海一片，漫天飞舞。草绿花谢春已归。蓦然之间，山窗前的数竿幽竹跃入眼中，挺拔青芜，苍翠欲滴，在暮春的风中摇曳着……只有这翠竹，任尔春夏秋冬，任尔白天黑夜，总是在默默中不改清荫等待我的归来……可在人世飘摇、宦海浮沉中又有几人能够像这幽竹一样不改心性、始终如一呢？

归　雁

钱　起①

潇湘何事等闲回②？水碧沙明两岸苔。
二十五弦弹夜月，不胜清怨却飞来。

⊙【注释】

①钱起：见《暮春归故山草堂》。

②潇湘：湘江与潇水的并称。

⊙【诗本事】

钱起是吴兴（今属浙江）人，入仕后，一直在长安和京畿做官。这首《归雁》写于北方，所咏的却是从南方归来的春雁。

⊙【赏评】

大雁，亦称鸿雁、宾鸿，是诗歌中常见的意象，古人多以其候鸟的物性来比附漂泊不定的羁客。钱起的这首赋雁诗，借满载羁旅客愁的归雁，既婉转地表露了宦游他乡的羁旅之思，又表现出了对生命归宿的哲思。落霞满天，倦鸟归飞，莽莽水天，数点宾鸿。薄暮中的宾鸿为何要归飞那碧水白沙、水草丰美的潇湘？只因潇湘女神夜夜在等待着归人的到来，那锦瑟繁弦怎么能承载她们如水的思念？沧海明月，珠泪如雨，只有悲凄的琴声飘荡在江面上，夜夜不绝……莫非那月夜下孤独的琴声触动了内心深处最为柔软的思念，于是宾鸿日夜兼程，飞归而来。鸿雁，这天地之间的宾客，永远都在飞行中寻找着自己的归宿。“人生天地间，忽如远行客”，人又何尝不是天地间的寄儿呢？在“寿无金石固”的短暂人生中，人也在永远地找寻着自己的归宿，但天高地远、宇宙茫茫，何处才是自己的归程？何处才是自己的归宿？

柏林寺南望

郎士元①

溪上遥闻精舍钟②，泊舟微径度深松。

青山霁后云犹在③，画出东南四五峰。

⊙【注释】

①郎士元（生卒年不详），字君胄，中山（今河北定县）人，为“大历十才子”之一。天宝十五载（756）登进士第。安史之乱中，避难江南。宝应元年（762）补渭南尉，历任拾遗、补阙、校书等职，官至郢州刺史。与钱起齐名，世称“钱郎”。有《郎士元集》。

②精舍：僧道居住或说法布道的处所。

③霁：雨雪停止，天放晴。

⊙【诗本事】

柏林寺，中国著名佛教禅寺，赵州祖庭所在地，坐落于河北省赵县县城（古称赵州）东南角，与天下第一桥——赵州桥遥遥相望。该寺最早建于汉献帝建安年间（196—220），古称观音院。这首诗记作者在柏林寺之所见。

⊙【赏评】

一叶扁舟在碧溪之上悠然地漂流着，斜风中落在小舟的蓑蓬上的细雨滴顺着枯叶滑落下来，滴到小溪里，偶尔在溪面上打出一个个的水泡，旋

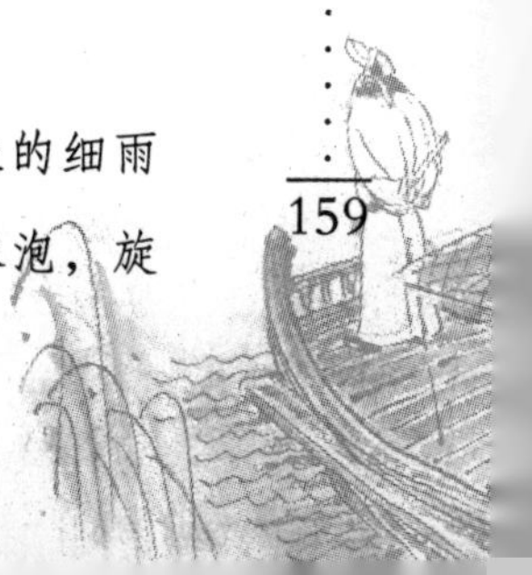

转着向前飘去。溪边的翠草也在蒙蒙细雨之中荡去了浮尘，愈发的碧绿，远处的青山渐渐地隐入雨雾之中。忽然，溪面上传来了山林中寺院的钟声，庄严而沉静，于是诗人在曲径通幽处舍舟登岸。雨后青松，苍翠无尘，清香阵阵，松针上还悬挂着明净清澄的雨滴。在新雨之后的松林中拾级而上，只见雨后初霁的青山别有一番风致：碧空澄澈，青山如洗，山峰静立，云气氤氲。

这是一首写景诗，虽是写景，却寓含了生命的禅悟。细雨洗涤了落在青松翠草上的浮尘，而杳杳的精舍钟声荡去了飘落在人心灵上的灰尘，舍筏登岸，在身心澄明清澈的境界中竟发现了人间如画的风景。其实，天还是天，地还是地，美丽的风景就在身边，只是缺少发现美的眼睛。在人生有限的旅程中，我们的眼睛被世间的色相所蒙蔽，我们的心灵被蝇头小利、蜗城之争所羁绊，囚居在俗务中的眼睛和心灵却再也感受不到生活中的美了。

立秋前一日览镜

李　益①

万事销身外，生涯在镜中。
惟将两鬓雪，明日对秋风。

【注释】

①李益（748—829），中唐边塞诗的代表诗人，“大历十才子”之一。字君虞，陇西姑臧（今甘肃武威）人。大历四年（769）进士。诗名早著，诗风豪放明快，尤以边塞诗流传最广，其中七绝冠绝当世，几可与盛唐王昌龄媲美。其诗音律和美，为当时乐工所传唱。长于七绝，所作以边塞诗知名，多抒写士兵久戍思归的心情，情调感伤，并反映当时战争形势的变化。其律体亦不乏名篇，如五律《喜见外弟又言别》中“问姓惊初见，称名忆旧容”，是历代传诵的名句。

【诗本事】

这首诗是诗人失意时的即兴之作，深含身世之慨和人生体验。

【赏评】

作为一个农业大国，国人自古就对节气的交替比较敏感，尤其是秋季，因为“物于此而揪敛也。”（元代吴澄《月令七十二候集解》）立秋预示着炎热的夏天即将过去，秋天即将来临。文人在萧萧秋风、万物凋零的感怀中，往往由自然之秋转而悲叹人类的生命之秋。于是“悲秋”就成了中国古典诗歌的主题之一。

明日就要立秋了，看着窗外萋绿的杨柳，听着门前寒蝉的噤鸣，暂且丢开那细如牛毛的俗务吧。素心揽镜，如梦的人生就在这镜中浮现。流年如水，带走了曾经的青春年少，带走了曾经的雄心壮志，只在落满灰尘的镜面上留下银丝鬓雪来等待明日的秋风。那闪现在镜中的点点滴滴岂止是以往的记忆，更是那即将来临的人生预演。作者在镜里生涯、镜外人生的相互映衬下，将人生之辛酸尽附于立秋前一日的览镜感喟之中。

岭上逢久别者又别

权德舆①

十年曾一别，征路此相逢②。
马首向何处？夕阳千万峰。

⊙【注释】

①权德舆（759—818），字载之，行三。天水略阳（今甘肃秦安）人，家于润州丹阳（今江苏丹阳）。赠左仆射，谥文。于贞元、元和间执掌文柄，名重一时。刘禹锡、柳宗元等皆投文门下，求其品题。性直谅宽恕，蕴藉风流，好学不倦。其诗以五言居多，五古、五律赡缛浑厚，颇多佳什。

②路，一作旆。

⊙【诗本事】

这首诗境界静寂而略带凄凉，诗人还写过一首七绝《余干赠别张十二侍御》："芜城陌上春风别，干越亭边岁暮逢。驱车又怆南北路，返照寒江千万峰。"内容与此首极为相似。

⊙【赏评】

这首五绝用淡淡的笔墨写出了与友人久别偶逢又匆匆道别的瞬间，用片刻阐释了"何处是人生的归程"这一永恒的话题。

夕阳残照，山林寂寂，倦鸟急飞，马蹄声声。寂静的山林中，诗人偶一抬头，只见余晖之中一路人马映入眼帘，及至眼前，忽见一人何等面

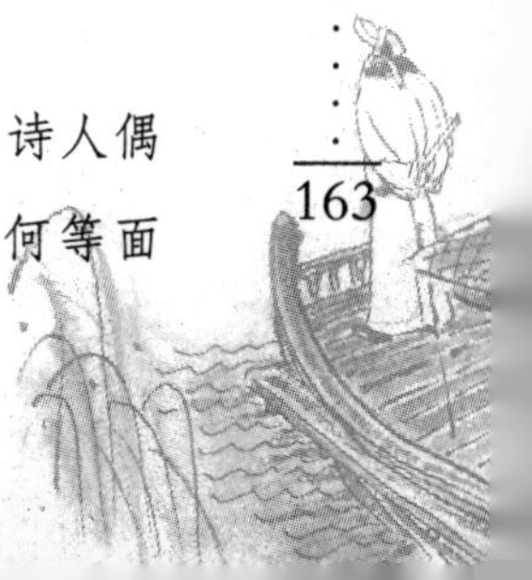

熟，似曾相识，仔细辨认，竟是分别十年的友人。何曾料到，这一别竟是十年；何曾料到，十年后的相逢是在这夕阳岭头；何曾料到，十年之后的偶然相逢竟是又一次分别的开始。相见的欣喜很快转为别后相见无期的悲忧。此时此地，只有将千言万语化作一句“马首向何处”。夕阳西下，薄暮渐起，岭头山峰，静默无语，队伍已经离去，诗人伫立远望，对友人的牵念和对人生无常的感慨溢满心中。是啊，马首该向何处？何处是归程？在匆匆的聚散离合中何处是人生的归途？在滚滚红尘中何处是人们的归宿？

⊙【诗评选辑】

①唐·张荐《答权载之书》：词致清深，华彩巨丽，言必合雅，情皆中。

②宋·严羽《沧浪诗话》：有绝似盛唐者。

宿王昌龄隐居

常　建①

清溪深不测，隐处唯孤云。
松际露微月，清光犹为君。
茅亭宿花影②，药院滋苔纹。
余亦谢时去，西山鸾鹤群③。

⊙【注释】

①常建，生卒年、字号不详。《唐才子传》说为长安（今陕西西安）人。开元十五年（727）进士。天宝中年为盱眙尉。后隐居鄂渚的西山。一生沉沦失意，耿介自守，交游无显贵。与王昌龄有文字相酬。其诗意境清迥，语言洗练自然，艺术上有独特造诣。现存诗五十七首，绝大部分是描写田园风光、山林逸趣的，还有一些优秀的边塞诗。名作如《题破山寺后禅院》、《吊王将军墓》，尤其"曲径通幽处，禅房花木深"一联，广为古今传诵。

②茅亭：茅屋。

③鸾鹤群：诗人用江淹《登庐山香炉峰》"此山具鸾鹤，往来尽仙灵"语表示将与鸾鹤仙灵为侣，隐逸终生。

⊙【诗本事】

常建和王昌龄是开元十五年（727）同科进士及第的官友和好友。但出仕后的经历和归宿却不大相同。常建"沦于一尉"，只做过盱眙县尉，此后便辞官归隐于武昌樊山（即西山）。王昌龄及第时大约已有三十七岁，此前曾隐居石门山。山在今安徽含山县境内。常建任职的盱眙（今江苏盱眙）与石门山分处淮河南北。常建辞官西返武昌樊山，大概渡淮绕道不远，即就近到石门山一游，并在王昌龄隐居处住了一夜。

⊙【赏评】

清溪水流入石门山深处，曲曲折折，见不到头。在石门山上望去，只看见一片片白云。抬头望见松树梢头，明月升起，清光照来，格外有情，而无心可猜。想来明月不知今夜主人不在，依然多情来伴客人。王昌龄住处清贫幽雅，一座孤零零的茅屋，即所谓“茅亭”。屋前有松树，屋边种花，院里莳药，见出他的为人和情趣，独居而情不孤，遁世而爱生活。夜宿茅屋是孤独的，而抬眼看见窗外屋边有花影映来，也别具情意。到院里散步，看见王昌龄所养的药草依然长得茂盛。因为久无人来，路面长出青苔。

诗人善于在平易地写景中蕴含着深长的比兴寄喻，形象明朗，诗旨含蓄，而意向显豁，发人联想。就此诗而论，诗人巧妙地抓住王昌龄从前隐居的旧地，深情地赞叹隐者王昌龄的清高品格和隐逸生活的高尚情趣，诚挚地表示讽劝和期望仕者王昌龄归来的意向。

⊙【诗评选辑】

清·徐增《而庵说唐诗》：惟见孤云，是昌龄不在，并觉其孤也。

题破山寺后禅院

常　建①

清晨入古寺，初日照高林②。
曲径通幽处，禅房花木深③。
山光悦鸟性，潭影空人心④。
万籁此俱寂⑤，但余钟磬音⑥。

【注释】

①常建：见《宿王昌龄隐居》。

②初日：早上的太阳。

③曲：一作“竹”。禅房：僧人的房舍。

④人心：指人的尘世之心。空：破山寺里有空心亭。

⑤万籁：各种声音。籁，从孔穴里发出的声音，泛指声音。俱，一作“都”。

⑥但余：只剩下。但：只；余：剩下。磬：古代用玉、石或金属制成的打击乐器。

【诗本事】

破山在今江苏常熟，寺指兴福寺，由南齐时郴州刺史倪德光施舍宅园改建，到唐代已属古寺。诗中抒写清晨游寺后禅院的感受。

【赏评】

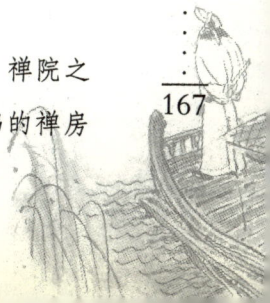

诗人在清晨登破山，进入兴福寺。旭日初升，光照山上树林，禅院之意更显辉煌。穿过寺中竹丛小路，走到幽深的后院，发现唱经礼佛的禅房就在花丛树林深处。举目望见寺后的青山焕发着日照的光彩，鸟儿自由自在地飞翔欢唱；走到清清的水潭旁，只见天地和自己的身影在水中湛然空明，心中的尘世杂念顿时涤除。万籁俱寂，只听那钟磬上一击，余音袅袅，仿佛梵音入耳，回味无穷。

这首诗语言古朴，意象深微，让人领悟空门禅悦的奥妙，摆脱尘世一切烦恼，像鸟儿那样自由自在、无忧无虑，只有悠扬而洪亮的佛音引导人们进入纯净怡悦的境界。显然，诗人欣赏这禅院幽美绝世的居处，领略这空门忘情尘俗的意境，寄托自己遁世无闷的情怀。

⊙【诗评选辑】

唐·殷璠《河岳英灵集》：建诗似初发通庄，却寻野径，百里之外，方归大道。所以其旨远，其兴僻，佳句辄来，唯论意表。

调张籍

韩　愈[1]

李杜文章在[2]，光焰万丈长。
不知群儿愚[3]，那用故谤伤。
蚍蜉撼大树[4]，可笑不自量！
伊我生其后[5]，举颈遥相望。
夜梦多见之，昼思反微茫。
徒观斧凿痕，不瞩治水航[6]。
想当施手时，巨刃磨天扬。
垠崖划崩豁，乾坤摆雷硠[7]。
唯此两夫子[8]，家居率荒凉。
帝欲长吟哦，故遣起且僵。
翦翎送笼中，使看百鸟翔。
平生千万篇，金薤垂琳琅。
仙官敕六丁，雷电下取将。
流落人间者，太山一毫芒。
我愿生两翅，捕逐出八荒[9]。
精诚忽交通，百怪入我肠[10]。
刺手拔鲸牙，举瓢酌天浆。

腾身跨汗漫，不著织女襄⑪。
顾语地上友，经营无太忙⑫。
乞君飞霞珮，与我高颉颃⑬。

⊙【注释】

①韩愈（768—824），字退之，河阳（今河南省孟县）人，自称郡望昌黎，出身于小官吏家庭，幼丧父，兄韩会抚养之。举试多不利。直到二十九岁才在董晋幕府中得到了一个观察推官的微小官职。元和十二年（817），韩愈五十岁时，因参与平定淮西之役表现出处理军国大事的才能，迁为吏部侍郎，进入朝廷上层统治集团。两年后因上表谏迎佛骨而触怒宪宗，幸得裴度等大臣挽救，才免于一死，被贬为潮州（今属广东）刺史。在潮州八个月，宦官杀宪宗，立穆宗，韩愈被召回朝，后历官国子监祭酒、京兆尹、兵部侍郎、吏部侍郎。长庆四年（824）病逝于长安，终年五十七岁。有《昌黎先生集》。今人整理注释的韩集有马通伯《韩昌黎文集校注》、钱仲联《韩昌黎诗系年集释》、童第德《韩集校铨》等。

②文章：此指诗篇。

③群儿：指谤伤李杜的人。前人认为主要是指元稹、白居易等（后详）。

④蚍蜉：蚁类，常在松树根部营巢。

⑤伊：发语词。

⑥“徒观”二句：比喻“李杜文章”如同大禹治水疏通江河，后人虽能看到其成就，却无法目睹当时鬼斧神工的开辟情景了。

⑦“想当”四句：想象禹治水时劈山凿石、声震天宇的情景。划：劈开。雷硠：山崩之声。

⑧“唯此”以下十二句：说天帝想要好诗歌，就派李、杜到人间受苦，还故意折断他们的羽毛，剥夺他们的自由，让他们经受挫折、坎坷、磨难，从而创作出精金美玉般的绝代诗篇，然后派天神取走。现在遗留在人世的只不过是“太山一毫芒”而已，尚且如此高不可及。金薤：书。古有薤叶书。又有薤叶形的金片，俗语称金叶子。琳琅：美玉石。此以金玉喻“李杜文章”，并言李杜诗篇播于金石。六丁、雷电：皆传说之天神。

⑨八荒：古人以为九州在四海之内，而四海又在八荒之内。

⑩“精诚”二句：言忽然悟得“李杜文章”之妙。犹今言灵感忽至。

⑪“刺手”四句：比喻李、杜诗的创作境界。汗漫：广漠无边之处。织女：谓织女星。襄：谓星宿所舍，即星次。此句夸言神游物外，连织女星的车驾都不乘坐了。意谓超越了织女星运行的范围。

⑫地上友：指张籍。经营：此谓构思。

⑬乞：此谓送给。颉颃：上下飞翔。上飞曰颉，下飞曰颃。

⊙【诗本事】

此诗作于元和十年（815），是文学史上著名的推尊李、杜的力作。李白和杜甫的诗歌成就，在中唐时期不被重视。韩愈的《调张籍》热情地赞美李白和杜甫的诗文，表现出高度倾慕之情。

⊙【赏评】

这首《调张籍》最能代表韩愈诗作的特点。诗人以其雄健的笔力、凌厉的气势驱使宇宙万象进入诗中，表现了宏阔奇伟的艺术境界。

本诗可分为三段。前六句为第一段。作者对李、杜诗文作出了极高的评价，并讥斥“群儿”谤伤前辈是多么无知可笑。“李杜文章在，光焰万丈长”二句已成为对这两位伟大诗人的千古定评了。中间二十二句为第二段。力写对李、杜的钦仰，赞美他们诗歌的高度成就。其中“伊我”十句，作者感叹生于李、杜之后，只好在梦中瞻仰他们的风采，特别是读到李、杜光彩四溢的诗篇时，便不禁追想起他们兴酣落笔的情景：就像大禹治水那样挥动着摩天巨斧，山崖峭壁一下子被劈开，被堙遏的洪水便倾泻出来，天地间回荡着山崩地裂的巨响。“唯此”六句，感叹李、杜生前不遇。天帝要使诗人永不停止歌唱，便故意给予他们沉浮不定的命运。好比被剪了羽毛、囚禁在笼中的鸟儿，痛苦地看着外边百鸟自由自在的飞翔。“平生”六句，作者惋惜李、杜的诗文多已散佚。他们毕生写了千万篇金玉般优美的诗歌，但多被仙官派遣神兵收取，流传人间的只不过如泰山的毫末之微而已。末十二句为第三段。“我愿”八句，写自己努力去追随李、杜。诗人希望能生出两翅，在天地中追寻李、杜诗歌的精神。他终于能与前辈诗人精诚感通，于是千奇百怪的诗境便进入心里：反手拔出大海中长鲸的利齿，高举大瓢，畅饮天宫中的仙酒，忽然腾身而起，遨游于广袤无穷的天宇中，自由自在，发天籁之音，甚至连织女所制的天衣也不屑去穿了。最后四句点题。诗人恳切地劝导老朋友张籍：不要老是钻在书堆中寻章摘句，忙碌经营，还是和我一起向李、杜学习，在诗歌的广阔天地中高高飞翔吧。

韩愈的这首诗笔势波澜壮阔，恣肆纵横，想象奇幻，境界瑰丽。既有游仙诗的风格，却也直接议论，以议论为诗，如“蚍蜉撼大树，可笑不自量”等设喻贴切，形象生动，说理透彻。

⊙【诗评选辑】

①清·朱彝尊《批韩诗》曰：议论诗，又别是一调，以苍老胜，他人无此胆。

②清·赵翼《瓯北诗话》云：诗家好作奇句警语，必千锤百炼而后能成。如……昌黎之“巨刃磨天扬”、“乾坤摆雷硠”等句，实足惊心动魄，然全力搏兔之状人皆见之。

③清·施补华《岘傭说诗》：奇杰之语，戛戛独造。韩愈《荐士》评孟郊诗云：横空盘硬语，妥帖力排奡。

④近代·高步瀛：《唐宋诗举要》引吴闿生语：雄奇伟岸，亦有光焰万丈之观。

酬乐天扬州初逢席上见赠

刘禹锡①

巴山楚水凄凉地②，二十三年弃置身。
怀旧空吟闻笛赋③，到乡翻似烂柯人④。
沉舟侧畔千帆过，病树前头万木春。
今日听君歌一曲，暂凭杯酒长精神。

⊙【注释】

①刘禹锡（772—842），唐代中期诗人、哲学家。字梦得，洛阳（今属河南）人，政治上主张革新，是王叔文派政治革新活动的中心人物之一。后被贬为朗州司马、连州刺史，晚年任太子宾客。部分诗作反映了作者进步的思想，其学习民歌写成的《竹枝词》等诗具有新鲜活泼、健康开朗的显著特色，情调上独具一格。语言简朴生动，情致缠绵，其代表作有《乌衣巷》、《秋词》、《竹枝词》（六首）、《西塞山怀古》、《酬乐天扬州初逢席上见赠》等，其诗结有《刘宾客集》。

②巴山楚水：泛指贬地。刘禹锡因积极参加顺宗朝王叔文领导的政治革新运动而遭受迫害。先被贬到朗州，再贬连州，调夔州、和州，未离谪籍。朗州在战国时是楚地，夔州在秦、汉时属巴郡，楚地多水，巴郡多山，故言“巴山蜀水”。

③“怀旧”句：此句用典故表达了诗人对王叔文等受害友人的深深怀念之情。闻笛赋：指曹魏后期向秀的《思旧赋》。向秀的好友为司马氏所杀，向秀经过两人旧居时，听到邻人吹笛子，其声慷慨激昂，向秀感音而叹，写了《思旧赋》表示对故友的怀念。

④“到乡”句：亦用典故抒发了诗人对岁月流逝、人世变迁的感叹。烂柯人：据《述异记》所载，晋人王质入山砍柴，见二童子对弈，他观棋至终局，发现手中的

“柯”（斧头的木柄）已经朽烂了。王质下山回村，才知已经过去了一百年，同时代的人都已经死尽了。

⊙【诗本事】

敬宗宝历二年（826），刘禹锡罢和州刺史任返洛阳，同时白居易从苏州归洛，两位诗人在扬州相逢。淮南节度使王潘设宴招待刘禹锡、白居易，白居易在筵席上以诗相赠，题为《醉赠刘二十八使君》：“为我引杯添酒饮，与君把箸击盘歌。诗称国手徒为尔，命压人头不奈何。举眼风光长寂寞，满朝官职独蹉跎。亦知合被才名折，二十三年折太多。”刘禹锡便写了《酬乐天扬州初逢席上见赠》来酬答。这首酬答诗，着重抒写这特定环境中自己的感情。

⊙【赏评】

古代文人的诗情与酒常有不解之缘，清风明月，夕阳楼头，好友美酒，酒酣耳热之际常赋诗赠答，将人生几许失意不平之事尽付诸诗中，以获得心灵暂时的慰藉。

从未曾细数过流年的痕迹，只知道高高的巴山黄了又绿、绿了又黄，只知道夜夜都听到楚水向前流动的呜咽声，未料想自己竟在这样的凄凉之地被弃置二十三年！二十三年，一切都已物是人非，恍如隔世。昔日的友人没有了，只能徒然地拾起记忆的碎片深深怀念。二十三年带走了曾经的乡邻，只有故乡那一湖春水空摇碧绿。二十三年中，沉舟侧畔有百舸争流、千帆竞进，病树前头见枯枝新发、万木皆春。今日相聚，能听到你的诗歌不胜感慨，暂借这杯薄酒聊长精神吧。诗人将无限的愤激之情凝结成一句“沉舟侧畔千帆过，病树前头万木春”。由于此句既寄寓了诗人的身世不平之感，又包含了自然界万事万物新陈代谢之哲理，寓意高远，历来为人所称道激赏。

⊙【诗评选辑】

①清·赵执信《谈龙录》：称此为“有道之言也”。

②清·沈德潜《唐诗别裁》："沉舟"二语，见人事不齐，造化亦无如之何！悟得此旨，终身无不平之心矣。

③近代·俞陛云《诗境浅说》：梦得此诗，虽秋士多悲，而悟彻菀枯。能知此旨，终身无不平之鸣矣。

竹枝词九首（其七）

刘禹锡①

瞿塘嘈嘈十二滩②，人言道路古来难。
长恨人心不如水，等闲平地起波澜。

⊙【注释】

①刘禹锡：见《酬乐天扬州初逢席上见赠》。

②“瞿塘”句：瞿塘峡是长江三峡之一，两岸连山，水流急湍，形势最为险要，古有“瞿塘天下险”之称。峡中尤多礁石险滩，峡口有“滟滪堆”，就是一巨大石滩。嘈嘈：流水下滩发出的嘈杂声。十二滩：言险滩之多，并非实数。

⊙【诗本事】

竹枝词，古代四川的民歌。这是《竹枝词九首》的第七首。以瞿塘峡之险要来感慨世态人情之艰辛。

⊙【赏评】

浩浩荡荡的长江之水在高耸蜿蜒的崖壁之间势如奔马，訇鸣而下，遇巨石险滩激起了层层波涛，荡起了高高的水雾。看着这瞿塘之险，不禁想起人们常说世路难行、人心险恶的古训来。每每及此，不由生出长恨：瞿塘之水是因巨石险滩才起波澜，而世情人心竟不若这滚滚东逝之水，就是在平坦之地也会无风自起浪！

这首竹枝词通过对瞿塘之险景的描写，托物起兴，命意精警。以瞿塘之险巧喻世情险恶、人心凶险，从而使抽象的人生哲理具体化、形象化，给人以深刻的印象。

赠别君素上人

刘禹锡①

穷巷唯秋草，高僧独扣门。
相欢如旧识，问法到无言。
水为风生浪，珠非尘可昏②。
去来皆是道，此别不销魂。

⊙【注释】

①刘禹锡：见《酬乐天扬州初逢席上见赠》。

②“珠非”句：以珠来比高僧君素。这句说高僧智慧清明就像明珠，无论多少灰尘也不能使其昏暗。

⊙【诗本事】

唐代思想家、文人与佛教僧侣多有交往，刘禹锡是其中一个。他和僧人君素多有来往，常常谈法说道。

⊙【赏评】

这首诗写僧人君素来访，诗人与之参禅悟道。诗人僻居那秋草在风中摇曳的穷巷之中，交游寥寥。僧人君素来访，像老朋友相见一样欢乐，诗人尽情地向他请教佛学问题，谈得十分投机。水珠之喻是说明俗人与高僧智慧不同，俗人智慧如水，有风吹来便起波浪，高僧智慧如珠，无论多少灰尘也不能使之昏暗。一席深谈，诗人对于佛理颇有所得，与高僧道别时感到心情愉快。当时有人说他“困而后援佛”，即是说他研究儒学遇到难题搞不通，借用佛学作解释。刘禹锡回答说：“谓道有二焉？夫悟不因人，在心而已。”这个心悟的道是难以言说的，譬如一个聋哑人吃美味，口知味美而无法说出来让耳朵听到。自己的体会难以向别人解说，别人不理解也就难怪了。他与君素相会则“素以道眼视予，予亦以所视视之”刘禹锡《赠别君素上人诗并引》，可谓心有灵犀自相通。

这首赠别诗，对方为得道高僧，诗人是参禅悟道者，所以写得无悲情，充满了对佛理的感悟。

赋得古原草送别

白居易①

离离原上草②，一岁一枯荣。
野火烧不尽，春风吹又生。
远芳侵古道，晴翠接荒城。
又送王孙去，萋萋满别情③。

⊙【注释】

①白居易（772—846），字乐天，号香山居士，祖籍太原（今属山西），后迁下邽（今陕西渭南北）人。著有《白氏长庆集》卷七十一。晚年官至太子少傅，谥号“文”，世称白傅、白文公。在文学上积极倡导新乐府运动，主张“文章合为时而著，诗歌合为事而作”，写下了不少感叹时世、反映人民疾苦的诗篇，对后世颇有影响。他一生作诗很多，以讽喻诗为最有名，语言通俗易懂，被称为“老妪能解”。叙事诗中《琵琶行》、《长恨歌》等极为有名。

②离离：草木茂盛状。

③萋萋：草长得茂盛的样子。

⊙【诗本事】

此诗作于贞元三年（787），作者时年十六。此诗是诗人应考的习作。据载，白居易在贞元三年始自江南入京，拜谒名士顾况时投献的诗文中即有此作。起初，顾况看着这年轻士子说，京城米贵，居大不易。但当读至“野火烧不尽”二句，不禁大为嗟赏：“道得个语，居亦易矣。”并广为延誉。

⊙【赏评】

曾几何时，那莽莽古原上的枯草在和风荡漾、春光明媚之中又渐渐泛青、渐渐繁密茂盛了，在四季的轮回交替中，古原上的草亦是枯了又绿，绿了又枯。那满山遍野燃烧的野火呀，在转瞬之间将绿草吞噬，烈焰浓烟之后只留下焦黑一片。烈火燎原，烧焦的是绿草的叶子，而它的根却在焦土之下耐心地等待着来年的春风，在春风和畅中，又会开始新的生命旅程。缕缕的和风送来了芳草的清香，那沐浴在春光之下的绿草染绿了古道，染绿了荒城，染绿了天际……就在这个被芳草晴翠染绿的季节里，又要与友人离别，古原上的萋萋春草更勾起了无限惆怅之情。

送别实为人生一大愁苦之事。人生在世，何人无别，何时无别。“年年柳色，霸陵伤别”，离人泪滴绿了芳草，染红了桃花，从此佳人才子、壮士知己在花开花落、云卷云舒中思念成行、黯然销魂。白居易的这首送别诗却能在抒写凄凄别情之际，借野草生命力之顽强在离情之中道出人生哲理。芊芊绿草岂能被燎原之火烧尽，只要其一茎一须尚存，定会浴火重生。人生何不如此，在生命的旅途中难免会遭遇困难，陷入逆境，只要在困境之中坚定信心，永不放弃，定会像那绿草一样重展生命之雄姿。

⊙【诗评选辑】

①清·田雯《古欢堂集杂著》：刘孝绰妹诗：“落花扫更合，丛兰摘复生”。孟浩然：“林花扫更落，径草踏还生”。此联岂出自刘钦？……古人作诗，皆有所本，而脱化无穷，非蹈袭也。

②清·屈复《唐诗成法》：不必定有深意，一种宽然有余地气象，便不同啾啾细声，此大小家之别。

③清·孙洙《唐诗三百首》：诗以喻小人也。消除不尽，得时即生，干犯正路。文饰鄙陋，却最易感人。

④近代·俞陛云《诗境浅说》：诵此诗者，皆以为喻小人去之不尽，

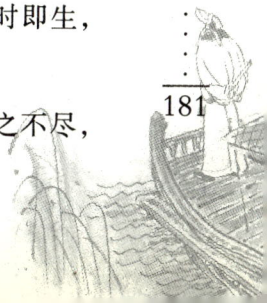

如草之滋蔓。作者正有此意，亦未可知。然取喻本无确定，以为喻世道，则治乱循环；以为喻天心，则贞元起伏。虽严寒盛雪，而春意已萌。见仁见智，无所不可。

放言（其三）

白居易①

赠君一法决狐疑②，不用钻龟与祝蓍③。
试玉要烧三日满④，辨材须待七年期⑤。
周公恐惧流言日⑥，王莽谦恭未篡时⑦。
向使当初身便死⑧，一生真伪复谁知？

⊙【注释】

①白居易：见《赋得古原草送别》。

②君：指元稹。狐疑：狐性多疑，故称遇事犹豫不定为狐疑。

③钻龟、祝蓍：古代占卜活动，钻龟壳后，看其裂纹以卜吉凶。或拿蓍草的茎占卜。

④“试玉”句：作者自注说：“真玉烧三日不热。”《淮南子·俶真训》：“钟山之玉，炊以炉炭，三日三夜而色泽不变。”

⑤“辨材”句：自注曰：“豫章木，生七年而后知。”豫章：枕木和樟木。《正义》：“豫：今之枕木也；樟，今之樟木也。二木生至七年，枕樟乃可分别。”

⑥周公：姓姬名旦，周武王弟，成王之叔，武王死，成王年幼，周公摄政，管、蔡、霍三叔陷害，制造流言，诬蔑周公要篡位。周公于是避居于东，不问政事。后成王悔悟，迎回周公，三叔惧而叛变，成王命周公征之，遂定东南。

⑦王莽：《汉书·王莽传》：“（莽）爵位盖尊，节操愈谦。散舆马衣裘，赈施宾客，家无所余。收赡名士，交结将相卿大夫甚众。……欲令名誉过前人，遂克己不倦。”后竟独揽朝政，杀平帝，篡位自立。

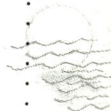

⑧向使：假如当初。

【诗本事】

元和十年（815）六月，白居易因上疏急请追捕刺杀宰相武元衡的凶手遭当权者忌恨，被贬为江州司马。其好友元稹闻讯后写下了《闻乐天授江州司马》一诗，白居易在贬官途中也写下五首《放言》诗奉和。《放言》五首是一组政治抒情诗。组诗就社会人生的真伪、祸福、贵贱、贫富、生死诸问题纵抒己见，宣泄了对当时朝政的不满和对自身遭遇的愤愤不平。此诗为第三首。放言：即无所顾忌，畅所欲言。

【赏评】

白居易写诗向来追求通俗易懂、“老妪能解”，这首七言律诗就是在极为通俗之语中寓含了极为深刻的哲理。世相险恶，宦海浮沉，唯有赠君一法，可在犹豫不决时不用龟壳、蓍草占卜就能够明辨是非、坚定不移。检验玉石要以炉火烧三日三夜才知其真假，区别枕木和樟木要在二木生七年之后才能见分晓。所以坚贞之士必能经受长期磨炼，栋梁之材绝非短时间就能认出来的。历史上也不乏这样的明证呀。周公辅佐成王时，时人馋之以篡权野心，王莽篡位自立之前是何等的谦恭。假使在真相未白时身已死，又有谁会知道他一生的真伪呢？要辨明事物的真伪优劣就要经过时间的考验，在考验对比中终会知道谁是美玉、谁是枕木。这首诗告诫我们：认识事物不要过早下结论，否则容易被假象迷惑而不能分清是非。

【诗评选辑】

①明·许学夷《诗源辩体》：举“试玉要烧三日满，辨材须待七年期”、“松树千年终是朽，槿花一日自为荣”……“当君白首同归日，是我青山独往时”、“尽离文字非中道，长往虚空是小乘”等句，言其“亦大人议论”。

②清·黄周星《唐诗快》：真正千古名言。佛说真经，不过如是。

③元·方回《瀛奎律髓》引纪昀语：俚词野调。

西湖晚归回望孤山寺赠诸客

白居易①

柳湖松岛莲花寺②，晚动归桡出道场③。
卢橘子低山雨重④，栟榈叶战水风凉⑤。
烟波澹荡摇空碧，楼殿参差倚夕阳。
到岸请君回首望，蓬莱宫在海中央⑥。

【注释】

①白居易：见《赋得古原草送别》。

②柳湖：即西湖，因湖上垂柳掩映，故云。松岛：即孤山，因山矗立湖中，故称。莲花寺：即孤山寺，湖中莲花盛开，因而以之形容其美。

③道场：僧侣诵经礼拜之处，即佛殿。

④卢橘：即枇杷。

⑤栟榈：即棕榈。

⑥蓬莱宫：传说海上有仙山，名蓬莱，而孤山寺中亦有蓬莱阁，语带双关。

【诗本事】

长庆二年（822）秋至四年（824）夏，白居易在杭州任刺史。政事之余，他常喜欢到佛寺里听僧侣讲经。这首诗便是写他与“诸客”听讲归来时的感受。作品生动地描绘了孤山寺的秀美，风景中处处点染着诗人的喜悦之情。

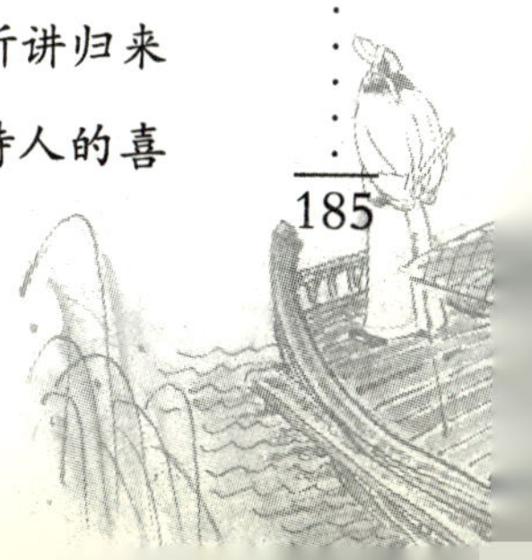

【赏评】

天近傍晚，被柳树环绕的湖面渐渐隐入暮色，在夕阳的残照中，岛上松树掩映中的孤山寺静静矗立在开满莲花的湖中。船夫摇着桨迎渡从佛殿走出的晚归之人，层层涟漪在湖面上荡漾开去。雨后松岛更加迷人，枇杷树上硕果累累，碧叶金实，清香四溢。高大婆娑的棕榈树不胜凉风的娇羞，在雨后的清风中轻颤着枝叶。寒烟淡淡，漂浮在湖面上，若有若无；碧蓝的湖水轻荡着，那参差而立的红墙碧瓦、金顶黄宇在落日的余晖中金光明灭，恍若胜境。弃舟登岸，蓦然回首，蓬莱宫竟在这海中央。诗人在寺院中听僧侣讲经，涤荡去了心灵的尘埃，在晚归的路上感觉周围的一切是如此的美好。实际上，风景依旧是往日的风景，人依旧是往日之人，若将心跌落在世俗的尘埃之中，所有美好的事物就在眼前滑落了。

灵岩寺

白居易①

馆娃宫畔千年寺，水阔云多客到稀。
闻说春到更惆怅②，百花深处一僧归。

【注释】

①白居易：见《赋得古原草送别》。

②惆怅：失意，怅惘。

【诗本事】

灵岩寺又名崇报寺，位于苏州木渎镇附近的灵岩山上。春秋时期，越王献西施，吴王夫差特在山上建馆娃宫。相传山顶灵岩寺及其花园一带就是馆娃宫遗址。

【赏评】

传说中吴王夫差所建的馆娃宫已荡然无存，它的遗址旁边如今已是千年古寺灵岩寺了。白居易登临此山时，正值春天。伫立山上，江面依然宽阔，雾气在山间飘荡，空山灵语，少有人迹，只看见一位归寺的僧人的身影。在百花丛中时隐时现。繁华不再，盛衰无常，这是中国道家的感慨之一；佛教东渡，使这一感慨愈加沉重。“一切诸有如梦如幻”，世界上的万事万物都只是空花泡影，尘世是靠不住的，无论何等重要的历史人物和历史事件，都只是短暂的存在。西施何在，吴王何在，馆娃宫何在，诗人的惆怅之情皆缘此而生吧。

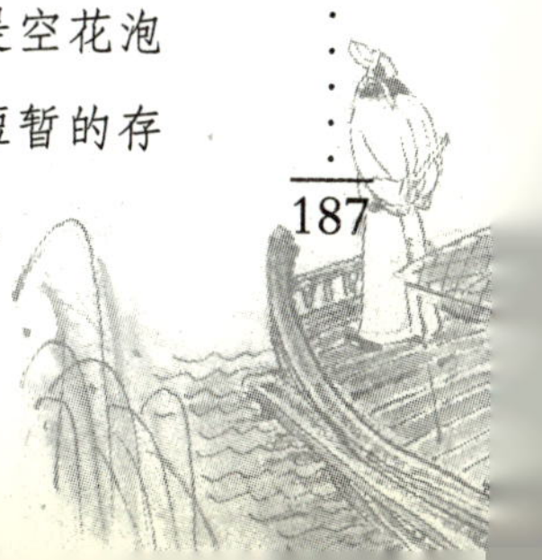

南涧中题

柳宗元①

秋气集南涧②，独游亭午时③。
迴风一萧瑟④，林影久参差⑤。
始至若有得，稍深遂忘疲⑥。
羁禽响幽谷，寒藻舞沦漪⑦。
去国魂已游⑧，怀人泪空垂。
孤生易为感，失路少所宜⑨。
索寞竟何事⑩？徘徊只自知⑪。
谁为后来者，当与此心期⑫！

【注释】

①柳宗元（773—819），唐代文学家、哲学家和政治家，唐宋八大家之一。字子厚，祖籍河东（今山西）人。代宗大历八年（773）出生于京都长安（今陕西西安）。与韩愈共同倡导唐代古文运动，并称“韩柳”。刘禹锡与之并称“刘柳”。王维、孟浩然、韦应物与之并称“王孟韦柳”。世称柳河东或柳柳州。有《柳河东集》。

②秋气：宋玉《九辩》：“悲哉秋之为气也，萧瑟兮草木摇落而变衰。”何焯《义门读书记》云：“万感交集，忽不自禁，发端有力。”

③亭午：即正午。

④迴风：旋风。

⑤参差：长短不齐的样子。

⑥“始至”二句：刘辰翁曰：“精神在此十字，遂觉一篇苍然。”

⑦沦漪：《诗经·魏风·伐檀》：“河水清且沦漪。”毛传：“小风，水成纹转如轮也。”

⑧去国：此谓迁谪。魂已游：言精神恍惚，魂不守舍。

⑨失路：扬雄《解嘲》：“当途者入青云，失路者委沟渠。”少所宜：意谓幽居山水间正与我少年时代的意趣相投。

⑩索寞：寂寞孤独。鲍照《行路难》：“今日见我颜色衰，意中索寞与先异。”

⑪只自知：无知音之意。

⑫“谁为”二句：期待后人理解。

【诗本事】

此诗约为元和七年（812）永州（今湖南零陵）所作。时柳宗元在永州已七年多。唐宪宗元和七年（812）秋天，柳宗元游览永州南郊的袁家渴、石渠、石涧和西北郊的小石城山，写了著名的《永州八记》中的后四记——《袁家渴记》、《石渠记》、《石涧记》和《小石城山记》。这首五言古诗《南涧中题》也是他在同年秋天游览石涧后所作。

【赏评】

这首诗记写诗人游览南涧。诗的前八句着重描写游南涧时所见景物。时方深秋，寒气袭人。诗人独自来到南涧游览，涧中一派萧瑟，仿佛秋天的肃杀之气独聚于此。虽日当正午，但秋风阵阵，遍地黄叶堆积，林影稀疏。初到南涧时若有所得，忘却了疲劳。忽闻失侣之禽鸣于幽谷，眼见涧中水草在波面上荡漾。《唐诗别裁》称“始至若有得，稍深遂忘疲。”二句“为学仕官亦如是观。”显然诗人虽写游览的感受，却也暗喻身世。诗的后八句就着重抒写诗人的感慨。诗人自述迁谪离京以来，精神恍惚，怀人不见而有泪空垂。人孤则易感伤，政治上一失意，动辄得咎。如今处境索寞，竟成何事？于此徘徊，亦只自知。以后迁谪来此的人，也许会理解我的心情。诗人因参加王叔文政治集团而遭受贬谪，忧伤愤懑，南涧之游本是解人烦闷的乐事，然所见景物却又勾起他的苦闷和烦恼。

这首诗以记游的笔调，虽平淡简朴却蕴味深长，意境幽冷，写出了诗人被贬放逐后忧伤寂寞、孤独苦闷的自我形象。

⊙【诗评选辑】

①宋·胡仔《苕溪渔隐丛话》：柳仪曹诗，忧中有乐，乐中有忧（前集引）；《东坡题跋》卷二《书柳子厚南涧诗》：柳子厚南迁后诗，清劲纡徐，大率类此。

②清·何焯《义门读书记》："秋气集南涧"，万感俱集，忽不自禁。发端有力。"羁禽响幽谷"一联，似缘上"风"字，直书即目，其实乃兴中之比也。羁禽哀鸣者，友声不可求，而断迁乔之望也，起下"怀人"句。寒藻独舞者，潜鱼不能依，而乖得性之乐也，起下"去国"句。

溪　居

柳宗元①

久为簪组累②，幸此南夷谪。
闲依农圃邻，偶似山林客。
晓耕翻露草，夜榜响溪石③。
来往不逢人，长歌楚天碧。

【注释】

①柳宗元：见《南涧中题》。

②簪组：冠簪和冠带，借指官宦。

③夜榜：夜航。榜，摇船用具，此处作动词。

【诗本事】

元和五年（810），柳宗元在零陵西南游览时，发现了曾为冉氏所居的冉溪，并改名为愚溪。因爱其风景秀丽，便迁居是地。

【赏评】

我久为做官所羁累，幸得被贬谪到这南方少数民族地区，解除了我的无穷烦恼。闲居无事，便与农田菜圃为邻，有时仿佛是个山林隐逸之士。清晨，踏着露水去耕地除草；有时荡起小舟去游山玩水，直到天黑才归来。独往独来，见不到相识的人，仰望碧空蓝天，放声长歌。

这首诗表面似写溪居生活的闲适，然而字里行间隐含着孤独的忧愤。

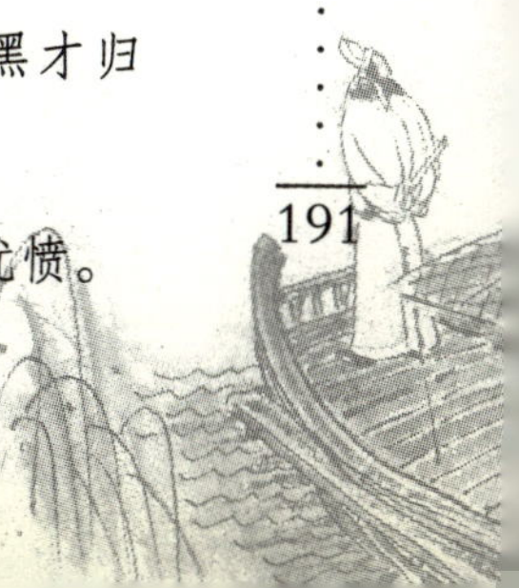

⊙【诗评选辑】

①明·周珽、周敬《唐诗选脉会通评林》卷一二：因谪居，寻出乐趣来。与《雨后寻愚溪》、《晓行至愚溪》二诗点染，情兴欲飞。

②清·沈德潜《唐诗别裁》卷四：愚溪诸咏，处连蹇困厄之境，发清夷淡泊之音，不怨而怨，怨而不怨，行间言外，时或遇之。

③近代·高步瀛《唐宋诗举要》卷一：清冷旷远。

秋晓行南谷经荒村

柳宗元①

杪秋霜露重②，晨起行幽谷。
黄叶覆溪桥，荒村唯古木。
寒花疏寂历，幽泉微断续。
机心久已忘，何事惊麋鹿？

【注释】

①柳宗元：见《南涧中题》。

②杪秋：即深秋。杪：末，末梢。

【诗本事】

南谷，在永州乡下。此篇写诗人经荒村去南谷途中所见景象，处处紧扣深秋景物所独具的特色。

【赏评】

时已深秋，秋露成霜。清早起来，往幽深的南谷走去。踏着厚重的霜露，一路寒气袭人。但闻潺潺之声，来到溪边，白石嶙嶙。踏上小桥，四处落满黄叶。远处横着一荒凉的山村，古树参天。从深山谷里流出来的泉水，细微而时断时续。耐寒的山花长得疏疏落落，在晨霜中瑟缩。一群受惊的麋鹿突然从身旁奔过。我已无机巧之心，为何野鹿见了我还如此惊恐？

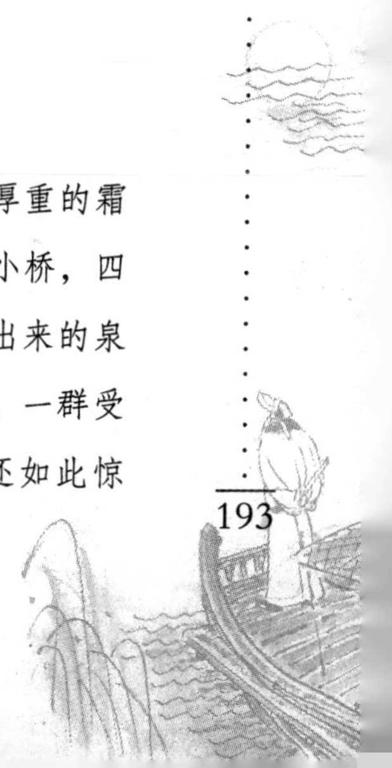

这首诗写霜露、幽谷、黄叶、溪桥、荒村、古木、寒花、幽泉。意境凄清冷幽，末句以麋鹿之惊使前面的意境中有了生气，却又因《庄子·天地》中“有机械者心有机事，有机事者必有机心”的作用，更加突出地表现了诗人内心的静寂，意味深长，含蓄蕴藉。

雨后晓行独至愚溪北池

柳宗元①

宿云散洲渚②，晓日明村坞③。
高树临清池，风惊夜来雨。
予心适无事，偶此成宾主。

⊙【注释】

①柳宗元：见《南涧中题》。
②洲渚：水中小块陆地。
③村坞：亦作村隖，即村庄，多指山村。

⊙【诗本事】

这首五言古诗作于元和五年（810）。题中“愚溪北池”，在零陵西南愚溪之北约六十步。

⊙【赏评】

下了一夜的雨，天开始放晴，隔宿的缕缕残云从洲渚上飘散开去。初升的阳光照进附近村落。碧绿的高树枝叶舒展，一片新翠，卓然挺立于愚池之上。夜雨乍晴，沾满在树叶上的雨点经风一吹，仿佛因受惊而洒落。佳景当前，正遇诗人心情舒畅，独步无侣，景物与我，彼此投合，有如宾主相得。

这首诗描写愚池雨后早晨的景色，画面开阔，清新优美，色彩明朗和谐，既有静景，也有动景，充满着生机和活力。诗中无不透露出诗人闲适恬淡的情怀。

⊙【诗评选辑】

宋·吴可《藏海诗话》："惊"字甚奇。

中夜起望西园值月上

柳宗元①

觉闻繁露坠，开户临西园。
寒月上东岭，泠泠疏竹根②。
石泉远逾响，山鸟时一喧。
倚楹遂至旦③，寂寞将何言。

【注释】

①柳宗元：见《南涧中题》。
②泠泠：本指流水声，借指清幽的声音。
③旦：天亮。

【诗本事】

这首五言古诗作于诗人贬谪永州之时。

【赏评】

半夜了，四野万籁无声。诗人辗转反侧，夜不成寐，连露水滴落的细微声音也能听得到。轻轻开门，来到西园。一轮寒月从东岭升起，清凉月色照入疏竹，仿佛听到一泓流水穿过竹根，发出泠泠的声响。周围一片静谧，侧耳细听，远处传来从石上流过的泉水声，似乎愈远而愈响。山上的鸟儿有时打破岑寂，鸣叫一声。面对这幅空旷寂寞的景象，诗人斜倚着柱子，观看，谛听，直到天明。

这首诗以有声写无声，表现诗人所处环境的空旷寂寞，露重月寒，静夜深沉，萧萧疏竹，泠泠水声，令人有夜凉如水之感，点染出一种凄清幽冷的禅意的境界，也衬托诗人谪居中郁悒的情怀。

千山鸟飞绝，万径人踪灭。
孤舟蓑笠翁，独钓寒江雪。

——柳宗元《江雪》

江　雪

柳宗元①

千山鸟飞绝，万径人踪灭②。
孤舟蓑笠翁，独钓寒江雪。

⊙【注释】

①柳宗元：见《南涧中题》。

②径：路。踪：踪迹。

⊙【诗本事】

大约作于诗人谪居永州期间。柳宗元被贬到永州之后，精神上受到很大刺激和压抑，于是借描写山水景物、借歌咏隐居在山水之间的渔翁寄托清高而孤傲的情感，抒发政治上失意的郁闷苦恼。因此，柳宗元笔下的山水诗有一显著特点，即把客观境界写得比较幽僻，诗人的主观心情则显得比较寂寞，甚至有时过于孤独、过于冷清，不带一点人间烟火气。这显然同诗人一生的遭遇和整个的思想感情的发展变化是分不开的。

⊙【赏评】

雪以其轻灵的舞姿、素白的妆容、洁净的天质而备受艺术家、文学家、禅家之喜好。好雪片片，大地山川白雪皑皑，在这落雪遍覆的季节里，雪不仅落在了天地之间，更落在了人的心中，荡尽了心中的尘埃。大雪飘飘，漫天飞舞，原野山峦，一片素妆，青松幽石，晶莹剔透。平日高

飞的众鸟不见了，白雪覆盖的小径上也没有了行人。灰天白雪，天地苍茫，在这混沌的世界之中，唯有江心一叶孤舟上戴着笠帽穿着蓑衣的渔翁在独钓。寒江独钓的渔翁，在这琉璃世界之中，不仅是为钓而钓，而是在钓中远离尘世、远离烦恼，获取一丝宁静、一份自由。

⊙【诗评选辑】

①宋·洪驹父《洪驹父诗话》：东坡曰：郑谷诗“江上晚来堪画处，渔人披得一蓑归”。此村学中诗也。子厚云：“孤舟蓑笠翁，独钓寒江雪。”信有格哉！殆天所赋，不可及也。

②宋·范晞文《对床夜语》：唐人五言四句，除柳子厚《钓雪》一诗之外，极少佳者。

③宋·吴昌祺《删订唐诗解》卷一二：清极峭极，傲然独德。

渔 翁

柳宗元①

渔翁夜傍西岩宿，晓汲清湘燃楚竹。

烟销日出不见人，欸乃一声山水绿②。

回看天际下中流，岩上无心云相逐③。

⊙【注释】

①柳宗元：见《南涧中题》。

②欸乃：象声词，一说指桨声，一说是人长呼之声。唐时湘中棹歌有《欸乃曲》。

③无心：陶渊明《归去来兮辞》：“云无心而出岫。”一般表示庄子所说的那种物我两忘的心灵境界。

⊙【诗本事】

此篇作于永州。西岩大概就是永州的西山，可参作者《始得西山宴游记》。

⊙【赏评】

夜色降临，暮霭一片，朗月当空，星子历历。劳累了一天的渔翁依傍着寂寂的西岩沉沉睡去。曙光微曦，山鸟时鸣，淡淡的雾气弥漫在西山之中，渔翁汲取清凉的汩汩湘水，燃烧的楚竹冒出了袅袅青烟。等到红日高升，青烟散尽，早已不见了依岩而宿的渔翁，只听在那寂静山林之间传来了船棹之声，欸乃声里更觉山清水绿。随波前进的小舟在山林中穿行着，

不觉已经下至中流。蓦然回首，只见天际山峦间漫卷翻飞的白云跟随在渔船左右。

渔翁形象在中国文学作品中经常出现，多为高蹈独立、极富智慧的象征。曾钓于濠梁之上的庄子，面对楚王的两位大夫说出了“愿濮尾于涂中”的智慧之语；曾劝说过三闾大夫的渔父唱出了“沧浪之水清兮，可以濯我缨。沧浪之水浊兮，可以濯我足”的智慧之歌。柳宗元笔下的渔翁，也在人世的风烟之中悟出了“回看天际下中流，岩上无心云相逐”的智慧之理。驾着一叶孤舟，浮三江，泛五湖，淡去了人世的纷扰，远离了尘世的烦恼，在青山绿水的穿行中去寻求精神的归宿。

【诗评选辑】

①清·孙涛《全唐诗话续编》卷上引惠洪《冷斋夜话》：苏东坡赞叹说：“诗以奇趣为宗，反常合道为趣。熟味此诗有奇趣。”

②明·李东阳《怀麓堂诗话》：若止用前四句，则与晚唐何异？

③清·沈德潜《唐诗别裁》：东坡谓删去末二语，余情不尽，信然。

雪晴晚望

贾　岛①

倚杖望晴雪，溪云几万重。
樵人归白屋，寒日下危峰。
野火烧冈草，断烟生石松。
却回山寺路，闻打暮天钟。

⊙【注释】

①贾岛（779—843），唐代诗人。字浪仙，一作阆仙，范阳（治所在今河北涿州）人。初落拓为僧，名无本，后还俗，屡举进士不第。曾任长江主簿，世称贾长江。官终普州司仓参军。其诗喜写荒凉枯寂之境，颇多寒苦之辞。以五律见长，注重词句锤炼，刻苦求工，“推敲”的典故在晚唐、宋初和南宋中叶颇有影响。

⊙【诗本事】

贾岛长安应举落第，与从弟释无可寄居长安西南圭峰草堂寺。这首诗大约写于此时。贾岛少年为僧，后虽还俗，但屡试不第，仕途偃蹇，故诗境幽冷。

⊙【赏评】

这首诗紧紧围绕着雪、晴、晚铺展开来，以望来移步换景，绘成了一幅雪后初霁晚归图。

薄暮时分，雨雪初霁，残阳西照，诗人倚杖出行，极目远望，只见满

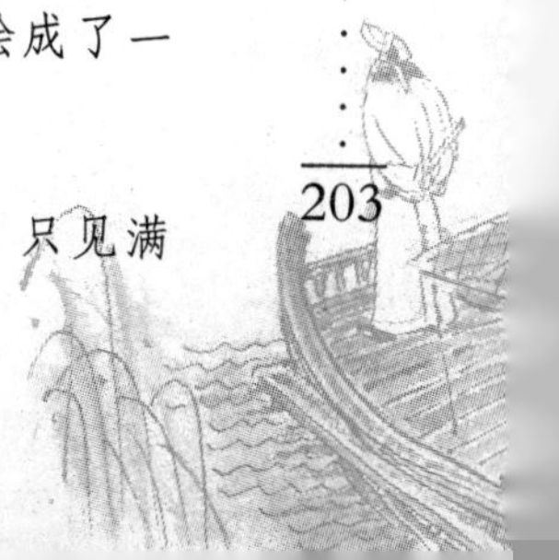

山遍野银装素裹，溪流之上漂浮的云在晚照之下竟层层叠叠似有万重之多。在皑皑白雪覆盖的蜿蜒山路上，打柴的人慢慢地回到被雪染白的茅屋。此时，一轮寒日也渐渐地落到危峰之下。远处的山冈上，枯草在野火中燃烧，山谷渐渐升起的烟霭在落满雪的苍松之中若有若无地飘荡着。黄昏时分，打柴的人回家，寒日回谷，诗人也要回到山寺之中去了，行走间耳边传来了清越的寺钟之声。

贾岛曾在年少时出家为僧，后经韩愈劝说还俗应试中了进士，之后仕途多舛。诗人在雪晴晚望中似有所悟，曾经心向释门，古灯青佛；后又还俗，在名利欲望编织的尘网之中苦苦挣扎。世间一切都有各自的归所，我的归所又何在呢？这或许就是这首诗留给每一个人思考的问题吧。

闲居

姚合①

不自识疏鄙②，终年住在城。
过门无马迹，满宅是蝉声。
带病吟虽苦，休官梦已清。
何当学禅观，依止古先生？

⊙【注释】

①姚合（约775—约846），字不详，陕州（今河南陕县）人。生卒年均不详，约唐文宗太和中前后在世。登元和十一年（816）进士第。初授武功主簿，人因称为姚武功。诗与贾岛齐名，号称“姚贾”。其诗派被称为“武功体”。

②疏鄙：疏懒，鄙薄。

⊙【诗本事】

姚合是写五律的能手，他极称赏王维的诗，特别追求王诗中的一种“静趣”。

⊙【赏评】

在别人看来本是性情疏懒鄙薄的村老野夫，却毫不自识，经年住在城中，任由俗世之事劳累。现在终于闲居在家，门前没有了车马的喧闹。在寂寂的庭院之中，只有蝉的叫声时时入耳。虽微有小恙，却能吟诗，自从官场中走出来之后，连梦里也清净了许多。何时能静下心来，去学学禅观呢？大隐隐于市，小隐隐于泽。在市与泽的区别中，也就有了大隐与小隐之分别。实际上，真正有分别的不是隐居之地，而是隐居者有没有一颗平静的心。

这首诗诗句平淡文雅，朴直中寓工巧，却又畅晓自然，是姚合作品中有代表性的诗歌。

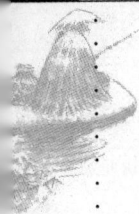

梦 天

李 贺①

老兔寒蟾泣天色②，云楼半开壁斜白③。
玉轮轧露湿团光④，鸾珮相逢桂香陌⑤。
黄尘清水三山下⑥，更变千年如走马。
遥望齐州九点烟，一泓海水杯中泻⑦。

⊙【注释】

①李贺（790—816），中唐至晚唐诗风转变期的代表诗人。字长吉，生于河南福昌（今河南宜阳）。自称“陇西长吉”、“成纪人”。两《唐书》称他是“宗室郑王之后”。少时诗作便崭露头角，十五岁左右以乐府诗出名。与前辈著名诗人李益并称为“二李”。生当韩、柳、元、白等大诗人竞相辉煌的时代，却能别开生面，自成一家。其诗作的中心内容是诉说怀才不遇的悲愤，有抑塞磊落之气。以自己独特的经历和感受为诗歌涂上了一层幽婉冷艳凄迷的色彩。清人王琦选辑历代评注，编撰有《李长吉歌诗汇解》。

②“老兔”句：老兔寒蟾：神话传说中住在月宫里的动物。屈原《天问》中曾提到月中有兔。《淮南子·览冥训》中有后羿的妻子姮娥偷吃神药、飞入月宫变成蟾的故事。汉乐府《董逃行》“白兔捣药长跪虾蟆丸”，说的就是月中的白兔和蟾蜍。此句说在一个幽冷的月夜，阴云四合，空中飘洒下阵阵寒雨，像是兔和蟾在哭泣。

③“云楼”句：忽然云层变幻，月亮清白色的光斜穿过云隙，把云层映照得像海市蜃楼一样。

④“玉轮”句：月亮带着光晕，像被露水打湿了似的。

⑤“鸾珮”句：鸾珮：雕刻着鸾凤的玉珮，此代指仙女。此句是诗人想象自己在月宫中桂花飘香的路上遇到了仙女。

⑥“黄尘”二句：三山：神仙家说海上有三神山，即蓬莱、方丈、瀛洲。这两句写仙女同诗人的谈话。黄尘清水即沧海桑田之意，言在仙境看人世，变化很快。“千年如走马”即神仙家所谓“山中方七日，世上已千年”。

⑦“遥望”二句：齐州：中州，即中国。《尚书·禹贡》言中国有九州。这两句说在月宫俯瞰中国，九州小得就像九个模糊的小点，而大海小得就像一杯水。

⊙【诗本事】

诗歌以《梦天》为题，诗中着力写月宫仙境，但在于从非现实的世界冷眼反观现世，从而揭示人生短暂、世事无常的道理。

⊙【赏评】

一片幽冷的月色使夜晚更多了一丝寒意。忽然间，阴云四合，空中飘洒下来一阵寒雨，仿佛月里玉兔寒蟾在哭泣似的。雨住了，云层裂开，幻化成一座高耸的楼阁。月光从云缝里透出来，光芒射在云块上，显出了白色的轮廓，有如屋墙受到月光斜射一样。下雨以后，空气中充满了很小的水点儿。玉轮似的月亮在水汽上面碾过，它所发出的一团光都被打湿了。转眼间云雾四合，细雨飘飘；尔后云层裂开，月色皎洁；然后诗人飘然走进了月宫。回首再看人间，蓬莱、方丈、瀛洲三山已发生了沧海桑田般的变化，千年时光竟如白驹过隙。远远望去，九州犹如九点漂浮的烟尘，东海如同被打翻似的一杯水。

这首诗构思奇妙，用比新颖，想象丰富，奇幻怪谲。通过梦游月宫描写天上仙境，以排遣个人苦闷，寄寓了诗人对人事沧桑的深沉感慨，表现出冷眼看待现实的态度。

⊙【诗评选辑】

①清·方扶南：如铁网珊瑚，初离碧海，映日澄鲜。

②唐·李贺《李长吉集》引黎简语：论长吉每道是鬼才，而其为仙

语，乃李白所不及。九州二句妙有千古。

③清·黄周星《唐诗快》：命题奇创。诗中句句是天，亦句句是梦，正不知梦在天中耶？天在梦中耶？是何等胸襟眼界，有如此手笔！

天上谣

李　贺①

天河夜转漂回星，银浦流云学水声。
玉宫桂树花未落②，仙妾采香垂珮缨③。
秦妃卷帘北窗晓④，窗前植桐青凤小。
王子吹笙鹅管长，呼龙耕烟种瑶草⑤。
粉霞红绶藕丝裙，青洲步拾兰苕春⑥。
东指羲和能走马，海尘新生石山下。

⊙【注释】

①李贺：见《梦天》。

②玉宫：指月宫。

③仙妾：指仙女。

④秦妃：即弄玉，相传为秦穆公的女儿，嫁给了萧史，学会吹箫。一天，夫妻二人“同随凤飞去”。

⑤“王子”二句：意为仙人王子晋吹着细长的笙管，驱使神龙翻耕烟云，播种瑶草，多么悠闲自在。

⑥青洲：传说中的仙洲，山川秀丽，林木繁密，始终保持着春天的景色。

⊙【诗本事】

《天上谣》，“徒歌谓之谣，言无乐而空歌，其声逍遥然也。”（《左传·僖公五年》正义引《尔雅·释乐》）谣意即用韵比较自由，声音富于变化，吟诵起来，轻快优美。

⊙【赏评】

一个晴朗的夜晚，仰视太空，但见天河旋转，回荡着的流星泛起缕缕银光。星云似水，沿着河床流淌，凝神谛听，仿佛潺潺有声。月宫里的桂树花枝招展，香气袭人。仙女们正在采摘桂花，把它装进香囊，挂在衣带上。此时晨光熹微，弄玉正卷起窗帘，观赏窗外的晨景。虽然她升天已有一千余年，但红颜未老。窗前的梧桐树上立着那只小巧的青凤，还是娇小如故。仙人王子晋正吹着细长的笙管，驱使神龙翻耕烟云，播种瑶草，多么悠闲自在！穿着艳丽服装的仙女漫步山川秀丽、林木繁密、始终保持着春天景色的青洲，寻芳拾翠。来这儿踏青的仙女采摘兰花，指顾言谈，十分舒畅。偶然俯首观望，只见羲和驾着日车奔驰，时间过得飞快，东海三神山周遭的海水新近又干了，变成陆地，扬起尘土来了。

诗人借助丰富的想象，以神话传说题材入诗，表现了尘世变化之大和变化之速。六个不同的画面蒙太奇式组合，变幻多姿，想象瑰丽，气韵相通。

⊙【诗评选辑】

①五代·刘昫《旧唐书·李贺传》云：（李贺）尤长于歌篇。其文思体势，如崇岩峭壁，万仞崛起，当时文士从而效之，无能仿佛者。其乐府词数十篇，至于云韶乐工，无不讽诵。

②宋·范晞文《对床夜语》卷二引陆游语谓李贺诗：如百家锦衲，五色炫耀，光夺眼目，使人不敢熟视。

浩歌

李　贺[①]

南风吹山作平地，帝遣天吴移海水[②]。
王母桃花千遍红，彭祖巫咸几回死[③]？
青毛骢马参差钱[④]，娇春杨柳含细烟。
筝人劝我金屈卮[⑤]，神血未凝身问谁[⑥]？
不须浪饮丁都护[⑦]，世上英雄本无主。
买丝绣作平原君[⑧]，有酒唯浇赵州土。
漏催水咽玉蟾蜍[⑨]，卫娘发薄不胜梳[⑩]。
羞见秋眉换新绿[⑪]，二十男儿那刺促[⑫]！

⊙【注释】

①李贺：见《梦天》。

②帝：指宇宙的主宰。天吴：水神。《山海经·海外东经》：“朝阳之谷，神曰天吴。是为水伯。在虹虹北两水间。其为兽也，八首人面，八足八尾，皆青黄。”

③彭祖：传说名为篯铿，是颛顼的玄孙，生于夏代，尧封他在彭地，到殷末时已有七百六十七岁（一说八百余岁），殷王以为大夫，托病不问政事（事见《神仙传》、《列仙传》）。巫咸：一作巫戊，商王太戊的大臣。相传他发明鼓，发明用筮占卜，又会占星，是神仙人物。

④青毛骢马：名马。参差钱：马身上的斑纹参差不齐。

⑤筝人：弹筝的女子。屈卮：一种有把的酒盏。

⑥“神血”句：酒醉时飘飘然，似乎形神分离了，不知自己是谁。

⑦丁都护：刘宋高祖时的勇士丁旿，官都护。又乐府歌有《丁都护》之曲。

⑧平原君：赵胜，战国时赵国贵族，惠文王之弟，善养士，门下有食客数千人，任赵相。

⑨漏：古代的计时器。玉蟾蜍：滴漏上面玉制的装饰。可能诗人写的这种漏壶就是蟾蜍形状的，水从其口中滴出。李贺另有《李夫人》诗云：“玉蟾滴水鸡人唱。”

⑩卫娘：汉武帝的皇后卫子夫。

⑪秋眉：稀疏变黄的眉毛。换新绿：画眉。唐人用青黑的黛色画眉，因与浓绿色相近，故唐诗中常称黛色为绿色。

⑫刺促：烦恼。

⊙【诗本事】

浩歌，大声唱歌的意思。《楚辞·九歌·少司命》：“望美人兮未来，临风怳兮浩歌。”浩歌即长歌、大声唱歌、纵情放歌之类。

⊙【赏评】

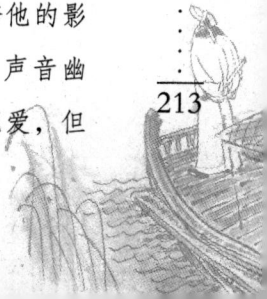

在一个明媚的春天，山含秀气，水泛新绿，桃花朵朵，攒簇如火，绿柳似烟，婀娜摇曳。然花红不久，流年易逝。这无垠的旷野却或是被南风吹平山脉而成，或是天帝派水神天吴移海而成的。沧海桑田，孰能预料？王母的桃树，“三千年一开花，三千年一生实”。彭祖和巫咸虽是世间寿命最长的人。但当王母的桃树开花千遍的时候，彭祖和巫咸也不知死了多少次了。骑在青骢马上，但见得初春的杨柳笼含淡淡的烟霭。见一切如此柔美，纵酒放歌，欢快之至！歌女手捧金杯前来劝酒时，蓦然失神，春光易老，韶光易逝，而知己难逢，自己的才能和抱负何时方能施展？等到神血两离，生命终结，一切都将化为乌有，那是多么可怕。不要像丁都护那样因自己怀才不遇就浪饮求醉，而应当面向现实，认识到世道沦落，英雄不受重用乃势所必然。平原君的故事只是历史的陈迹了，只能买丝绣他的影像，以示怀念。要醉就醉倒在这古老的赵国之地吧。铜壶滴漏，声音幽细，却催人老去。卫后虽曾乌发如云，美不可言，深得汉武帝的宠爱，但满头黑发终会变白变少，直至无法梳理。光阴易逝，何必作建功立业的非分之想呢？不要辜负眼前这位侑酒歌女的深情厚谊，不要让自己的青春年华白白流逝啊。纵情开怀畅饮，一个年方二十的男儿，正值风华正茂之时，怎能这般局促偃蹇！

这首诗豪放奔迈，幻象纷呈，雄奇诡谲。其意婉曲而又鲜明，抒发了诗人凄伤的情怀。

⊙【诗评选辑】

①清·姚佺《昌谷集注解定本》载宋人刘辰翁说：从“南风”一句便不可及，佚荡宛转，真侠少年之度。

②近代·吴闿生《跋李长吉诗评注》：昌谷诗上继杜韩，下开玉溪，雄深俊伟，包有万变，其规梧有意度，卓然为一家，非唐之它家所能及。

金铜仙人辞汉歌并序

李　贺①

魏明帝青龙元年八月，诏宫官牵车西取汉孝武捧露盘仙人，欲立置前殿。宫官既拆盘，仙人临载，乃潸然泪下。唐诸王孙李长吉遂作《金铜仙人辞汉歌》。

茂陵刘郎秋风客②，夜闻马嘶晓无迹③。
画栏桂树悬秋香④，三十六宫土花碧⑤。
魏官牵车指千里⑥，东关酸风射眸子⑦。
空将汉月出宫门⑧，忆君清泪如铅水。
衰兰送客咸阳道⑨，天若有情天亦老⑩。
携盘独出月荒凉，渭城已远波声小⑪。

⊙【注释】

①李贺：见《梦天》。

②茂陵：汉武帝刘彻的陵墓，在今陕西省兴平市东北。秋风客：犹言悲秋之人。汉武帝曾作《秋风辞》，有句云："欢乐极兮哀情多，少壮几时兮奈老何？"

③"夜闻"句：传说汉武帝的魂魄出入汉宫，有人曾在夜中听到他坐骑的嘶鸣。

④桂树悬秋香：八月景象。

⑤三十六宫：张衡《西京赋》："离宫别馆三十六所。"土花：青苔。

⑥千里：言长安汉宫到洛阳魏宫路途之远。

⑦东关：车出长安东门，故云东关。酸风：令人心酸落泪之风。

⑧汉月：此指承露盘。君：指汉家君主。

⑨衰兰送客：秋兰已老，故称衰兰。客指铜人。

⑩“天若”句：意谓面对如此兴亡盛衰的变化，天若有情也会因常常伤感而衰老。

⑪渭城：秦都咸阳，汉改为渭城县，此代指长安。

⊙【诗本事】

自从天宝末年爆发安史之乱以后，唐王朝一蹶不振。宪宗虽号称“中兴之主”，实际上在位期间藩镇叛乱此伏彼起，西北边陲烽火屡惊，国土沦丧，疮痍满目，民不聊生。诗人那“唐诸王孙”的贵族之家也早已没落衰微。面对这严酷的现实，诗人的心情很不平静，亟盼建立功业，重振国威，同时光耀门楣，恢复宗室的地位。却不料进京以后，到处碰壁，仕进无望，报国无门，最后不得不含愤离去。元和八年（813），李贺因病辞去奉礼郎职务，由京赴洛，此诗系途中所作。

⊙【赏评】

《金铜仙人辞汉歌》是李贺的代表作之一。诗歌通过想象、夸张、拟人的方法描写金铜仙人，抒发了交织着家国之痛和身世之悲的凝重感情。

韶华易逝，人生难久。汉武帝曾经炼丹求仙，梦想长生不老。结果，刘郎还是像秋风中的落叶一般倏然离去，留下的只是茂陵荒冢而已。尽管他是一代天骄，威风无比，一切也都幻化为记忆。曾经宫殿内外，车马喧阗，如今已是物是人非。画栏内高大的桂树依旧花繁叶茂，香气飘逸，三十六宫却早空空如也，惨绿色的苔藓布满各处，荒凉冷落的情景令人目不忍睹。金铜仙人神惨色凄，如今要被魏官强行拆离汉宫，从长安千里迢迢地迁往洛阳，此时迎面霜风凄紧，直刺他的眼睛，伴随他的唯有手中的承露盘，抚今忆昔，不禁潸然泪下。此番离去，正值月冷风凄，城外的咸阳道和城内的三十六宫一样呈现一派萧瑟悲凉。为他送别的只有路边衰败的兰花。此情此景，假若苍天有情的话，也会因悲伤而衰老。孤独的金铜仙人不忍离去，却又不得不离去。在荒凉的月色下，故都渐行渐远，渭水的流淌声也越来越小……

这首诗设想奇创而又深沉感人。遣词造句奇峭而又妥帖，刚柔相济，恨爱互生，参差错落而又整饬绵密。

⊙【诗评选辑】

①唐·杜牧《李贺诗歌集注》：盖骚之苗裔，理虽不及，辞或过之。

②明·郭浚《增订评注唐诗正声》云：深刻奇幻，可泣鬼神。

③近代·高步瀛《唐宋诗举要》云：深婉悲凉。

秋来

李贺①

桐风惊心壮士苦，衰灯络纬啼寒素②。
谁看青简一编书③，不遣花虫粉空蠹。
思牵今夜肠应直，雨冷香魂吊书客④。
秋坟鬼唱鲍家诗⑤，恨血千年土中碧⑥。

⊙【注释】

①李贺：见《梦天》。

②络纬：蟋蟀，因秋天季节转凉而哀鸣，其声似纺线，似促人织衣，故又名促织。

③青简：青竹简。一编书：此指自己的一部诗集。竹简书久无人读，则蠹虫生其中。

④香魂吊书客：此泛指前代诗人的魂魄来慰问自己。书客：诗人自指。

⑤鲍家诗：指南朝宋鲍照的诗。鲍曾写过《行路难》组诗，抒发怀才不遇之情。

⑥“恨血”句：《庄子》：“苌弘死于蜀，藏其血，三年化为碧。”

⊙【诗本事】

李贺一生郁郁不得志，秋风秋雨愁煞人。诗人对时光的流逝表现了特异的敏感，以致秋风吹落梧桐树叶子的声音也使他惊心动魄，无限悲苦。

⊙【赏评】

残灯照壁，又听得墙脚边络纬哀鸣；那鸣声，听来仿佛是在织着寒天的布，提醒人们秋深天寒，岁月将暮。面对衰灯，耳听秋声，诗人感慨万端：自己写下的这些呕心沥血的诗篇，有谁来赏识而不致让蠹虫白白地蛀蚀成粉末？恍惚之中，伴着洒窗冷雨的淅沥声，一位古代诗人的“香魂”吊问诗人来了。远处仿佛隐隐约约听到秋坟中的鬼魂在唱着鲍照当年抒发“长恨”的诗，他的遗恨就像苌弘的碧血那样永远难以消释。

秋风起，桐叶落，壮心惊。随着一年一度的岁华流逝，诗人进取的心志也被消磨殆尽，在这苦雨凄风之夜，他一面悲叹春秋代序、年岁不与，一面想象着古代怀才不遇者的魂魄会来慰问自己。茫茫人世，知音难觅，诗人只好寄望于神遇古人，共诉心曲。现世无所望而望于鬼世，生无知己而期诸古人，这也真正是孤独、凄凉、无望之至了。

⊙【诗评选辑】

①唐·沈亚之《送李胶秀才序》：多怨郁凄艳之巧。

②宋·严羽《沧浪诗话》：长吉之瑰诡，天地间自欠此体不得。

③清·王琦注《李长吉歌诗汇解》云：苦心作书，思以传后，奈无人观赏，徒饱蠹虫之腹。如此即令呕心镂骨，章锻句炼，亦有何益？思念至此，肠之曲者亦几牵而直矣。不知幽风冷雨之中，乃有香魂愍吊作书之客。若秋坟之鬼，有唱鲍家之诗者，我知其恨血入土，必不泯灭，历千年之久，而化为碧玉者矣。鬼唱鲍家诗，或古有其事，唐宋以后失传。

偶书

刘　叉[1]

日出扶桑一丈高，人间万事细如毛。

野夫怒见不平处[2]，磨损胸中万古刀。

⊙【注释】

①刘叉，生卒年、字号、籍贯均不详。活动在元和年代。韩愈善接天下士，他闻名前往，赋《冰柱》、《雪车》二诗，名出卢仝、孟郊之上。后因不满意韩愈为谀墓之文，攫取其为墓铭所得之金而去，归齐鲁，不知所终。李商隐有《齐鲁二生·刘叉》纪其事。其诗诗风峻怪，才气纵横，辞多悲慨不平之声，如刀剑相击，铿锵作响。代表作有《偶书》、《代牛言》、《冰柱》、《雪车》、《勿执古寄韩潮州》、《姚秀才爱予小剑因赠》、《塞上逢卢仝》等。其中以《冰柱》、《雪车》和《偶书》三首为最善。

②野夫：草野之人，农夫。这里用作自己的谦称。

⊙【诗本事】

中晚唐时期，宦官专权，藩镇割据，外族侵扰。正直的人受到排斥，多才的人受到冷遇。作者便愤懑不平，怒火中烧，写此诗以鸣不平。

⊙【赏评】

红日高升，遍照世界，人世许多细如牛毛的纷繁复杂之事在晴日的高照之下愈益彰显其本质。村老野夫为不平之事所激怒，可恨手无寸剑，只能将胸中的不平之气化作一把光照千古的利刃深埋于心底，在日复一日、

年复一年的“怒见”中任其磨损销蚀。《唐才子传》中载刘叉在年少之时行侠仗义，因酒杀人，几近亡命，恰逢大赦。免去牢狱之灾的刘叉折节读书，能为歌诗。但他并未因此而消去胸中的豪气，而是将它化作无形的剑，化作不绝如缕的诗歌从心中汩汩地流淌出来。纵观中国历史，正是这些胸怀正义之士，坚守着“士不可以不弘毅，任重而道远”的古训，在践行中将社会推向前进。

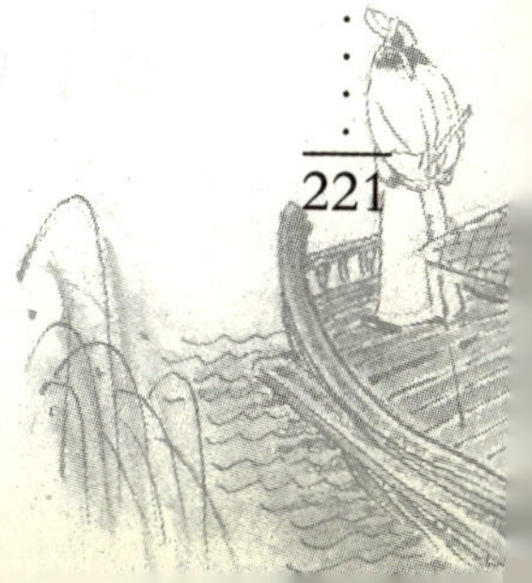

瀑布联句

香严闲禅师[①]　李忱[②]

千岩万壑不辞劳[③]，远看方知出处高。

溪涧岂能留得住[④]，终归大海作波涛。

⊙【注释】

①香严闲禅师：唐时庐山上的一位高僧。一说称黄檗禅师。

②李忱（810—859），即唐宣宗。在位时（846—859）重视科举，也经常与学士们作诗唱和。《全唐诗》存其诗六首。

③壑：沟，山沟。

④涧：两山之间的溪流。

⊙【诗本事】

联句，两人或多人共作一诗，依次出句，相连成篇，可以一人出一句、两句或多句。这种方式很难写出佳作。据《庚溪诗话》记载："唐宣宗微时，以武宗忌之，遁迹为僧。一日游方，遇黄檗禅师同行，因观瀑布。黄檗曰：'我咏此得一联，而下韵不接。'宣宗曰：'当为续成之。'"这首《瀑布联句》遂由禅师出前两句，宣宗续出后两句，合成了一首气势磅礴、富于激情的千古名诗。

⊙【赏评】

瀑布素以其冲决一切的磅礴气势触引文人的豪情壮思。香严闲禅师和

李忱联句而成这首瀑布诗，以其高远的气象寄寓深远的哲理而为后人称道。高山之巅、密林深处，一条条奔流不止的涓涓细流日夜不停地穿行于千岩万壑之间，终于在高耸的崖壁前汇聚成了巨大的山泉。遥望这飞流直下、轰鸣如雷的瀑布，好似天河之水从云端中直泄下来。那些阻挡溪流的岩壑岂能留得住它们前进的心？汹涌澎湃、白浪如山的大海才是溪流最终的目的地。细溪穿越悬崖深壑终归大海，那是因为溪流心向大海、永不放弃。人要成功，就要像溪流一样心怀目标，不辞辛劳，持之以恒，终究会实现自己的理想。

处士卢岵山居

温庭筠①

西溪问樵客，遥识主人家。
古树老连石，急泉清露沙。
千峰随雨暗②，一径入云斜。
日暮鸟飞散，满山荞麦花③。

⊙【注释】

①温庭筠（约812—866），本名岐，字飞卿，太原（今山西太原）人，宰相彦博裔孙。少敏悟，才思艳丽，韵格清拔，工为辞章小赋，与李商隐皆有名，称“温李”。然行无检幅，数举进士不第。思神速，每入试，押官韵作赋，凡八叉手而成，时号“温八叉”。仕途不得意，官止国子助教。诗辞藻华丽，少数作品对时政有所反映。亦作词，他是第一个专力于“倚声填词”的诗人，其词多写花间月下、闺情绮怨，形成了以绮艳香软为特征的花间词风，被称为“花间派”鼻祖，对五代以后词的大发展起了很强的推动作用。唯题材偏窄，被人讥为“男子而作闺音”。

②千峰：言山峰之多。

③荞麦：一年生草本植物。茎赤质柔。叶互生，呈心脏形，有长柄。花色白或淡红。果瘦三角形，有棱。子实磨成粉可制面食。通常亦称其子实为荞麦。

⊙【诗本事】

卢岵可能是作者的道友，这首诗写卢岵处士山居的景色。通过山居景色的描写反映其人品的高洁及作者的景慕之情。

⊙【赏评】

暮春时节，林色苍翠，溪水淙淙，山鸟时鸣，卢处士就在山中幽居。隔着澄澈的西溪借问他的山居之地，樵客遥指山林深处。沿着山路向深林杳杳之处走去，古木虬龙般的老根裸露交错着和周围的苍石纠缠在一起。湍急的泉水带走了落叶和浮尘，只有泉底澄静的清沙微露出来。放眼望去，周围的千峰万岩在山雨中黯淡下来，唯有一条幽径斜斜地飞入云端。日暮时分，众鸟飞散，满山洁白的荞花映入眼帘。

这是一首写景诗，西溪、樵客、古树、老石、急泉、清沙、千峰、幽径、白云、落日、飞鸟、荞花绘成了一幅古淡清幽的山居图，通过对山居景色的描写反映卢处士的高洁品格和作者对他的景慕之情。同样生活在世俗社会之中，为何有人能超脱尘世，有人却只能永落红尘？其实，拥有一颗淡定平静的心才是关键。

锦　瑟

李商隐①

锦瑟无端五十弦②，一弦一柱思华年。
庄生晓梦迷蝴蝶③，望帝春心托杜鹃④。
沧海月明珠有泪⑤，蓝田日暖玉生烟。
此情可待成追忆⑥，只是当时已惘然。

⊙【注释】

①李商隐（约813—858），晚唐著名诗人。字义山，号玉谿生，又号樊南生。原籍怀州河内（今河南沁阳），自其祖辈起，移居郑州荥阳。他的先祖是李唐王室旁支，自其高祖以后家境已衰落，祖辈几代历官均不过县令。诗作文学价值很高，与杜牧合称“小李杜”，与温庭筠合称为“温李”。尤精于七律，有“七律圣手”之称。其诗构思新奇，风格浓丽，尤其是一些爱情诗写得缠绵悱恻，为人传诵。但因过于隐晦迷离，难于索解，至有“诗家都爱西昆好，只恨无人作郑笺”之诮。因处于牛李党争的夹缝之中，一生很不得志。死后葬于家乡荥阳。

②“锦瑟”句：锦瑟：装饰华美的瑟。瑟：拨弦乐器，通常二十五弦。无端：犹何故。没来由，无缘无故。五十弦：这里是托古之词。作者的原意，当是说锦瑟本应是二十五弦。此隐隐有悲伤之感，乃全诗之情感基调。

③“庄生”句：《庄子·齐物论》：“昔者庄周之梦为蝴蝶，栩栩然蝴蝶也；自喻适志与！不知周也。俄然觉，则蘧蘧然周也。不知周梦为蝴蝶与？蝴蝶之梦为周与?”此引庄周梦蝶故事，以言人生如梦、往事如烟之意。

④“望帝”句：《华阳国志·蜀志》：“杜宇称帝，号曰望帝。……其相开明，决

玉垒山以除水害，帝遂委以政事，法尧舜禅授之义，遂禅位于开明。帝升西山隐焉。时适二月，子鹃鸟鸣，故蜀人悲子鹃鸟鸣也。”

⑤珠有泪：传说南海外有鲛人，其泪能泣珠。

⑥可待：岂待，何待。

⊙【诗本事】

诗题“锦瑟”，是用了起句的头两个字。自宋元以来，对此诗诗意揣测纷纷，莫衷一是。有认为是咏物，也有其他说法。如宋人许彦周记录赵深所说，以为这首诗是李商隐听了令狐楚家妓弹奏锦瑟以后写的。但近来注家都主张：这首诗与瑟事无关，实是一篇借瑟以隐题的“无题”之作。

⊙【赏评】

锦瑟五十弦之多，每弦每节，都令人怀思易失的似水华年。庄周梦见自己身化为蝶，栩栩然而飞，浑然忘却自身，梦醒后，庄周仍然是庄周，不知蝴蝶何往。佳人锦瑟，一曲繁弦，惊醒了多少人的梦境，不复成寐。一切都是美好的情境，却又是虚缈的梦境。锦瑟繁弦，哀音怨曲，如闻杜鹃之凄音，送春归去，手挥目送之间，花落水流，人生无常。瑟声如月辉，弥漫天地。皎月落于沧海之间，明珠浴于泪波之界，这皓洁之月为天上明珠，又怎会不是鲛人泣泪而成呢？瑟声之清寥悲苦，正如沧海遗珠，鲛人的泪珠也只是如蓝田的玉，在日光煦照下，玉气冉冉上腾，近观却无，所以可望而不可置诸眉睫之下，只是一场遥不可及的梦。这一切岂待今朝回忆，早在当时已是令人不胜怅惘了。

佛说：“色即是空，空即是色”。锦瑟华年是时间的空，庄生梦蝶是空，望帝鹃啼是空，沧海遗珠是抱负的空，蓝玉生烟是理想的空，当时已惘然、追忆更难堪的“此情”是情感的空。在这空中，幻出锦瑟华年等一系列色相。作者见色生情，传情入色，因色悟空。锦瑟华年所经历的种种人生遭际、人生境界、人生感受，是如此的凄迷、无奈、失落。然而，也正是这种色空观、无常感形成了李商隐诗歌哀艳的艺术魅力。

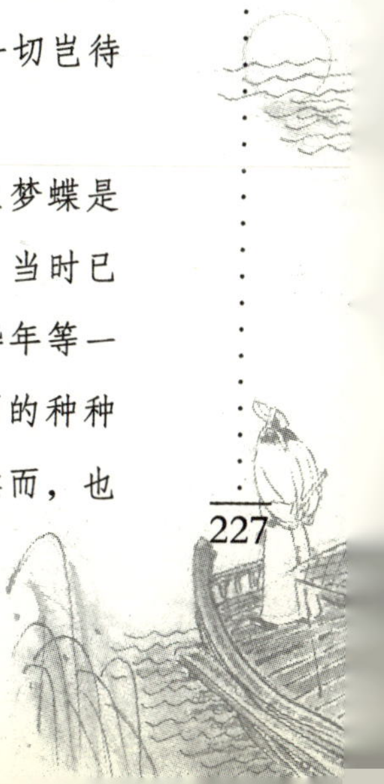

⊙【诗评选辑】

①宋·计有功《唐诗纪事校笺》卷下：商隐依彭阳令狐楚，以笺奏受知。后其子绹有韦、平之拜，浸疏商隐。重阳日，义山造其厅事乃题云："十年泉下无消息，九日樽前有所思。郎君位重施行马，东阁无因得再窥。"绹见之惭恨扃闭此厅，终身不处。

②金·元好问《论诗绝句》：望帝春心托杜鹃，佳人锦瑟怨华年。诗家总爱西昆好，独恨无人作郑笺。

③明·王世贞《艺苑卮言》：李义山《锦瑟》诗中二联是丽语。作适怨清和解，甚通。然不解则涉无谓。既解则意味都尽，以此知诗之难也。

④宋·刘攽《贡父诗话》云：《锦瑟》诗，人莫晓其意，或谓是令狐楚家青衣也。

⑤宋·胡仔《苕溪渔隐丛话》前集卷二十二引黄朝英《缃素杂记》曰：义山《锦瑟》诗云……山谷道人读此诗，殊不解其意，后以问东坡。东坡云："此出《古今乐志》，云：锦瑟之为器也，其弦五十，其柱如之。其声也适、怨、清、和。"案李诗"庄生……"，适也；"望帝……"，怨也；"沧海……"，清也；"蓝田……"，和也。一篇之中，曲尽其意。史称其瑰迈奇古，信然。

乐游原

李商隐①

向晚意不适②，驱车登古原；
夕阳无限好，只是近黄昏。

⊙【注释】

①李商隐：见《锦瑟》。

②向晚：傍晚。意不适：情绪不好。

⊙【诗本事】

乐游原在长安（今西安）城南，是唐代长安城内地势最高之处。汉宣帝立乐游庙，又名乐游苑、乐游原。登上它可望长安城。直至中晚唐之交，乐游原仍然是京城人游玩的好去处。又因便于览胜，文人墨客也经常来此作诗抒怀。

⊙【赏评】

这是一首久享盛名的佳作。傍晚时分，诗人意绪不佳，难以排遣，命驾驱车，前往乐游原。这时夕阳满天，灿烂炫目，可惜已近黄昏，只是刹那的辉煌。

美的幻灭是李商隐诗作的一个重要主题。这位唯美且感伤型的诗人极善于体会历史、社会、人生中美好事物的幻灭，从而感伤世事之多变、生命之无常。他的诗常常不是因某一具体事件而发，而是抒写一种生存意

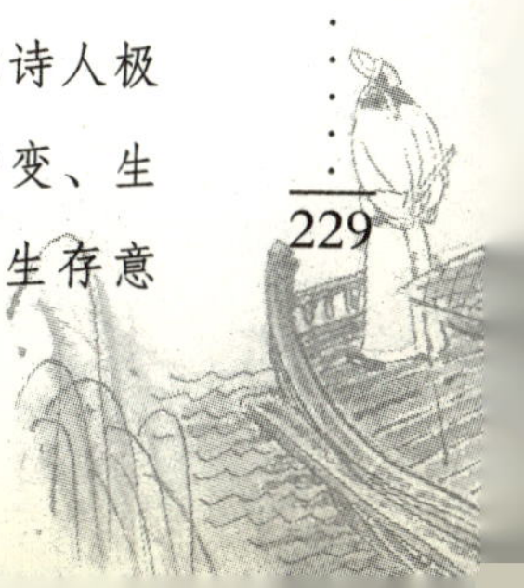

识、生命感觉。

⊙【诗评选辑】

①明·王昌会《诗话类编》：忧唐之衰。

②清·管世铭《读雪山房唐诗序例》：李义山《乐游原》诗，消息甚大，为绝句中所未有。

③清·朱彝尊曰：言值唐家衰晚也。

④清·冯浩《玉谿生诗笺注》引杨守智说：迟暮之感，沉沦之悲，触绪纷来。

忆住一师

李商隐①

无事经年别远公②，帝城钟晓忆西峰。
烟炉销尽寒灯晦，童子开门雪满松。

⊙【注释】

①李商隐：见《锦瑟》。

②无事：无端。远公：即东晋庐山东林寺高僧慧远，是净土宗的初祖。诗中用“远公”来代称住一师，足见住一绝非平庸之辈，亦见诗人仰慕之情。

⊙【诗本事】

住一，僧人名，李商隐的朋友。诗中以净土宗的初祖远公即东晋庐山东林寺高僧惠远（一作慧远）称之。

⊙【赏评】

久经人世的争争夺夺，看惯世相的纷纷扰扰，郁闷的心情久久难以遣怀。在一个冬日的清晨，远远传来宫中的钟声在清冷的空气里四散开来，落入诗人的心里，激起无限的回忆。想此刻西峰佛寺晓钟的钟声也同样盘旋飘荡，不同的是那是惊醒人心的警世之钟，是招引每一个疲惫的灵魂的钟。和住一大师分别已经很久了，他在做什么呢？此刻天已渐渐明了，佛殿里点了一夜的灯烛逐渐暗淡，香火已熄，最后一丝青烟还在殿里飘荡。小童打开殿门，昨夜一场好大的雪啊，铺天盖地，皑皑一片。唯有山间那棵青松于雪缝中散发着绿意，似乎诉说着住一大师一夜的感悟：雪就是空，就是不加装饰的心灵世界，是无尘的境界。这首诗诗境优美，情致幽远，以怀人为相，充满了对深邃、平和、空静的佛禅的向往。

⊙【诗评选辑】

①清·田玉（香泉）《李义山诗集辑评》纪昀引：烟炉销尽寒灯晦，童子开门雪满松”两句说：“只写所住之境清绝如此，其人益可思矣。相忆之情，言外缥缈。

②清·田兰芳：不近不远，得意未可言尽。

③清·纪昀：格韵俱高。

谒 山

李商隐①

从来系日乏长绳②，水去云回恨不胜。

欲就麻姑买沧海③，一杯春露冷如冰。

【注释】

①李商隐：见《锦瑟》。

②“从来”句：比喻时光难以挽回。

③麻姑：传说中的仙女。

【诗本事】

谒山，这里指拜谒西岳华山。

【赏评】

古来悲歌慷慨时间流逝的诗篇不知凡几，但李商隐却能别出机杼，自铸伟辞。这首诗以浪漫的奇思异想感叹光阴流逝、生命短暂。

开头即写山上所见落日、水去、云回的自然景象，引出一个问题——“长绳系日”，这是古人对时光流逝无奈时的一种天真想象，但诗人却直截了当地加以否定：“乏长绳”。时间的流逝正如百川到海，一去不复，又如云去归山，无法阻止，这是一个永恒的命题。对此心中的感叹、怅恨油然而生，无法抑制。但这种恨虽到极点，却能柳暗花明。诗人要去找掌管时间的仙女麻姑，买下整个沧海，让时间再也不能流走。想象奇绝而又合情

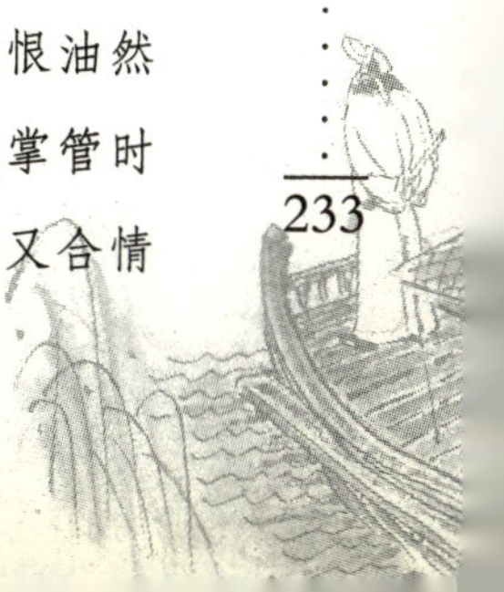

合理，长绳系日本是一种天真幻想，水去云回正是时间流逝的象征，所以有这样的想象。但想象归想象，现实还是白云苍狗，“逝者如斯”，所以有“一杯春露冷如冰”。末句想象更为奇特，将沧海变桑田的过程缩短为转瞬之间，让人透悟到眼前的一杯春露不过是浩渺的沧海倏忽变化的遗迹，顷刻之间，连这一杯春露也将不住。这是对宇宙事物变化迅速的极度夸张，也是对时间流逝之快的极度夸张。一个“冷”字，揭示出时间的无情、自然规律的无情和诗人无可奈何的绝望情绪。诗中那种“欲就麻姑买沧海”的新奇而大胆的幻想、“一杯春露冷如冰”的奇幻而瑰丽的想象都充分体现出诗人的艺术想象力和创造力。

⊙【诗评选辑】

①清·朱彝尊《沈辑三家评》：想奇极矣，不知何所云！

②清·纪昀《抄诗或问》：未解其旨。

嫦　娥

李商隐①

云母屏风烛影深②，长河渐落晓星沉③。

嫦娥应悔偷灵药，碧海青天夜夜心④。

⊙【注释】

①李商隐：见《锦瑟》。

②云母屏风：嵌着云母石的屏风。此言嫦娥在月宫居室中独处，夜晚唯烛影和屏风相伴。

③“长河”句：银河逐渐向西倾斜，晓星也将隐没，又一个孤独的夜过去了。

④碧海：《十洲记》：“扶桑在东海之东岸，岸直，陆行登岸一万里，东复有碧海，海阔狭浩瀚，与东海等，水既不咸苦，正作碧色。”

⊙【诗本事】

嫦娥，古代神话中的月中仙女。《淮南子·览冥训》：“羿请不死之药于西王母，恒娥窃以奔月。”恒又作姮，汉时因避汉文帝刘恒讳，改“嫦”。前人于此诗有自伤不遇、怀人、悼亡、讽女冠等诸说。

⊙【赏评】

夜已深沉，嫦娥却独与烛影和屏风相伴。银河逐渐向西倾斜，晓星也将隐没，又一个孤独的夜过去了。她应该后悔偷吃不死之药，在月宫里永远品味着孤独寂寞的滋味。诗歌意境的背后是诗人对生命深入的思索：生

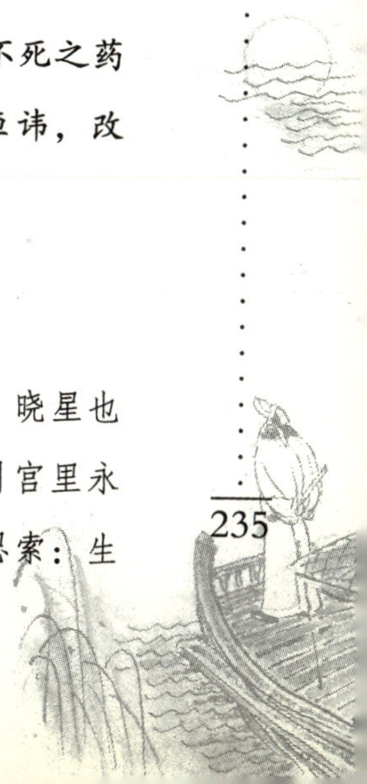

命的意义到底是什么？由这一问题牵连而出的问题是：人应该怎样生活？长寿甚至长生的目的是什么？在爱和长生不老之间，现实的人应该选择什么？作者显然并不赞成嫦娥那样牺牲现世的生活而换取长生不老。他认为那样孤独寂寞的长生实际上正是对生命的折磨和摧残，与其如此，还不如像人间儿女那样有悲欢地热爱、有聚散地执著更有意义。

这首诗的艺术技巧也很成熟。全诗旨在揭示人生哲理，但完全不用概念化的语言，而是讲述一个动人的故事，启发人们去思考。

⊙【诗评选辑】

①清·屈复《玉谿生诗意》卷七：嫦娥指所思之人也，作真指嫦娥，痴人说梦。

②清·宋顾乐《万首唐人绝句选评》：借嫦娥抒孤高不遇之感，笔舌之妙，自不可及。

③当代·刘学锴、余恕诚《李商隐诗歌集解》：悼亡说最不可通。……而自伤、怀人与女冠三说，虽似不相涉，实可相通。……推想嫦娥心理，实已暗透作者自身处境与心境。嫦娥窃药奔月，远离尘嚣，高居琼楼玉宇，虽极高洁清静，然夜夜碧海青天，清冷寂寥之情固难排遣；此与女冠之学道慕仙，追求清真而又不耐孤孑，与诗人之蔑弃庸俗，向往高洁而陷于身心孤寂之境均极相似，连类而及，原颇自然。故嫦娥、女冠、诗人，实三位而一体，境类而心通。

晚晴

李商隐①

深居俯夹城，春去夏犹清②。
天意怜幽草③，人间重晚晴。
并添高阁迥④，微注小窗明⑤。
越鸟巢干后，归飞体更轻⑥。

【注释】

①李商隐：见《锦瑟》。

②“春去”句：刚入初夏，尚未炎热，仍然感到清爽。

③幽草：此有自喻之意。

④并：更。迥：远。

⑤“微注”句：写夕阳照进小窗。

⑥“越鸟”句：桂林属百越之地，故称其鸟为越鸟。这两句写天晴后，鸟巢干燥，鸟的羽毛也干了，归飞的体态更加轻盈。

【诗本事】

这首诗大约写于唐宣宗大中元年（847）的初夏，作者任桂管观察使郑亚的幕僚，刚到桂林不久，在一个雨后初晴的傍晚登楼赏景，乃以此诗记一时之观感。

【赏评】

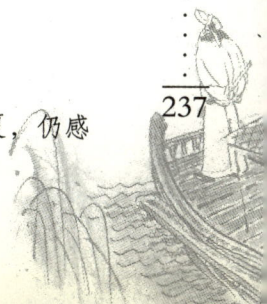

这首诗情调比较轻松乐观。幽居于夹城，春天已去，刚入初夏，仍感

清爽。傍晚时分的晴朗使空气更为澄净，高阁似乎更加迥远，夕阳照进小窗，屋内更加明亮。远望一对对鸟儿往回飞，它们的鸟巢干燥，羽毛也干了，飞翔的体态更加轻盈。

“天意怜幽草，人间重晚晴”是名句，情景浑融，既写出大自然的诗意美，又深含生活感受和人生哲理，而出语自然天成，写景寄兴妙在有意无意之间。

⊙【诗评选辑】

清·宋宗元《网师园唐诗笺》云：玉溪咏物，妙能体贴，时有佳句，在可解不可解之间。风人比兴之意，纯自意匠经营中得来。

登乐游原

杜　牧①

长空澹澹孤鸟没，万古销沉向此中。

看取汉家何似业②？五陵无树起秋风③。

⊙【注释】

①杜牧（803—853），晚唐杰出诗人。字牧之，京兆万年（今陕西西安）人，宰相杜佑之孙。大和二年进士，授弘文馆校书郎。多年在外地任幕僚，后历任监察御史，司勋员外郎，黄州、池州、睦州刺史等职，最终官至中书舍人。以七言绝句著称。擅长文赋，其《阿房宫赋》为后世传诵。注重军事，写下了不少军事论文，还曾注释《孙子》。有《樊川文集》二十卷传世，为其外甥裴延翰所编，其中诗四卷。又有宋人补编的《樊川外集》和《樊川别集》各一卷。《全唐诗》收诗八卷。

②似：一作事。

③五陵：西汉皇陵，分别为高帝长陵、惠帝安陵、景帝阳陵、武帝茂陵、昭帝平陵。《三国志·魏书·文帝纪》："丧乱以来，汉氏诸陵，无不发掘。"汉武帝《秋风辞》："秋风起兮白云飞。"

⊙【诗本事】

乐游原，在长安城南，地势较高。《长安志》："升平坊东北隅，汉乐游庙。"注云："汉宣帝所立，因乐游苑为名。在曲江北面高原上，余址尚有。……其地居京城之最高，四望宽敞。京城之内，俯视指掌。"

⊙【赏评】

这是一首登临怀古、感伤时事之作。

一个秋日，诗人登临乐游原，放眼长空广阔深渺，一只孤鸟划空而过，消失在远方。天地如此广阔，曾经的恩恩怨怨、曾经的爱恨情仇、曾经的轰轰烈烈都如幽梦一帘，万世万物都消失在这天地之间了。昔日汉代刘氏那么大的功业，现在又有什么呢？汉武帝曾作《秋风辞》：“秋风起兮白云飞”，如今的汉家五陵之地连一棵树都没有，竟连风都不起。诗人不仅感慨汉家王朝之衰落，深寓忧国之意，而且也包含着对人生价值的思索。

⊙【诗评选辑】

明·高棅《唐诗品汇》引谢云：汉家基业之广大为何如？今日登原一望，五陵变为荒田墅草，无树木可以起秋风矣。盛衰无常，废兴有时，有天下者观此，亦可以慄慄危惧。

题宣州开元寺水阁，阁下宛溪，夹溪居人

杜　牧①

六朝文物草连空，天淡云闲今古同。

鸟去鸟来山色里，人歌人哭水声中②。

深秋帘幕千家雨，落日楼台一笛风。

惆怅无因见范蠡，参差烟树五湖东③。

【注释】

①杜牧：见《登乐游原》。

②人歌人哭：语出《礼记·檀弓》："晋献文子成室，张老曰：'美哉轮焉！美哉奂焉！歌于斯，哭于斯，聚国族于斯。'""歌哭"言喜庆丧吊，代表了人由生到死的过程。

③五湖：指太湖及与其相属的四个小湖，因而也可视作太湖的别名。

【诗本事】

这首七律写于唐文宗开成年间（836—840）。当时杜牧任宣州（今安徽宣城）团练判官。宣城城东有宛溪流过，城东北有秀丽的敬亭山，风景优美。南朝诗人谢朓曾在这里做过太守，杜牧在另一首诗里称为"诗人小谢城"。城中开元寺（本名永乐寺）建于东晋时代，是名胜之一。杜牧在宣城期间经常来开元寺游赏赋诗。这首诗抒写了诗人在寺院水阁上俯瞰宛溪、眺望敬亭时的古今之慨。

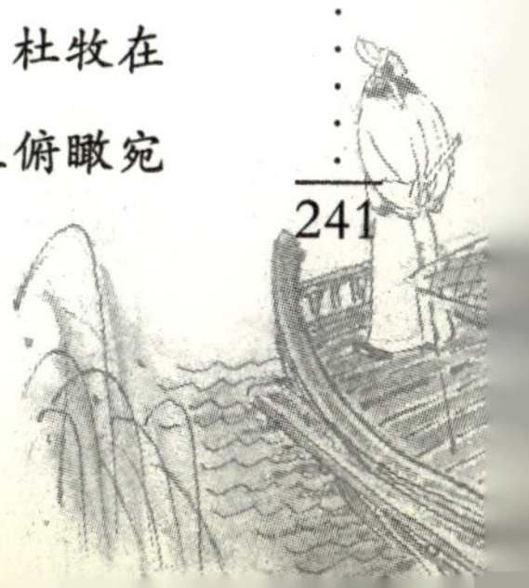

【赏评】

中国文人惯有登临咏怀之举。在登临览景之际勾起古今之联想，在歌舞咏怀之中体味无限与有限，最终在历史与现实、无限与有限的张力中感悟人生之本真。六朝曾有的繁华随着岁月的流逝走远了，极目远眺，空留一城烟草与天空同碧。苍穹碧宇，天高云淡，亘古皆同。秀丽的敬亭山青翠葱茏，林鸟高飞。宛溪碧流，静若晨练，在人歌人哭中水自东逝。暮秋时节，黄叶飘飘，绵绵阴雨，宛若一层帘幕笼罩千家万户。夕阳下的楼台在薄暮中若隐若现。偶尔，晚风吹来了阵阵笛声。可叹与那功成身退的范蠡终无缘相见，更觉惆怅满怀，只望见参差不齐的烟树在那五湖边上当风而立。碧草、苍天、白云、飞鸟、流水、秋雨、落日、长风、烟树，在这亘古不变的时空中，人的生命却是如此的短暂。这就是在亘古中人生面临的窘境。

【诗评选辑】

①清·杨逢春《唐诗绎》：言人事有变易，而清景则古今不变易。

②元·方回《瀛奎律髓》引何义门语：六朝不过瞬息，人生哪可不乘壮大盛立不朽之功！然而此怀谁可与语？“风”、“雨”二句，思同心而莫之致也。我思古人之功成身退如范子者，虽为执鞭，所欣慕焉。

③清·许印芳《五塘诗草》曰：此诗全在景中写情，极洒脱，极含蓄，读之再三，神味益出，与空讲风调者不同。

将赴吴兴登乐游原一绝

杜　牧[①]

清时有味是无能，闲爱孤云静爱僧[②]。

欲把一麾江海去[③]，乐游原上望昭陵[④]。

⊙【注释】

①杜牧：见《登乐游原》。

②“清时”二句：清时：太平时世。有味：有登临赏景访僧寻友的闲情逸趣。此两句自嘲无所作为。

③麾：旗帜。此指自己的车骑。江海：指吴兴。

④昭陵：唐太宗李世民的陵墓，在今陕西礼泉东北九嵕山。

⊙【诗本事】

本篇是宣宗大中四年（850）杜牧由吏部员外郎即将赴任湖州刺史时所作。吴兴，唐郡名，即湖州，在今浙江省吴兴县。乐游原，见前诗注。

⊙【赏评】

这首诗沉郁而含蓄。前两句自嘲无用于世，后两句表达对唐太宗的仰慕，实则是怀想唐太宗的文治武功以及他重贤任能、从谏如流的帝王风范。而另一层言外之意，自然就是对当朝皇帝和国势深怀失望和不满了。

由于自己没有才能，在这清明太平之世，也只有登临赏景访僧寻友的闲情逸趣了。次句承上，点明“闲”与“静”就是上句所指之“味”。而

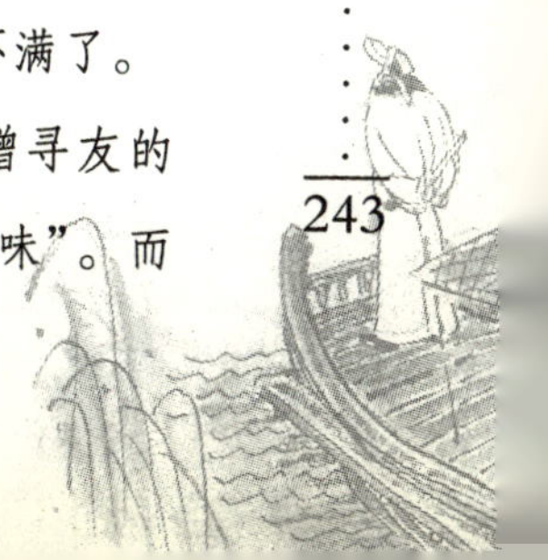

以爱孤云之闲见自己之闲，爱和尚之静见自己之静，这就把闲静之味这样一种抽象的感情形象地显示出来。由于在京城抑郁无聊，所以想手持旌麾，远去江海。第四句再转。登临乐游原不望皇宫、城阙，也不望其他已故皇帝的陵墓，而独望唐太宗的昭陵，这显然是别有深意的。唐太宗建立了大唐帝国，文治武功，煊赫一时，而知人善任、唯贤是举则是他获得成功的重要因素之一。诗人登高纵目，西望昭陵，面对国家衰败的局势，自己却只能无奈于娴静的处境，不免就深感生不逢时了。

⊙【诗评选辑】

①宋·叶梦得《石林诗话》云：此盖不满于当时，故末有“望昭陵”之句。

②清·张文荪《唐贤清雅集》云：昭陵为唐创业守成英主，与世子孙夷陵不振，故牧之去国时登高寄慨，词意浑含，得风人遗意。

放鱼

李群玉①

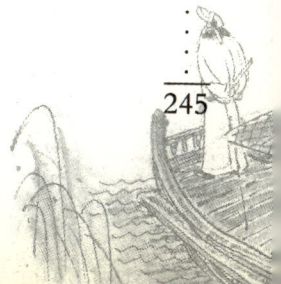

早觅为龙去②，江湖莫漫游。
须知香饵下，触口是铦钩③！

⊙【注释】

①李群玉（约813—约860），晚唐诗人。字文山，澧州（今湖南澧县）人。性情淡泊，一度应进士举，不第，即弃去。裴休为湖南观察使时对他很器重，并加延致。宣宗大中八年（854）游长安，上表献诗三百篇。其时裴休为宰相，荐授弘文馆校书郎。不久，弃官回乡。早岁即有诗名，好吹笙，擅草书。和杜牧、段成式等均有往来，与方干酬唱最密。其诗多咏湘中风物名胜，风格清丽，含思深婉，别具幽芳冷艳之致。《唐摭言》称其“诗篇妍丽，才力遒健”。著有《李群玉诗集》三卷，《后集》五卷。

②“早觅”句：含鱼跃龙门之意。郦道元在《水经注·河水》中云：“鳣鲤出巩穴，三月则上度龙门，得度者为龙，否则点额而还。”

③铦钩：锋利的钓钩。

⊙【诗本事】

我国古诗中，最早写鱼的诗句见于《诗经·卫风》中的《硕人》篇。汉魏六朝乐府诗中的《枯鱼过河泣》是以鱼为抒写对象的完整的全篇。这首《放鱼》是唐代诗歌中少有的一篇。

⊙【赏评】

这是一首篇幅短小、富于哲理的咏物佳作。

生命对于世间的万物来说都是弥足珍贵的，有了生命才能拥有一切。诗人在放生自己饲养的鱼儿时，希望它们能够保全生命，于是就对鱼儿殷殷嘱咐：你们一定要早日渡过龙门，游到那宽广自由的世界中去，千万不要在江河湖海之中漫游嬉戏，要知道那里满是香甜可口的诱饵呀，切记诱饵之下就是锋利的钓钩！全诗虽以在放鱼之时对鱼的殷殷嘱咐和告诫为主要内容，但诗人却能透过对具体事物的描绘来寄寓自己对社会人生的认知和体悟。佛陀曾云：“贪欲是众苦与祸患的根本，一切败德丧命之事，皆由此引起。”鱼游四海若贪恋香饵则必成盘中餐，人生在世因物欲如火而终成为欲望的奴隶。

⊙【诗评选辑】

①宋·苏东坡《书鄢陵王主簿所画折枝》：作诗必此诗，定知非诗人。

②清·贺裳《载酒园诗话》：文山虽生晚唐，不染轻靡僻涩之习。

秋寄从兄贾岛

无　可①

暝虫喧暮色，默思坐西林②。
听雨寒更彻，开门落叶深。
昔因京邑病，并起洞庭心。
亦是吾兄事，迟回共至今。

⊙【注释】

①无可（生卒年不详），唐代诗僧。范阳（今河北涿县）人，俗姓贾，为贾岛堂弟，居天仙寺。工诗，善书法。《全唐诗》存诗二卷。

②西林：即西林寺。该寺坐落于庐山北麓，建于东晋太和二年（367），为庐山北山第一寺。

⊙【诗本事】

无可俗姓贾，为贾岛堂弟，诗句亦与岛齐。幼时，二人俱为僧（岛后还俗），感情深厚，诗信往还，时相过从。这首诗便是无可居庐山西林寺时为怀念贾岛而作，可能即以诗代柬，寄给贾岛。

⊙【赏评】

无可与贾岛为同门兄弟，两人一道出家，贾岛在韩愈的劝说下还俗应举并中了进士，而无可仍在合掌向佛。无可离京时，贾岛赠诗有：“终有烟霞约，天台作近邻”之句（《送无可上人》），但贾岛一落尘网便被裹住，未赴曾定的“烟霞”之约。无可的《秋寄从兄贾岛》由眼前秋景勾起了对贾岛的深深怀念之情，希望从兄能够早日脱离红尘，舍筏登岸，共赴“烟霞”之约。

秋风习习，薄暮渐起，肃穆庄严的西林寺慢慢隐入山岚暮色之中。周遭是那样的寂静，只有唧唧的秋虫声在草丛中此起彼伏。独自默坐在禅房中，静听着松涛阵阵，秋雨潇潇，不觉竟到了更漏滴残、斜月西沉之时。曙光渐至，轻推木门，只见寒菊露冷，苍苔幽径，落叶深深。可惜如此的美景如今只能独赏了。遥想起你我同在京城长安时，积忧成疾的你曾与我相约泛舟洞庭、归隐渔樵。而你尘心未泯，浮沉宦海之中，早已忘掉了“烟霞”、“天台”之约，至今迟迟不肯回来。人生苦短，世海浮沉，贾岛最终跌落在浮名浮利结成的蛛网之中，他的那颗“洞庭心”再也回不到从前了。

自遣

罗隐①

不论平地与山尖②，无限风光尽被占。

采得百花成蜜后，为谁辛苦为谁甜？

⊙【注释】

①罗隐（833—910），原名横，字昭谏，杭州新城（今浙江富阳西南）人。大中十三年（859）底至京师，应进士试，历十年不第。罗隐在唐末五代诗名极甚，有一些精警通俗的诗句流传人口，成为经典名言。其讽刺散文的成就也很高。有诗集《甲乙集》传世。

②山尖：山峰。

⊙【诗本事】

这首诗不做作，不雕绘，不尚辞藻，虽平淡却蕴含了深刻的人生哲理。

⊙【赏评】

蜜蜂素以勤劳和无私奉献成为人们歌咏的对象，而罗隐却别出新意，慨叹辛勤劳作一生的蜜蜂除辛苦而外又有何获呢？

哪怕是万里平川，哪怕是高山之巅，只要有百花盛开，那里就会留下蜜蜂的踪迹，无限的风光都被这小小的蜜蜂占尽了。一次次辛勤的劳作终于酿就了蜜，蜜蜂呀蜜蜂，你这是为谁甜蜜而自甘如此辛苦呢？“为谁辛苦为谁甜”这平淡的语句中寄寓着遥深的人生感喟。

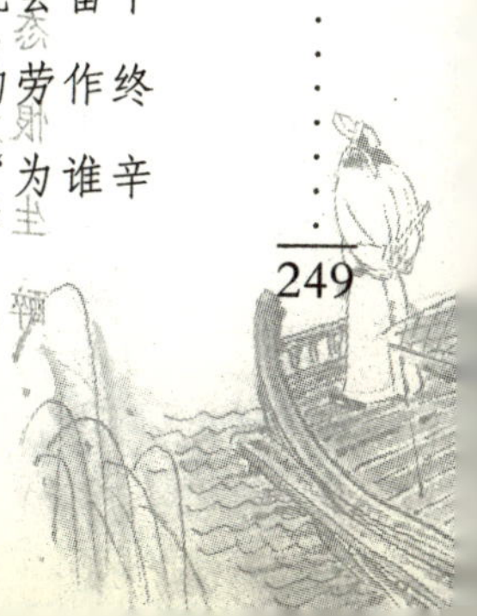

自　遣

罗　隐①

得即高歌失即休，多愁多恨亦悠悠②。
今朝有酒今朝醉，明日愁来明日愁。

⊙【注释】

①罗隐：见《蜂》。

②悠悠：形容悠闲自在。

⊙【诗本事】

罗隐仕途坎坷，十举进士而不第，于是作《自遣》。这首诗表现了他在政治失意后的颓唐情绪，其中未必不含一点愤世嫉俗之意。

⊙【赏评】

这首诗在说理上追求诗歌的形象性。全诗无一景语而全属率直的抒情，但诗中所有情语都不是抽象的抒情，而能够给人一个具体完整的印象。如首句说不必患得患失，倘若直说便抽象化、概念化。而写成“得即高歌失即休”那种半是自白半是劝世的口吻，尤其是仰面“高歌”的情态，则给人生动具体的感受。情而有“态”，便形象化。次句不说多愁多恨太无聊，而说“亦悠悠”。悠悠，不尽，意谓太难熬受，也就收到具体生动之效，不特是趁韵而已。同样，不说得过且过而说“今朝有酒今朝醉，明日愁来明日愁”，更将“得即高歌失即休”一语具体化，一个放歌纵酒的旷士形象呼之欲出。这使得诗中个性形象突出。

总之，这首诗语言简单朴素，而人物个性突出，诗中旷达开朗带有幽默式的口吻无不给汲汲于功利、患得患失的现代人以启发。

鹦　鹉

罗　隐①

莫恨雕笼翠羽残，江南地暖陇西寒②。
劝君不用分明语，语得分明出转难。

⊙【注释】

①罗隐：见《蜂》。

②陇西：指陇山（六盘山南段别称，延伸于陕西、甘肃边境）以西，旧传为鹦鹉产地，故鹦鹉亦称“陇客”。

⊙【诗本事】

三国时候的名士祢衡有一篇《鹦鹉赋》，是托物言志之作。祢衡为人恃才傲物，先后得罪过曹操与刘表，到处不被容纳，最后又被遣送到江夏太守黄祖处，在一次宴会上即席赋篇，假借鹦鹉以抒述自己托身事人的遭遇和忧谗畏讥的心理。罗隐的这首诗，命意亦相类似。

⊙【赏评】

此诗从诗人在江南见到的一只鹦鹉说起。这只鹦鹉被人剪了翅膀，关进雕花的笼子里，诗人安慰它说：且莫感叹自己被拘囚的命运，这个地方毕竟比你的老家要暖和多了。话虽这么说，“莫恨”其实是有“恨”，所以细心人不难听出其弦外之音：尽管现在不愁温饱，但不能奋翅高飞，终不免感到遗憾。末二句是诗人劝说鹦鹉：虽善于学人言语，但还是不要说得过于明白吧，明白的话语反而难以出口啊。这里含蓄地表明语言不慎，足以招祸；为求免祸，必须慎言。显然又是作者的自我比况。

这首咏物诗借用同鹦鹉说话的形式来吐露自己的心曲，劝鹦鹉实是劝自己。大而言之，诗中所蕴含的道理和孔子的名言“君子敏于行而讷于言”是一致的。

金钱花

罗　隐①

占得佳名绕树芳，依依相伴向秋光。
若教此物堪收贮，应被豪门尽劚将②。

⊙【注释】

①罗隐：见《蜂》。

②劚（zhǔ）：砍伐。

⊙【诗本事】

金钱花即旋覆花，夏秋开花，花色金黄，花朵圆而覆下，中央呈筒状，形如铜钱，娇美可爱。诗题“金钱花”，然而其主旨并不在咏花。

⊙【赏评】

这是一首托物寄意的诗。诗一开头，诗人就极口称赞花的名字取得好，接着说金钱花不仅有柔弱美丽的身姿，还有沁人心脾的芳香。金钱花一朵挨着一朵，丛丛簇簇，就像情投意合的伴侣，卿卿我我，亲密无间，给人以悦目怡心、美不胜收之感。金黄色的花朵又总是迎着阳光开放，色泽鲜丽，娇美动人。后两句议论：金钱花如此娇柔迷人，如果它真的是金钱可以收藏的话，那些豪门权贵就会毫不怜惜地把它全部掘尽砍光！这两句出言冷峻，恰似一把锋利的匕首，一下戳穿了剥削者残酷无情、贪得无厌的本性。由此可见，作者越是渲染金钱花的姿色和芳香，越能反衬出议论的力量。

诗人笔锋犀利泼辣，将讽刺与愤怒有机地结合起来，给贪婪者狠狠一击，揭示了金钱对人性的伤害。

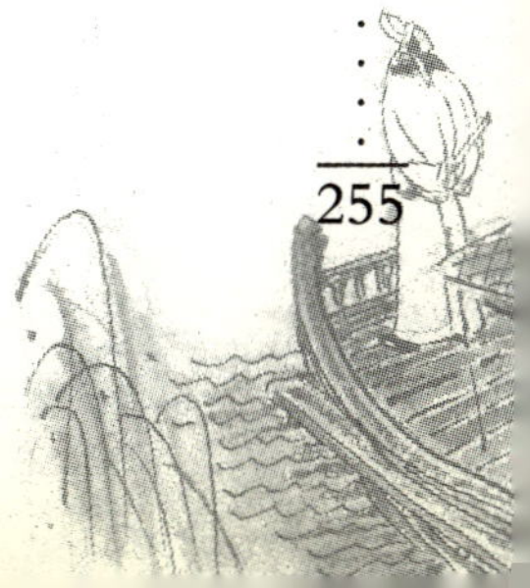

己亥岁二首（其一）

曹　松①

泽国江山入战图，生民何计乐樵苏②。
凭君莫话封侯事，一将功成万骨枯。

【注释】

①曹松（约830—?），唐末诗人。字梦徵，舒州（今安徽桐城，一说为今安徽潜山）人。早年曾避乱栖居洪都西山，后依建州刺史李频。李死后，流落江湖，无所遇合。天复元年（901）中进士，年已七十余，特授校书郎（秘书省正字）而卒。题材狭窄，不外乎叹老嗟卑，旅思离情。风格多像贾岛，取境幽深，工于炼字造句，但尚未流于怪僻，而自有一种清苦澹宕的风味。遗有《曹梦徵诗集》三卷，《全唐诗》收入其诗一百四十首。

②樵：打柴。苏：割草。

【诗本事】

此诗题作《己亥岁》，题下注："僖宗广明元年"。按"己亥"为广明元年（880）前一年即乾符六年（879）的干支，诗大约是在广明元年追忆去年时事而作。"己亥岁"这个醒目的诗题点明了诗中所写的是活生生的社会政治现实。

【赏评】

曹松的《己亥岁》题下有诗两首，今录其一。诗人以深邃而高瞻远瞩的历史目光看破了时局，把古今历史上升到一种理性的认识。战乱迭起之时，风景如画的江南水乡早已被绘进了战图，以打柴割草为生的百姓原本只希望能够平安快乐地活着，但即使如此简单的生活如今也已不复存在了。看着纷纷战火燃起，看着流离失所的生民，莫要再高谈那些以战功封侯之人的事情了。在兵荒马乱、战火纷飞、生灵涂炭的年代，那些因战功而封侯的将军是用万千士卒的生命换来的！简短的二十八字却揭示了社会历史鲜血淋漓的本质。

夏日题老将林亭

张　蠙①

百战功成翻爱静，侯门渐欲似仙家。
墙头雨细垂纤草，水面风回聚落花。
井放辘轳闲浸酒，笼开鹦鹉报煎茶。
几人图在凌烟阁②，曾不交锋向塞沙。

【注释】

①张蠙（生卒年不详），唐末诗人。字象文，池州（今属安徽）人。生平材料甚少，大致生活于唐武宗会昌末年至前蜀后主王衍当政期间。一生游历甚广，交游颇多。其思想以儒家为主，兼存释道。初与许棠、张乔齐名，登乾宁二年（895）进士第，为校书郎、栎阳尉、犀浦令。入蜀，拜膳部员外，终金堂令。《全唐诗》存诗一卷。

②凌烟阁：原本是皇宫内三清殿旁的一个不起眼的小楼。唐太宗李世民为怀念当初一同打天下的众位功臣，于贞观十七年（643）二月命阎立本在凌烟阁内描绘了二十四位功臣的图像，皆真人大小，由褚遂良题字，时常前往怀旧。据欧阳修《新五代史》载：蜀王建在武成“五年，起寿昌殿于龙兴宫，画建像于壁；又起扶天阁，画诸功臣像”。

【诗本事】

新旧《五代史》载：“建晚年多内宠”，把持朝政的宦官、重臣“及建疾”，“谋尽去建故将”。《成都县志》亦载：王建晚年，“多忌好杀，诸将有功名者，多因事诛之”。后主王衍即位后，其旧勋故老，皆弃而不任。

由此看来，诗中“老将”的退隐是有其政治原因的。

⊙【赏评】

这首诗塑造了一位百战功成却失意寂寞的老将形象，在对他“渐欲似仙家”生活的铺陈和对他的劝慰中蕴含了深刻的社会人生哲理。

那位身经百战、驰骋沙场的老将却在战功显赫之时喜爱过一种安静的生活，门前稀车马，堂上少宾客，曾经一度热闹异常的侯门安静几似仙家。岁月带走了记忆的痕迹，或许曾经金黄耀眼的门钉上长满了斑斑锈迹，落满灰尘的朱门紧闭着，铺着青石的庭路上也冒出了苍苔，园中的花草疯长着爬上了屋宇。被斜风细雨剥蚀得斑驳陆离的红墙碧瓦还静静地矗立在那里，墙头上长满了纤弱的杂草，在细雨之中无力地垂下长长的叶子。一树繁华，微风荡漾，花雨纷纷零落池中，在水面上打着旋又慢慢聚在了一起。将美酒用辘轳吊浸在井中，好让它在忽来造访的宾朋畅饮时清凉爽口。打开鹦鹉笼子，好让它在旧友光临时报告主人煎茶待客。战功卓著的老将大可不必为此失意伤心，那些如今在凌烟阁留下画像留名的人，也都是曾在塞外战场上立过功的啊。一句“几人图在凌烟阁，曾不交锋向塞沙”看似是对老将进行规劝与慰勉，实也包含着“高鸟尽，良弓藏，狡兔死，走狗烹”的深刻人生哲理。

劝 酒

于武陵[1]

劝君金屈卮[2]，满酌不须辞。

花发多风雨，人生足别离。

⊙【注释】

①于武陵，会昌时人。约咸通前后在世。曾往来商洛、巴蜀间，欲隐潇湘，未果，后终老嵩阳别墅。其诗题材上以写景送别的为主，同时寄寓浓浓的乡思友情；诗风如羌管芦笛，悠扬沉郁。佳作很多，有《赠卖松人》、《早春山行》等。《全唐诗》存诗一卷。

②金屈卮：亦作“金曲卮”。亦作“金屈巵”。古代一种名贵酒器，用它敬酒，以示尊重。

⊙【诗本事】

于武陵一生仕途不达，沉沦不偾，游踪遍及天南地北，堪称深谙“人生足别离”的况味。这首《劝酒》虽是慰勉朋友之作，实则也是自慰自勉。

⊙【赏评】

人生在世，与人别离，不知何日重逢，难免在分别之时依依不舍，潸然泪下，唯有以酒送别，化作相思泪，所谓“黯然销魂者，惟别而已矣”（江淹《别赋》）。这首《劝酒》却化伤悲为豪爽，化痛苦为热情，以少少

语写出了对友人的情深，更道尽了对人生的哲思。

那别离的日子还是来到了，既然终须一别，那就把金屈卮斟满琼浆玉液，不要因为人生失意、朋友分别就拒绝美酒。你看那繁花灿烂，明媚鲜艳，却是在经历了无数次风雨的洗礼才有了这片刻的耀眼炫目。自然界万事万物如此，人生何尝不是这样：遍尝别离的滋味，与佳人良友别离，与功名利禄别离，与妻儿家人别离，与万贯家财别离……在诸多别离中去体味人生，去感触生命。

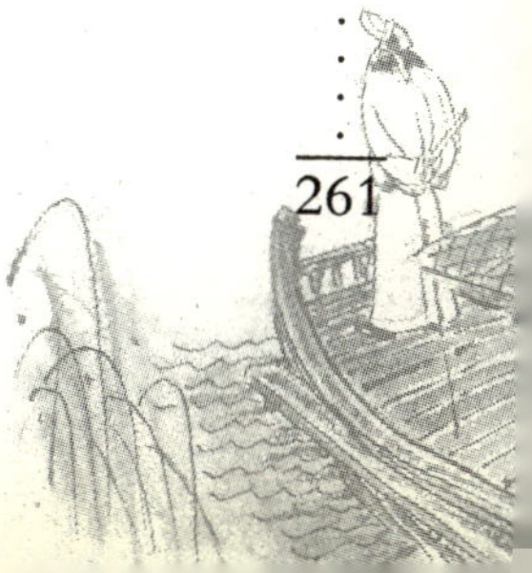

菊

郑　谷①

王孙莫把比蓬蒿②，九日枝枝近鬓毛。

露湿秋香满池岸，由来不羡瓦松高③。

【注释】

①郑谷（848—911），唐末诗人。字守愚，袁州宜春（今属江西）人。世称郑都官、郑鹧鸪。少颖悟，七岁能诗，前辈诗人司空图称许其“当为一代风骚主”（《唐诗纪事》引述）。《唐才子传》用“清婉明白，不俚而切”来概括其诗风。著《云台编》三卷，另著《宜阳集》。《全唐诗》收诗三百二十七首。

②蓬蒿：蓬草和蒿草，亦泛指草丛。

③瓦松：一种寄生在高大建筑物瓦檐处的植物。

【诗本事】

郑谷的诗讲究炼字炼句，但清婉明白，通俗易晓。其绝句风神绵邈、词意婉约。这首咏物诗有着很强的哲理性。

【赏评】

菊花素以孤高傲洁深得幽人隐者之喜爱，又因傲寒霜雪的坚贞之质触引了文人雅士的情怀，那如阳光般灿烂的金黄，那缕缕沁人心脾的清香，摇曳在文人的情思中幻化成不灭的墨迹而永恒。这首诗借物述理，韵味绵长。

王孙莫把比蓬蒿，九日枝枝近鬓毛。
露湿秋香满池岸，由来不羡瓦松高。

——郑谷《菊》

衣华服、佩香囊的王孙贵族啊，千万莫要把菊与蓬蒿相比，金秋重阳，天高云淡，大家都把那朵朵灿烂的菊花戴在发际。秋阳初升，晨雾氤氲，露珠晶莹，菊满池岸，金色繁花，萋萋碧叶，香气清幽，即使生于池岸，菊也从来未曾羡慕过长于华屋碧宇之上虽能开花吐叶但“高不及尺，下才如寸”的瓦松。这就是菊，高洁孤傲、坚贞自信、不媚流俗。那些淡若菊花的幽人雅士即使在池岸荒径也不慕高位、不羡名利。

赠质上人

杜荀鹤①

栟坐云游出世尘②，兼无瓶钵可随身。
逢人不说人间事，便是人间无事人。

⊙【注释】

①杜荀鹤（846—904），字彦之，号九华山人，池州石埭（今安徽石台）人。四十六岁中进士，后任五代梁太祖朱温的翰林学士，仅五日而卒。他的诗语言通俗，诗风质朴。一些作品较为深刻地反映了唐末尖锐的社会矛盾和百姓的悲惨遭遇。著有《唐风集》（十卷）。

②栟：坐，犹言枯坐。

⊙【诗本事】

质，和尚名。上人，是对高僧的敬称。这是一首赠送给名叫“质”的和尚的诗。

⊙【赏评】

诗人抓住了质上人超出世尘的独特个性，对他的了无牵挂和完全游离于尘世之外表示了由衷的赞赏，而于赞语之中却含有弦外之音，寓有深刻的禅理。

有时若高山枯松静坐参禅，有时若清风白云出游四方，他连一瓶一钵都不曾随身携带，更不曾与人谈论人间之事，这就是完完全全超越世尘、了无牵挂的质上人。生活于尘世之中的世俗之人何人不想超出这滚滚红尘？何人不想了无牵挂？可是又有几人能真正“出世尘”？又有几人能够看破放下？要出得尘世，栴坐云游是第一境界，身无瓶钵是第二境界，口如扁担、心无分别则是第三种境界，也是最高的境界。这种境界不黏滞于一切，看山还是山，看水还是水，无心于物，一切圆融。

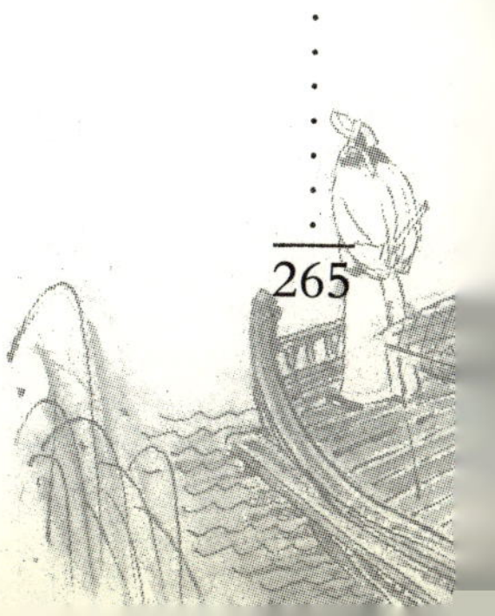

小松

杜荀鹤①

自小刺头深草里，而今渐觉出蓬蒿②。
时人不识凌云木，直待凌云始道高。

【注释】

①杜荀鹤：见《赠质上人》。

②蓬蒿：即蓬草、蒿草，草类中长得较高者。

【诗本事】

杜荀鹤出身寒微，虽然年轻时就才华毕露，但由于“帝里无相识”（《辞九江李郎中入关》），以致屡试不中，报国无门，一生潦倒。埋没深草里的“小松”很有诗人自况的意味。

【赏评】

在荒郊野外杂草丛生的小径边，一株长满松针的小刺头探出了地面。嫩绿的松针上还带着一层淡淡的白雾，被周围杂草密密匝匝深围的小松，拼命地吮吸着阳光。在风雨中逐渐伸展开它的松针，有朝一日这些松针会成为它凌云展翅的翅膀。慢慢地小松超过了弱不禁风的小草，也超过了蓬蒿。但是举世之人却无人能识辨出这幼小的栋梁之材，时人只待其真正凌云之时才惊呼它的高大！

这首小诗借松写人，托物寓意，理趣深长。在小松幼小时，若有识才之人加以培养、爱护，那才是真正的伯乐。可是世俗之人却无此识辨之能耐，有多少小松就此被淹没于深草而无法逃脱被摧残、被戕杀的悲剧命运。树犹如此，人何以堪？

泾　溪

杜荀鹤[1]

泾溪石险人兢慎[2]，终日不闻倾覆人。
却是平流无石处，时时闻说有沉沦。

⊙【注释】

①杜荀鹤：见《赠质上人》。

②兢慎：小心谨慎。

⊙【诗本事】

泾溪，水名。在安徽省泾县西南，下流汇入青弋江。这是一首析理诗。

⊙【赏评】

南宋诗人姜夔在总结前人诗歌创作经验时，用四个“高妙”来说明优秀作品：“一碍而实通曰理高妙；二事出意外曰意高妙；三写出幽微，如深潭见底，曰想高妙；非奇非怪，剥落文采，知其妙而不知其所以妙曰自然高妙。”杜荀鹤的《泾溪》诗正是理高妙的杰作。诗写得曲折，理析得透彻。短短的二十八个字中，包含着深刻的人生哲理和精妙的生命辩证。从表面看，诗的事理是碍而不通的。因为行舟水上，遇险不倾，平流却覆，似乎不合常理。但是透过现象看本质，就会发现在这不通的现象中潜藏着大通的本质。因为舟是人驾的，舟的载沉，不取决于路的平险，而决定于人的状况。溪险石危时，人人警惕，自然安如泰山；平流无石处，容易懈怠，往往舟覆人亡。这正是杜荀鹤《泾溪》诗析理的高妙之处。

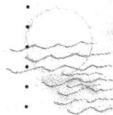

闲居作

贯　休①

闲门微雪下，慵惰计全成②。
默坐便终日，孤峰只此清。
身心闲少梦，杉竹冷多声。
唯有西峰叟，相逢眼最明。

⊙【注释】

①贯休（832—912），唐末五代著名画僧、诗僧。俗姓姜，字德隐，婺州兰溪（今属浙江）人，七岁出家，咸通初往洪州游学，后漫游江西、吴越等地。天复三年（903）入蜀，为蜀主王建所重，号为禅月大师。从小聪明伶俐，博闻强识，十五六岁即具诗名，常与僧处默隔篱论诗，或吟寻偶对，或彼此唱和，见者无不惊异。受戒以后诗名日隆，乃至于远近闻名。有《禅月集》传世，现存诗共计七百三十五首。

②慵惰：犹懒惰。

⊙【诗本事】

贯休以其作品明快、清新、朴素、禅趣而独树一帜。这首《闲居作》颇能代表其诗风。

⊙【赏评】

这是一首充满禅趣的诗歌。屋外轻轻扬扬地飘起了雪花，因为少有人来而显得冷落的柴门更加孤寂。诗人的心境也孤寂慵懒，整日里默默静坐，如同对面孤立的清冷的山峰。由于不为外物所乱，身心俱闲，甚至梦都很少了，心静得能听见寒风吹过杉竹的泠泠声。整个诗境清静幽冷，是作者把悟禅的内心经验注入了诗境之中。

⊙【诗评选辑】

明·杨慎《升庵诗话》：贯休诗中多新句，超出晚唐。

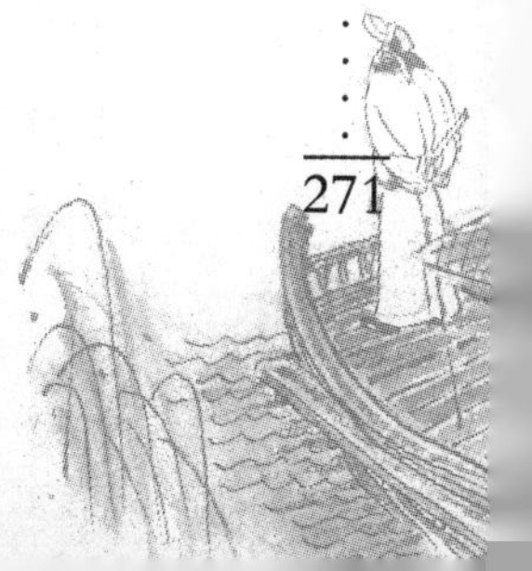

山居（其一）

贯　休①

如愚何止直如弦，只合深藏碧峰前。
但见山中常有雪，不知世上是何年。
野人爱向山前笑②，赤棍频来袖畔眠。
只有选遥好知己，何须更问洞中天。

⊙【注释】

①贯休：见《闲居作》。

②野人：田野之民，农人。

⊙【诗本事】

山居诗是贯休早期诗歌的代表，标志着诗人诗歌风格的成熟。

⊙【赏评】

整首诗几乎每一句都是议论化的。尽管如此，读来却并不觉得生硬、呆板。诗人的这种理性化的语言是以感性的事物作为其寄托的基础。如前两联，虽然是议沦，但对事物的把握非常准确，读来会觉得诗人的议论是合理的：自已的性格刚直，在世俗社会中会到处碰壁，所以隐居深山少与人往来可能会较好。因为住深山，常年见积雪，因而不知年岁，这是合乎常理的。颈联、尾联两联也是合理的，因为住深山，与山中的人和山中的禽兽日久生情乐在其中，心态自然高淡清虚，不到洞府烟霞处，照样悟得禅机。如果说前面两联侧重于常理，那么后两联则倾向于情理。情理与常理的结合，道出诗人山居悟禅之乐，可能就是此诗的成功之处。

⊙【诗评选辑】

①五代·吴融《禅月集》序云：太白、白乐天既殁，可嗣其美者，非上人（按指贯休）而谁？

②五代·孙光宪《白莲集》序云：议者唐末诗僧，惟贯休禅师骨气混成，境意卓异，殆难侍敌。

书石壁禅居屋壁

贯　休①

赤旃檀塔六七级②，白菡萏花三四枝③。

禅客相逢只弹指④，此心能有几人知。

◎【注释】

①贯休：见《闲居作》。

②赤：红色。旃檀：古书上指檀香。

③菡萏：古人称未开的荷花为菡萏，即花苞。

④禅客：悟禅的人。

◎【诗本事】

禅居就是寺院。这是一首题壁诗。

◎【赏评】

寺里有红色檀香木作的塔，高七级；还有白莲花池，三四枝白莲花点缀在池中。这已经很有禅的气氛了，但真正显示出禅的神秘与超越气象的则是三、四两句。禅客相逢，并不说话，只是弹弹手指。为什么不说话呢？因为禅宗反对执著于逻辑，反对执著于语言；生命存在的真谛尽在不言之中，必须在逻辑和语言之外去体验、去领悟。由于人类的感觉长期被逻辑和语言所窒息，悟（直觉的洞察）的境界是很难达到的，因而贯休才发出了“此心能有几人知”的慨叹。

贫　女

秦韬玉①

蓬门未识绮罗香②，拟托良媒益自伤。

谁爱风流高格调③，共怜时世俭梳妆④。

敢将十指夸针巧，不把双眉斗画长⑤。

苦恨年年压金线⑥，为他人作嫁衣裳！

⊙【注释】

①秦韬玉（生卒年不详），字仲明，京兆（今陕西西安）人。其诗皆是七言，构思奇巧，语言清雅，意境浑然，多有佳句，艺术成就很高。代表作有《贫女》、《长安书怀》、《题竹》、《对花》等。《全唐诗》录其诗一卷。

②蓬门：用蓬茅编扎的门，指穷人家。绮罗：丝织品。这里指富贵妇女的华丽衣裳。

③风流：指意态娴雅。

④时世俭梳妆：当时流行的梳妆打扮。

⑤斗：比斗，比较，竞争。

⑥苦：极，非常。恨：遗憾。压金线：用金线绣花。“压”是刺绣的一种手法，这里作动词用，是刺绣的意思。

⊙【诗本事】

秦韬玉因结识当时的宦官头领田令孜，不到一年便官至丞郎，任为节度使幕府判官。因黄巢起兵时随僖宗入蜀避难，僖宗在中和二年（882）

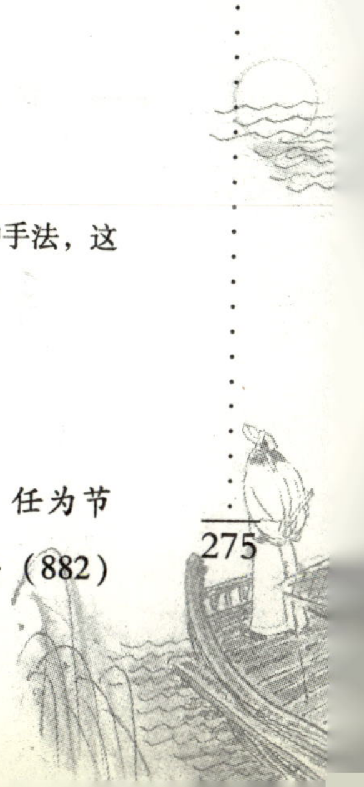

特下诏命主试官礼部侍郎归仁绍，赐秦韬玉进士及第，并命将秦列入正式及第的进士名额内一同安排官职。不久，田令孜就援引秦韬玉为工部侍郎。按此，该诗应作于秦韬玉未发达之前。

⊙【赏评】

《贫女》是秦韬玉广为传诵的名篇。这首七言律诗描述了一位才貌双全的贫穷女子形象。贫女貌美如花，只因出生寒门，无缘沾身绫罗绸缎，到了谈婚论嫁的年龄也无媒人登门造访，在无尽的等待中虚耗着青春。她决定抛开未婚女子的矜持与羞涩，自托良媒。但每每想到这里，却是更添伤悲。即使托了良媒，喜好奇装异服的举世之人又有谁会喜欢她娴雅的仪态、高尚的品格？即使托了良媒，她虽天生丽质、双手灵巧而无须画长两眉去与流俗之人相媲美，但又会有谁来欣赏呢？这样的风流格调、女红出众却遭遇这样的社会、世情，纵使良媒易托，也是知音难觅啊。贫女只能在自伤中将愤懑不平化作一缕沉重的叹息："苦恨年年压金线，为他人作嫁衣裳！"在她抑郁惆怅的叹息中似乎听到了怀才不遇的贫寒之士愤懑不平的呐喊。这穿越时空的千年苦叹，以其社会内涵的深刻、生活哲理的深厚使全诗蕴含着更为广远的社会意义。

⊙【诗评选辑】

①金·元好问、郝天注《唐诗鼓吹注解大全》：此韬玉伤时未遇，托贫女以自况也。

②清·沈德潜《唐诗别裁》卷十六：语语为贫士写照。

③清·贺裳《载酒园诗话又编》：秦韬玉诗无足言，独《贫女》篇遂为古今口舌。"苦恨年年压金线，为他人作嫁衣裳"，读之辄为短气，不见江州夜月、商妇琵琶也。

④清·屈复《唐诗成法》：格调既高，所以不遇良媒；梳妆之俭，以其生长蓬门：（三四）分承一二，五六自伤，七结五，八结六……有托而言，通首灵动，结好，遂成故事。

⑤近代·俞陛云《诗境浅说》：此篇语语皆贫女自伤，而实为贫士不遇者，写牢愁抑塞之怀。

题宝林寺禅者壁

方　干①

邃岩乔木夏藏寒②，床下云溪枕上看。

台殿渐多山更重③，却令飞去即应难。

⊙【注释】

①方干（809—888），字雄飞，号玄英，睦州青溪（今浙江淳安）人。从小爱吟咏，深得师长徐凝的器重。一次，因偶得佳句，欢喜雀跃，不慎跌破嘴唇，人呼“缺唇先生”。开成年间，常与寓居桐江的喻凫为友，并与同里人李频唱和，诗来歌往，关系甚笃。大中年间，流寓会稽鉴湖。咸通年间，浙东廉访使王龟慕名邀请，一经交谈，觉得方干不仅才华出众，且为人耿直，于是竭力向朝廷推荐。终因朝廷腐败，嫉贤妒能，不被起用。方干擅长律诗，清润小巧，且多警句。其诗有的反映社会动乱，同情人民疾苦；有的抒发怀才不遇、求名未遂的感怀。方干门人搜集他的遗诗三百七十余篇，编成《玄英先生诗集》传世。《全唐诗》存诗六卷三百四十八篇。

②邃：深幽。

③台殿：亭台楼阁，指佛寺。

⊙【诗本事】

诗人在这首诗的诗题下自注说：山名飞来峰。飞来峰位于浙江杭州市西湖西北的灵隐寺前，又名灵鹫峰。相传东晋咸和初年（约326），印度高僧慧理登临此山，说：“此天竺灵鹫山之小岭，不知何年飞来？”所以命名飞来峰。这里古木参天，岩石突兀，如蛟龙，如奔象，如伏虎，如惊猿，坠者将倾，翘者欲飞，登临者恍惚若羽化成仙，命名为飞来峰，最为贴切。在安徽省，天柱山的第二峰也叫飞来峰。山顶有一块巨石，浑圆如盖，压在峰顶；其形如拳、如盘、如髻、如牛眠、如虎卧；孤耸峰头，不见伏脉，似从天外飞来，飞来峰因飞来石而得名。

⊙【赏评】

诗人游览的这座飞来峰既不在浙江也不在安徽，而是位于广东韶关市附近约二十公里处。其峰峦奇秀，乃庾岭的分脉，下有北江的支流曹溪。唐高宗仪凤二年（677），禅宗六祖慧能禅师来到这里，在信徒支持下，于宝林寺中开始传法，发展桦宗南派。宝林寺因而被尊称为祖庭。唐代敕名中兴寺、法泉寺，宋初又赐名南华禅寺，一直沿用到今天。

诗人是在酷暑时节登临飞来峰的。时值盛夏，飞来峰顶却是另一个天地。深邃的岩洞，高大的乔木，仿佛贮藏着冬日的清寒；云朵好像从床下飘过，轻快的溪水悠悠，使诗人感到了桃花源般的宁静。看到一座座壮丽的殿塔，诗人想到，六祖慧能一向主张“教外别传，不立文字，直指人心，见性成佛”，六相所倡导的顿悟实在也和飞来峰一样的飘逸洒脱、气韵不凡，既然如此，又何必在排场上下工夫，修建如此众多的台阁？朱栏玉户，画栋雕梁，楼台高峻，壁砌生光，这浓重的富贵气息跟慧能的宗旨不相冲突、不会窒息心灵的创造吗？诗人忍不住感叹道：在这重台叠阁的重压下，飞来峰要想再飞起来恐怕是万难了。

答人

太上隐者[1]

偶来松树下，高枕石头眠[2]。
山中无历日[3]，寒尽不知年[4]。

⊙【注释】

①太上隐者（生卒年不详），唐代的隐士。隐居于终南山，自称太上隐者。

②“高枕”句：意为枕在石头上睡觉。代表隐居山林中的自然生活。

③历日：日历。

④寒尽：寒冬结束，表示一年又近了尾声。

⊙【诗本事】

这首诗是作者回答别人的问话，所以题为《答人》。

⊙【赏评】

唐代隐逸之风盛行，隐者之中有“隐而不绝俗”的，如王维、孟浩然、李白之类，但也有许许多多真正的隐者，如太上隐者等。他们隐没于那个时代，隐没于历史，隐没了身世，隐没了姓名，唯留下只语片字，留下了一种精神、一种境界。

据《古今诗话》载，因隐者的来历鲜为人知，有好事者当面打听其姓名，隐者写下这首五言绝句作答。偶然之中来到这青松之下，高枕在苍石之上安然入眠，忘记了尘务，忘记了自我，忘记了时间，忘记了空间。在一“无”一“不”中隐者的形象跃然纸上。隐者简泊淡定的回答中透露着高妙深远的禅理。看破红尘中一切物欲的诱惑，放下在红尘中追求物欲的心，方能成为真正的隐者。

后　记

大多数中国人的童年记忆里，无不包含着吟咏唐诗的回味。那读“床前明月光”的童音，那诵“鹅、鹅、鹅”的稚气，那背“不知明镜里，何处得秋霜”的憨态，曾经萦绕着我们的童年。从某种意义上说，我们的人生文化之旅，是从亲近唐诗开始的。我们通过唐诗去识字知韵、缘物体情，去领会心境的酸甜苦辣。刘向说：“书犹药也，善读可以医愚。”唐人或以哲人般的情怀思考宇宙人生，或在怀古伤今中反思存在的状态，或于江山风月的品评中寄托对世间美好境界的向往。他们创作的优秀诗篇，是留给后人的一份文化的不动产和一片精神绿洲。

禅诗是唐诗的一个组成部分。唐人“以禅入诗”，认为禅与诗都是心灵主体的超越解脱，它们在本质上既是相汇通的，也是相得益彰的。后来元好问评说：“诗为禅客添花锦，禅是诗家切玉刀。”乃颇为恰切之论。因了禅意的介入，唐人的诗里便多了一份空灵，一份静寂。几许惆怅，几许依恋，几许幽远，几许淡泊的意绪，在诗人的心头划过，如风行水上，了然无痕。他们用诗、用禅共同构建了一个精神的栖息地。在这个沉稳、深邃、平和的栖息地里，人们长久蛰伏的生命重新舒张。禅诗，是伴和着花开花落节奏，展现着云卷云舒美感的生命长歌，它们打开了我们心灵的窗户，引导我们向往诗意的人生。

2008 年，西北大学文学院副院长刘炜评老师受陕西人民出版社张孔明先生的委托主编丛书《唐诗宝鉴》。我们有幸能承担“禅思哲理卷”的辑选、注释、赏评工作。心虽惴惴，但还是欣然领命。刘老师学贯古今，才思敏捷，在诗词创作与研究方面用功甚多，于文字尤为敏感，凡经手文字必求熨帖，力求圆润。他的严格要求使我们倍感压力，凡事必恭请，凡疑必求教。先生的耳提面命，使我们获益匪浅。

唐人的禅思哲理诗范围甚广，本卷《禅思哲理卷》选诗，以唐人禅诗为主，兼及事理诗、物理诗。游仙诗是先秦汉魏六朝以来特殊的诗歌题材，它想象奇幻，惝恍迷离，包含着对现实与生命的思索，由于本丛书的统筹安排，本卷也纳入其中。书中“注释”，求其简洁准确；“诗本事”联系诗题简要介绍其诗发生背景；“赏评”力求精当并能给读者以启发。“诗评选辑”酌选古今大家对原诗的重要评述，以备稽考。

完稿之际，谨向多方面惠我以宝贵资料的前辈学者，向刘炜评老师的悉心教导与忧劳表示最诚挚的谢意。希望这卷书能有益于读者，松懈大家每日方方面面不可名状的压力。

王晓玲　张福安

2009年7月